Crimes et volupté

Kate White

Crimes et volupté

Traduit de l'anglais par Norddine Haddade

MARABOUT

Titre original :
A Body to Die for

7-13, boulevard Paul-Émile-Victor – Île de la Jatte
92521 Neuilly-sur-Seine Cedex

À mes frères adorés,
Mike, Jim, Rick, Chuck et Steve.

1

Après l'avalanche de catastrophes survenues cet automne – meurtres, découvertes macabres et autres dangers –, je suis bien obligée d'admettre que ma vie amoureuse est à l'origine de tous mes problèmes. Ou, pour être honnête, mon absence de vie amoureuse. À la fin de l'été, un type dont je m'étais amourachée m'avait débarquée en plein ciel, et si mon cœur avait sorti son parachute de secours, mon chagrin, lui, avait viré au cafard, véritable repoussoir à électrons mâles. J'aurais aussi bien pu écrire sur mon front : « Un pas de plus, et je vous colle une beigne. »

Aussi, quand je fus invitée, début septembre, à passer un week-end thalasso aux frais de la princesse à l'hôtel Cedar Inn de Warren, dans le Massachusetts, je sautai sur l'occasion. Croyez-moi, je ne m'attendais pas à y rencontrer grand monde, en dehors de quelques riches toupies en jog pastel, le fessier large comme une avenue, persuadées que des tartines de beurre de karité suffiraient à atomiser leur cellulite. Moi, je pense que ces cures de rajeunissement frisent la démence. J'en ai fait les frais un jour où, après un masque à base de pruneau et de citrouille, je me suis retrouvée à déambuler dans les rues en sosie de Poil de Carotte.

Cela dit, je craque littéralement pour un bon massage, et j'espérais bien que quelques frictions et tapotements de mains expertes, en plus d'un changement de décor, contribueraient à me remonter le moral et à me remettre sur les rails.

Hélas, dès mon arrivée à l'hôtel, tout alla de travers.

Je débarquai à Warren un peu avant 19 heures le vendredi soir. Un horaire tout à fait raisonnable, sauf que j'avais prévu d'y être trois heures plus tôt. En fait, j'avais accumulé les contretemps. Je suis journaliste free-lance, spécialisée dans les histoires vraies et les affaires criminelles, et un entretien programmé dans la matinée, que je devais réaliser avec un psychologue pour rédiger un papier sur l'hystérie collective, avait été repoussé en milieu d'après-midi. Si ça n'avait tenu qu'à moi, j'aurais zappé et le bonhomme et le papier, mais je devais livrer ma copie la semaine suivante. Autrement dit, pas d'échappatoire. Résultat : je ne me suis mise en route qu'à 15 h 30, pour me retrouver, bien entendu, coincée dans les embouteillages à l'heure de pointe. Pour couronner le tout, une voiture a pris feu sur la voie express dans l'autre sens, de sorte que les curieux se sont agglutinés de mon côté pour ne rien manquer du spectacle. On se serait cru, le long des rambardes, à la proue du *Titanic* au départ de Southampton.

Si j'étais arrivée à l'heure prévue, j'aurais été accueillie par la propriétaire de l'hôtel, Danielle Hubner, Danny pour les intimes. La princesse aux frais de laquelle j'étais invitée tout un week-end, c'était elle. Danny était une copine de fac de ma mère, et depuis qu'elle avait ouvert son établissement, trois ou quatre ans auparavant, elle me pressait de venir lui rendre visite. Mais j'étais soit débordée de travail, soit trop occupée à surnager émotionnellement après le naufrage de mon mariage éclair, ballottée entre chagrin et pics d'œstrogène. Cet automne-là pourtant, j'étais d'humeur si morose que j'avais finalement accepté : ce serait formidable de se faire bichonner vingt-quatre heures sur vingt-quatre, et de passer un peu de temps avec Danny, que je trouvais irrésistible. J'avais en outre le sentiment que ma visite lui changerait les idées. Juste avant de s'envoler pour Athènes et une croisière en Méditerranée, ma mère m'avait dit que son amie avait le moral en berne. Elle craignait qu'elle n'ait des soucis avec son deuxième mari, George ; je ne le connaissais pas, mais il ne semblait pas avoir fait grande impression sur maman.

Donc, je manquai Danny à cause de mon retard. La réceptionniste m'informa qu'elle était partie en ville régler une affaire urgente, et qu'elle avait laissé un message à mon intention signalant qu'elle me rejoindrait un peu plus tard. Sur ce, on me fit faire un rapide tour du propriétaire avant de me mener vers ma chambre.

L'hôtel, une construction en bardeaux pleine de coins et de recoins érigée dans les années 1880, avait une allure folle, et les photographies sur le dépliant ne lui rendaient pas justice. Il ne dégageait rien du charme campagnard suranné propre aux bâtisses historiques restaurées. Non, le décor était raffiné, dépouillé, avec ses dégradés de beige et de crème, et ses tissus à carreaux havane et blanc. Et surtout, pas le moindre nain de jardin en vue.

Vu l'heure tardive, je crus que je n'aurais pas la chance de me faire dorloter ce soir-là, mais mon guide m'expliqua que Danny m'avait réservé un massage à 20 heures, avant le dîner. J'appris à cette occasion que le centre de relaxation ne fermait pas avant 22 heures.

J'avais environ un quart d'heure pour souffler avant le massage. Ma chambre, ou plus exactement ma suite puisqu'elle possédait un petit salon, avait un charme fou. Les voilages s'accordaient au dessus-de-lit à carreaux, rouge et blanc cette fois, et le fauteuil arborait un imprimé plutôt excentrique. Je déballai mes vêtements – comprendre : mes fripes – et les suspendis dans la penderie pour minimiser les dégâts côté plis. J'ai lu dans un numéro du magazine *Gloss*, qui publie régulièrement ma prose, qu'il faut rouler ses vêtements dans du papier de soie avant de faire sa valise pour qu'ils ne se froissent pas mais, avouons-le, je suis autant du genre à suivre ce conseil qu'à repasser mes petites culottes. Je pris ensuite une douche rapide, et profitai du puissant jet d'eau chaude pour détendre mes muscles ankylosés par la route.

Je m'emmitouflai dans une serviette éponge ultra-moelleuse, toastée à point sur le sèche-serviette électrique. Tout en me frottant, je remarquai un petit pot en faïence à côté du lavabo, rempli à ras bord de sels de bains. Une petite étiquette annonçait qu'ils étaient en vente au spa. Il s'agissait d'un mélange de bois de santal et d'écorces d'orange avec une pointe d'encens, censé procurer « un état d'enchantement absolu » et restaurer les « énergies primitives ». Bingo ! Exactement ce qu'il me fallait. Mais de là à croire que ces deux bienfaits allaient m'être octroyés au cours du *même* week-end... J'observai mon reflet dans le miroir au-dessus du lavabo. Avec mon mètre soixante-cinq, mes cheveux châtain clair coupés court et mes yeux bleus, on considère que je suis plutôt jolie, dans le genre sportif ; mais pour l'heure, j'avais plutôt l'air vidé, pour ne pas dire au bout du rouleau. Il allait me falloir des kilos de sels de bains pour paraître enchantée et restaurée dans mes énergies primitives.

Je descendis et arrivai au centre de remise en forme avec quelques minutes d'avance. Le bâtiment était une extension imposante de l'hôtel, avec une déco d'inspiration zen : murs crème, dalles de pierre, bambous en pots, et tentures beiges légères qui s'envolaient à votre passage dans les couloirs. On était loin du style Nouvelle-Angleterre, mais c'était justement ça, le truc.

Je me déshabillai puis attendis une dizaine de minutes dans la soi-disant salle de relaxation. Une musique d'ambiance asiatique passait en sourdine, de l'eau gargouillait sur des pierres dans une petite fontaine, et deux bougies diffusaient des effluves de thé vert. J'essayai de savourer l'instant, mais je me sentais un peu décalée. J'avais l'impression d'avoir été parachutée par erreur sur le plateau de *Tigre et Dragon*.

Heureusement, on vint presque aussitôt me chercher pour me conduire à la salle de massage. Je n'avais qu'une hâte : abandonner mon corps fourbu à des mains exercées à l'art de supprimer tensions et contractions musculaires. J'avais une seule inquiétude : cela faisait si longtemps que je n'avais pas eu un contact physique avec un de mes congénères qu'à la première palpation je risquais de couiner de bonheur. Malheureusement, sur une échelle allant de un à dix, le massage ne mérita pas plus de sept. Ma « thérapeute », une rousse trentenaire, ne manquait ni de technique ni de poigne, mais elle paraissait distraite et arrêtait le massage à des moments inattendus. À se demander si je n'avais pas quelque chose sur les fesses – genre furoncle immonde – qui l'obligeait à s'interrompre pour grimacer d'horreur. C'est presque avec soulagement que je regagnai ma suite et m'affalai sur le lit, les pieds en éventail.

Après avoir commandé un club sandwich et un verre de merlot au service d'étage, je déballai le reste de mes affaires et fourrai mes chemisiers et mes sous-vêtements dans les tiroirs. Quand j'étais plus jeune, je me demandais toujours *qui* pouvait bien se servir d'une commode de chambre d'hôtel. Aujourd'hui, à l'âge canonique de trente-trois ans, j'avais la réponse : il n'y a rien de plus horripilant que de fourrager dans sa valise chaque fois qu'on a besoin d'un collant.

Mon sandwich arriva enfin. J'étais si affamée que je n'en fis qu'une bouchée, suivie d'une belle gorgée de petit velours. Puis, après avoir entrebâillé la fenêtre, je me déshabillai. Je rabattis le gros édredon blanc du lit et me glissai entre les draps de soie, réjouie à l'idée de pouvoir lire un peu.

Mais, manifestement, mon esprit avait d'autres projets, et il me ramena malgré moi – une fois de plus – vers mon dernier flop amoureux. Jack Herlihy, trente-cinq ans, professeur de psychologie à Washington, DC. J'avais fait sa connaissance en mai à New York, où il était venu donner des cours. À l'époque, comparé à la plupart des types avec qui je sortais, Jack avait été comme une bouffée d'oxygène. Il était séduisant, gentil sans être mielleux et n'avait pas son pareil pour écouter (il faut préciser qu'il est psy), tout cela sans chercher à faire de l'épate, le sport favori du mâle new-yorkais. Et il jouait franc jeu, pas comme le type qui promet de vous rappeler le lendemain mais ne donne plus de nouvelles pendant des semaines, à croire qu'il fonctionne sur un autre calendrier, aztèque peut-être. Non, Jack, c'était une voie romaine, il était réglé comme du papier à musique. Du moins, je le croyais, jusqu'à ce qu'il commence à la jouer finaude, pour rester polie.

En général, quand je me repassais l'épisode Jack, c'était pour essayer de comprendre à quel moment j'avais tout gâché. Notre histoire, c'est vrai, avait commencé en douceur, mais ça n'avait pas semblé le gêner que nous prenions le temps. J'étais plutôt en équilibre instable depuis que mon ex-mari, avocat et flambeur impénitent, avait levé le camp. Jack et moi passâmes plusieurs soirées dans le Village (il espérait obtenir sa mutation à New York), une journée fantastique à la plage, et une nuit à nous peloter à moitié nus dans son appartement. Ce soir-là, j'en profitai pour lui expliquer que je voulais attendre un peu avant de récrire le *Kama Sutra*.

Puis, au début du mois de juillet, Jack m'annonça que sa jeune sœur avait contracté une méningite, et qu'il allait devoir rentrer chez lui à Pittsburgh chaque week-end pour soutenir sa famille. Comme sa vie allait être chamboulée, il désirait mettre notre histoire entre parenthèses pendant quelques semaines. Je lui promis d'être là lorsque son existence reprendrait son cours normal.

Nous restâmes en contact téléphonique durant le mois de juillet et la première semaine d'août, et soudain plus aucune nouvelle. J'essayai d'être patiente, de me convaincre qu'il traversait des moments difficiles, mais fin août je commençai à paniquer. Vu que je n'avais aucune raison de croire qu'il avait signé pour le « Programme fédéral de protection des témoins », je le soupçonnai d'avoir décidé de me laisser en carafe.

Je n'allais pas tarder à en avoir confirmation. Alors que je me baladais dans le Village pour acheter des chaussures, je le vis en compagnie de deux étudiantes plutôt mignonnes. Il flirtait, c'était évident. Monsieur-j'ai-un-charme-fou-mais-j'y-peux-rien. Les jambes en guimauve, je me réfugiai dans une boutique. Là, je me rendis à l'évidence : c'était fi-ni.

Une question me turlupinait : *pourquoi ?* Est-ce que je lui déplaisais depuis le début ? La maladie de sa sœur avait-elle seulement servi d'excuse pour mettre une distance entre nous ? Ou avait-il rencontré quelqu'un d'autre pendant notre séparation ? Ma volonté affichée de la jouer fleur bleue plutôt que geisha l'avait-elle découragé, quoi qu'il en dise ?

Alors que je ressassais pour la millionième fois les mêmes interrogations, le téléphone sonna.

– Bailey, c'est Danny. Je ne te réveille pas, au moins ?

En entendant sa voix, j'eus aussitôt l'impression de la voir. La petite soixantaine, jolie – non, *belle*, avec ses cheveux blond tabac légèrement bouclés. Un mètre cinquante, et un corps d'une minceur impossible.

– Non, non, j'étais juste en train de bouquiner, mentis-je. Danny, ton hôtel est absolument adorable. Tu as fait un travail de restauration *fantastique*.

– Merci, c'est très gentil, chérie. Comment s'est passée ta soirée ?

Eh bien, j'avais passé les vingt dernières minutes à panser mes bleus à l'âme et à pleurer sur mon sort, mais j'épargnai à Danny les détails sordides.

– À merveille, dis-je. J'ai eu droit à un massage dans les règles de l'art, et puis j'ai pris un dîner léger dans ma chambre – ou plutôt ma suite princière, devrais-je dire.

– Qui s'est occupé de toi ?

– Une rousse. Avec un prénom qui commence par un P, je crois.

– Piper. Cette fille a des mains en or, tu ne trouves pas ?

– Absolument.

À quoi bon balancer cette pauvre Piper en disant qu'elle n'avait pas la tête aux massages ce soir ?

– À propos, je t'ai arrangé un rendez-vous avec Josh, qui s'occupe du spa – si tu es toujours d'accord, évidemment.

Chaque année, j'écris deux ou trois articles de voyage, ma façon à moi de faire du tourisme tous frais payés, et de rompre avec le train-train criminel qui fait mon quotidien. Du coup, Danny espérait bien, pendant qu'elle m'avait sous la main, que je pourrais lui donner quelques idées pour « vendre » l'hôtel à la presse spécialisée.

– Bien sûr, répliquai-je. Mais quand est-ce que je te vois, *toi* ?

– Si on disait demain matin, au petit déjeuner ? Neuf heures ?

– Parfait. Si j'arrive encore à bouger un muscle après le massage de ce soir.

Danny laissa échapper un petit rire.

– Tu connais mon credo : toujours abuser des bonnes choses ! Mais je t'ai réservé d'autres plaisirs. Attends un peu d'avoir goûté au massage avec des galets chauds ! La dernière folie des habitués.

– Jamais entendu parler, mais je suis ouverte à tout, sauf aux lavements.

– Bailey, tu me feras toujours rire. Écoute, je vais me coucher maintenant, j'ai une migraine carabinée. Je dors à l'hôtel ce soir, au cas où tu aurais besoin de me joindre.

– Tu essaies de te mettre dans la peau du client ?

– Si on veut. Mais surtout, George est en voyage, et je déteste rester seule. Nous n'habitons pas loin d'ici, mais la maison est plutôt isolée. On se voit demain matin ?

– J'ai hâte d'y être.

J'étais sincère. Je n'oublierais jamais tout ce que Danny avait fait pour moi quand j'avais perdu mon père l'année de mes douze ans. Toutes ces balades pour m'éviter de broyer du noir, à une époque où ma mère parvenait à peine à s'occuper d'elle-même. Danny a dû sentir très vite ma fascination pour le macabre, parce que l'une de nos excursions nous conduisit à Salem, ville célèbre pour ses procès en sorcellerie. Ma mère avait blêmi quand elle avait appris où nous avions atterri ce jour-là, mais pour moi ç'avait été le paradis.

Et puis, maman et moi avions perdu de vue avec Danny, lorsqu'elle s'était installée dans l'Ouest. Mais son mariage avait pris l'eau, et nous avions renoué à son retour dans le Massachusetts (un nouveau mari à son bras), où elle avait ouvert son établissement. Depuis, nous avions gardé le contact par téléphone, et même dîné ensemble un jour où elle était venue à New York pour affaires.

Le coup de fil de Danny m'avait fait oublier Jack, et je repris mon bouquin. Un livre de déco. Je pensais redécorer mon appartement de Greenwich Village. Après mon divorce, j'avais viré tous les trucs modernes dont mon ex raffolait, pour créer une ambiance mexicaine : murs cannelle, paniers en osier et tapis indiens. Sur le coup, ça défoule, mais je m'étais vite rendu compte que l'ambiance sombrero ne me réussissait pas. Au contraire. M'entourer de cactus après le divorce, c'était l'épine sur le gâteau ! La semaine précédente, j'avais croisé dans les couloirs de *Gloss* notre « Docteur Déco » au magazine, et lui avais demandé conseil. Du coup, j'avais dû lui décrire mon repaire de coyote. Il en avait frissonné d'horreur, comme si j'avais blasphémé contre l'Esthétique et ses saints !

– Chérie, l'ambiance Santa Fe, ça le fait pas à l'est du Mississippi, crois-moi. Comment t'expliquer ? On n'a pas la lumière adéquate. Et puis, qui a envie de voir un sombrero au-dessus de sa porte en se levant chaque matin ?

Il m'avait alors suggéré la tendance « minimaliste ». Il avait sélectionné un bouquin dans sa bibliothèque, et me l'avait prêté pour que je le consulte.

J'en étais au troisième ou quatrième chapitre, et presque aveuglée par toutes ces photos d'espaces blancs, lorsque je jetai machinalement un coup d'œil à ma montre. Je ne l'avais plus au poignet.

Je ressentis une légère panique. C'était la montre de mon père, une antique Rolex que je m'étais mise à porter peu après sa mort. J'essayai de me souvenir où j'avais bien pu la laisser. J'avais regardé l'heure plusieurs fois durant le trajet jusqu'à Warren, donc elle n'avait pas quitté mon poignet. Et étant donné qu'elle était étanche, je ne la retirais jamais quand je me douchais... *Le massage !* Plutôt que de la laisser dans le vestiaire, je l'avais posée sur un petit tabouret. Une chose était sûre : je n'arriverais pas à dormir avant de l'avoir récupérée.

J'appelai le centre de remise en forme et comptai les sonneries en contemplant le plafond. Sur la table de chevet, le réveil électronique indiquait 22 : 25. Pas étonnant que personne ne réponde.

Plan B : foncer là-bas. Quelqu'un y était sûrement encore, à nettoyer Dieu savait quoi, sans prendre la peine de décrocher le téléphone.

Je me rhabillai à la hâte et déboulai dans le couloir. Ma chambre se trouvait au premier étage, non loin de l'escalier de secours qui aboutissait à côté d'une entrée latérale du spa. Dans le couloir, je n'entendis pas un bruit. Pas un murmure, pas une télé en sourdine, encore moins un sommier qui grince. Ici, manifestement, la règle d'or de la détente s'appliquait à *tous* les muscles.

À travers la porte en verre du centre, j'aperçus l'accueil réservé aux clients de l'hôtel. Tout était éteint, excepté une vitrine dans le fond présentant des produits de beauté. Je frappai à la porte puis essayai de l'ouvrir. En vain. Cependant, comme je tournais les talons, j'entendis un bruit sourd.

Apparemment, il y avait encore du monde, mais j'allais devoir essayer l'entrée principale. Je repris par le rez-de-chaussée de l'hôtel et débouchai sur le parking. En dépit des quelques lampadaires et d'un croissant de lune faiblard, tout était sombre. Je n'en revenais pas qu'il fasse si froid un soir d'octobre. Il y avait au moins vingt degrés d'écart de température avec la journée. Un vent glacial agitait les branches des arbres, sonnant définitivement le glas de l'été.

Avant même d'avoir atteint l'entrée principale, je compris que j'avais gaspillé mes efforts. Manifestement, tout était éteint à l'intérieur. Il n'y avait pas une voiture ni âme qui vive alentour. Juste un lourd silence, à peine troublé par le souffle du vent. Soudain, j'éprouvai un petit frisson d'inquiétude, là, toute seule dans l'obscurité.

Je me mis à courir à petites foulées. En traversant le parking, je comptai une vingtaine de voitures garées, appartenant de toute évidence aux clients de l'hôtel. La porte d'entrée était ouverte, et je me dirigeai vers la réception où une jeune femme était assise, les yeux rivés sur son écran d'ordinateur. Elle avait de jolis cheveux roux, qu'elle portait relevés et maintenus par une petite barrette bleue. Sans lui laisser le temps de parler, je lui expliquai la situation et lui demandai de m'ouvrir le spa.

– Je regrette. Je n'ai pas le droit de laisser entrer qui que ce soit, dit-elle. Mais le spa ouvre à 7 heures. Si vous voulez, je peux laisser un mot pour que les agents d'entretien recherchent votre montre dès leur arrivée. Qui était votre thérapeute ?

– Piper.

– Oh, la connaissant, je suis certaine qu'elle l'a rangée en lieu sûr. Ne vous inquiétez pas.

– Je n'y peux rien, mais ça me tracasse, expliquai-je. Cette montre a une incroyable valeur sentimentale pour moi. *Qui* peut m'ouvrir ?

– Eh bien, Danielle pourrait, mais...

– Non, je refuse de la réveiller. Personne d'autre ?

Elle réfléchit un instant, ses yeux bleus levés au plafond.

– Je pourrais appeler Piper. Elle est responsable assistante et elle habite juste à côté, dans le bâtiment réservé au personnel. Je ne pense pas que ça l'ennuie de venir.

Natalie – c'était le prénom inscrit sur son badge – jeta un coup d'œil à son Rolodex et composa le numéro de Piper. Manifestement, elle tomba sur un répondeur après cinq ou six sonneries, parce qu'elle laissa un message expliquant la situation.

– Elle a dû aller dîner en ville, conjectura Natalie en raccrochant le combiné. Il y a une autre assistante, Anna...

Elle s'interrompit, espérant à l'évidence que je ne lui demanderais pas qu'on la contacte *elle aussi*.

– Merci de votre courtoisie. J'attendrai le retour de Piper.

De retour dans ma chambre, j'hésitai entre reprendre mon bouquin et pleurnicher. J'en étais au 283e coup d'œil au réveil – 23 : 13 – lorsque le téléphone sonna. C'était Piper.

– Mademoiselle Weggins ? Natalie m'a appris que vous avez oublié votre montre en cabine.

– Oui, je suis pratiquement certaine de l'avoir laissée sur le petit tabouret, dans le coin. Vous ne l'avez pas vue ?

– Non, mais je ne me souviens pas avoir regardé par là.

Elle hésita une seconde.

– Je vais vérifier tout de suite, si vous le désirez.

Au ton de sa voix – une sorte de politesse résignée –, je compris qu'elle n'agissait pas par bonté d'âme, mais parce que l'hôtel encourageait le personnel à se mettre en quatre pour satisfaire la clientèle.

– Vraiment, je m'en veux de vous ennuyer avec ça, mais je ne sais pas ce que je ferais si je perdais cette montre.

Piper suggéra que nous nous retrouvions à côté de l'entrée du centre qui communique avec l'hôtel. J'étais restée habillée, et il me fallut moins de deux minutes pour descendre. J'attendis encore cinq minutes avant de voir Piper avancer d'un bon pas dans le couloir. C'était drôle comme elle paraissait différente sans son « uniforme ». Au lieu du large pantalon kaki et du tee-shirt de rigueur, elle portait un jean et un chemisier à manches longues en jersey vert. Elle avait dénoué ses cheveux roux, qui effleuraient ses épaules comme un buisson ardent.

Elle me salua aimablement, mais j'eus la même impression de politesse forcée qu'au téléphone. Elle avait déjà sorti ses clés. Elle déverrouilla la porte et, d'un geste précis, souleva légèrement la poignée et tira.

Elle alluma la réception, et je la suivis le long d'un des couloirs. L'odeur de thé vert flottait toujours dans l'air, mêlée à un autre parfum, du jasmin peut-être. Le seul bruit audible était celui de nos pas sur le sol de pierre. Plutôt sinistre à cette heure tardive.

Piper avança sans la moindre hésitation vers la cabine. Mais sur le pas de la porte, elle se figea brusquement, telle une gazelle flairant un prédateur.

– Qu'y a-t-il ? demandai-je.

– C'est allumé, chuchota Piper, en indiquant de la pointe du menton le couloir devant nous.

– Il y a encore quelqu'un ? murmurai-je.

– C'est curieux. Je suis certaine d'avoir éteint et laissé la porte ouverte. Allez chercher votre montre pendant que je jette un coup d'œil.

Tandis qu'elle s'éloignait dans le couloir, je me dirigeai droit vers le tabouret. La Rolex était posée dessus, comme prévu. *Merci, mon Dieu !* Je la glissai aussitôt à mon poignet. Au même instant, j'entendis un cri.

Le cœur battant, je me précipitai dans le couloir. Piper était paralysée sur le seuil de la porte qu'elle venait d'ouvrir, un pied à l'intérieur de la salle. Elle tourna vers moi un regard horrifié, incapable de prononcer un mot. Je courus jusqu'à elle, l'écartai du passage et entrai. C'était encore une cabine, un peu plus grande que l'autre. L'éclairage était faible, et sur le moment je ne décelai rien d'anormal. Puis mon regard se posa sur le sol.

Là, à même la pierre, j'aperçus un corps, ou du moins ce qui semblait être un corps. Il était enveloppé de la tête aux pieds dans une sorte de papier argenté. Je pouvais distinguer les membres, le torse, la tête, et aussi le relief du nez. On aurait dit une sorte de momie. Une horrible momie venue de l'espace.

2

Je restai pétrifiée, comme Piper. On aurait dit un de ces rêves où l'on croit être éveillé et où l'on essaie de bouger, alors qu'en fait on est totalement paralysé.

– C'est un... un client ? bredouillai-je stupidement.

– Je ne sais pas, répondit Piper d'une voix rauque. Je n'en ai aucune idée.

L'espace d'une seconde, je me demandai si quelqu'un n'avait pas été oublié là accidentellement après un soin nécessitant ce type d'« emballage ». Mais non, bien sûr que non. Il n'y avait rien de prévu pour respirer.

Surmontant mon appréhension, je m'approchai du corps, me penchai et le touchai avec la paume de ma main. Encore chaud. Comme un gâteau sorti du four et enveloppé dans de l'aluminium. Laissant glisser ma main, j'essayai de capter un mouvement, une respiration, en vain. Pourtant, le corps dégageait encore de la chaleur. Autrement dit, la personne qui se trouvait là-dedans était *peut-être* encore en vie.

– Il y a un téléphone ici ?

Piper avait l'air hébété, comme si elle avait pris un mauvais coup.

– Quoi ? Oh... non, pas ici, répondit-elle en jetant un regard égaré autour d'elle.

– Bon, foncez à la réception et appelez le 911, dis-je en la regardant droit dans les yeux pour retenir son attention.

– Qu'est-ce que je leur dis ?

– D'envoyer une ambulance. Et la police. Que c'est une question de vie ou de mort. Et puis revenez m'aider. Et... et apportez-moi des ciseaux. Allez. Vite !

Comme elle s'enfuyait avec soulagement, je m'agenouillai à côté du corps. Je fus presque certaine qu'il s'agissait d'une femme, à en juger par la taille et la corpulence. Fébrilement, je palpai la tête à la recherche de l'endroit où s'arrêtait le papier argenté. Je savais évidemment qu'on ne dégrade pas une scène de crime, mais s'il y avait quelqu'un de vivant là-dessous je devais me dépêcher. Je m'aperçus très vite que le papier était maintenu à l'aide d'un épais ruban adhésif, que je n'avais pas distingué dans la pénombre. À travers l'adhésif, je pouvais sentir les contours du visage. Je reconnus le nez et la bouche. J'en avais l'estomac tout retourné.

J'inspirai profondément, tout en m'intimant l'ordre de rester calme et de cesser de trembler. Lentement, concentrée comme si je lisais en braille, je laissai courir mes doigts sur le ruban adhésif, cherchant l'endroit où il commençait. Je ne trouvai le bout que lorsque, soulevant la tête, j'examinai l'arrière du crâne. J'essayai aussitôt de le décoller. Il faisait trois fois le tour de la tête. Morceau par morceau, je finis par en venir à bout, avant de m'attaquer au papier argenté. Il était lui aussi enroulé plusieurs fois autour de la tête, semblait-il, avant de partir en vrille autour du corps. Dérouler le tout allait me prendre trop de temps, raisonnai-je. Mieux valait tenter de dégager le nez et la bouche.

– Vite, vite ! criai-je à Piper en entendant ses pas dans le couloir.

Elle déboula dans la salle, et je poussai un soupir de soulagement en constatant qu'elle avait pensé aux ciseaux.

– Dans combien de temps ils arrivent ? demandai-je en m'emparant fébrilement des ciseaux.

– Je ne sais pas. Ils voulaient que je reste en ligne, mais je ne pouvais pas rapporter le téléphone ici.

Tenant les ciseaux ouverts en V, j'essayai de glisser une des lames sous le bord du papier argenté, mais je craignais de charcuter la momie en prime. Alors je tentai une incision au niveau de la bouche. Je finis par traverser les différentes épaisseurs de papier, et une petite ouverture se fit. Ce n'était pas grand-chose, mais c'était un début. Puis, en alternance, je donnai de petits coups de ciseaux et insérai les doigts pour écarter les différentes couches. Une partie des lèvres était maintenant visible. J'accélérai le mouvement jusqu'à ce que toute la bouche soit dégagée.

J'approchai mon oreille pour tenter de capter un souffle. Je n'entendis rien, quoique mon cœur battît la chamade.

J'attaquai à nouveau le papier, cette fois autour du nez, pour dégager les narines. Relevant les yeux l'espace d'une seconde, je croisai le regard de Piper. Elle était debout, immobile, bouche bée, frottant nerveusement ses bras.

– J'ai besoin de votre aide ! Le papier est maintenu autour du corps par du ruban adhésif. Vous voyez, là ? Baissez-vous et essayez de le décoller. En passant vos doigts dessus, vous devriez trouver l'extrémité.

Elle avait toujours le même air égaré, comme si elle n'avait pas compris un mot de ce que je lui avais dit. Pourtant, elle s'agenouilla et commença à palper le torse, comme on teste la chaleur d'un plat. Je n'avais pas le temps de l'aider davantage.

Je continuai d'inciser les épaisseurs de papier. Bientôt, je vis apparaître les narines puis le reste du nez, et même l'œil gauche, fermé. J'entendis Piper geindre derrière moi, mais je ne me retournai pas. Je collai à nouveau mon oreille près du visage, et écoutai. Rien. J'inspirai profondément et tentai un bouche-à-bouche. Les lèvres étaient froides comme des limaces un soir d'hiver pluvieux, et mon estomac ne fit qu'un tour lorsque je me rendis à l'évidence : la momie était morte. Je continuai néanmoins d'insuffler de l'air dans ses poumons, une vingtaine de fois. Puis je renonçai.

Piper redressa le buste, les fesses sur les talons, les yeux écarquillés, l'air hébété.

– Oh, Seigneur, fut tout ce qu'elle put dire.

– Vous la connaissez ?

– Je crois que... qu'il s'agit d'Anna Cole.

– Elle travaille ici ?

Je me souvenais que la réceptionniste avait mentionné une certaine Anna.

– Oui, elle est thérapeute.

– Elle était ici quand vous êtes partie, ce soir ?

– Oui. J'ai quitté le centre après votre massage, mais Anna et l'autre thérapeute avaient leur rendez-vous de 21 heures. Anna était chargée de la fermeture du spa. Oh, Seigneur, qui a bien pu lui faire ça ?

– Je n'en sais rien, mais nous devons retourner à la réception pour y attendre la police.

Elle paraissait bouleversée, mais elle obliqua dans le couloir et se dirigea vers la réception. Je lui emboîtai le pas comme un chien docile.

L'accueil et l'entrée étaient largement éclairés. Piper avait pensé à allumer les lumières lorsqu'elle avait appelé les secours.

– Vous croyez qu'on est en sécurité ? murmura-t-elle d'un ton inquiet.

Évidemment, je me posais la même question. Celui ou celle qui avait tué Anna était probablement loin d'ici, mais je n'en aurais pas juré. Je tendis l'oreille quelques instants, essayant de percevoir un bruit quelconque à l'intérieur du spa, mais je n'entendais que la respiration hachée de Piper.

– Tout ira bien si nous restons à l'accueil, risquai-je.

– Oh mon Dieu, je crois que je vais être malade, gémit Piper, soudain pâle comme un linge.

Je lui pris le bras, la guidai jusqu'à l'un des fauteuils et l'obligeai à s'asseoir.

– Mettez la tête entre vos jambes et respirez lentement pendant une minute, dis-je.

Là, une main posée délicatement sur son épaule, je parcourus la réception du regard. Apparemment, aucune trace d'effraction. Je continuai de tendre l'oreille, pour m'assurer qu'aucun bruit ne venait des salles de massage.

Piper se calma, et j'en profitai pour appeler Danny. Elle répondit d'une voix endormie. Manifestement, je la réveillais.

– Danny, c'est Bailey. Je suis désolée de te déranger si tard, mais il y a une urgence au spa, dis-je en détachant bien chaque syllabe pour lui laisser le temps d'émerger.

– Que se passe-t-il ? Tu vas bien ?

– Je suis à l'accueil avec Piper. Nous avons trouvé un cadavre. Enveloppé dans du papier argenté.

– Du Mylar, précisa Piper en relevant la tête. Le papier, c'est du Mylar.

Mais j'ignorai volontairement la précision.

– Oh-mon-Dieu... Qui est-ce ? voulut savoir Danny.

– Nous n'en sommes pas sûres à cent pour cent. Piper croit qu'il s'agit d'Anna Cole.

J'expliquai à Danny que nous avions déjà appelé la police, et lui demandai de nous rejoindre par l'entrée principale.

– Qu'est-ce que vous disiez ? demandai-je à Piper lorsque j'eus raccroché.

– Je disais que le papier, c'est du Mylar. On s'en sert pour les soins à base de boue. D'abord, on enduit le corps, et ensuite on enroule autour le Mylar.

– Vous enveloppez aussi le visage – je veux dire, sans laisser d'ouverture pour respirer ?

– Non, bien sûr. Ce serait affreux. Parce que la boue devient de plus en plus chaude.

– Anna avait un enveloppement de boue prévu, ce soir ?

Je savais que ce n'était pas à moi, mais à la police, d'interroger Piper, mais je ne pouvais réfréner ma curiosité.

– Non, en général, ce sont deux autres thérapeutes qui s'en chargent. Et il n'y en avait pas de programmé pour ce soir.

– Le rendez-vous d'Anna était-il...

À cet instant, on frappa à la porte, et nous nous retournâmes d'un même mouvement. Nous aperçûmes Danny à travers une des fenêtres. Piper se précipita, mais avant qu'elle n'arrive à la porte Danny entra. Un vent froid s'engouffra avec elle à l'intérieur.

– Tu as utilisé ta clé ? lui demandai-je aussitôt.

– Oui, la porte était fermée. Pourquoi ?

Ses cheveux blonds étaient tout décoiffés, et elle était encore en pyjama quoiqu'elle eût enfilé une parka par-dessus.

– Je me demande comment la personne qui a fait ça est entrée.

– Où est Anna ? interrogea Danny d'un air désemparé.

Tandis qu'elle parlait, je pouvais sentir son parfum, à base de bois de santal. Il y avait quelque chose d'incongru à ce qu'elle sentît aussi bon dans l'horreur du moment.

– Je ne suis pas certaine qu'il s'agisse d'Anna, répondit Piper. Je n'ai pas vu son visage en entier.

– Le corps se trouve dans une salle de massage, expliquai-je, mais nous devons attendre la police.

– Bon, mais... Au moins, expliquez-moi ce qui se passe ici. Piper, qu'est-ce que vous faites encore au spa à cette heure ? Et *toi*, Bailey, pour l'amour du ciel, pourquoi es-tu ici ?

Je lui racontai l'oubli de ma montre. À peine eus-je terminé qu'une voiture de police s'arrêta devant l'entrée, tous gyrophares allumés. Deux flics en uniforme grimpèrent précipitamment les marches du perron et poussèrent la porte du hall.

Le premier, un gamin au visage poupin qui avait sûrement décroché son diplôme de l'Académie de police le matin même, avançait les yeux exorbités, comme s'il craignait de devoir vider son chargeur d'une seconde à l'autre sur un ennemi extraterrestre. L'autre était une femme, d'une dizaine d'années plus âgée, jolie mais l'air revêche, les cheveux dissimulés sous son képi.

– Que se passe-t-il ? demanda-t-elle.

Danny prit les devants. Elle se présenta et résuma ce que je venais de lui raconter. La femme flic aboya dans sa radio pour demander du renfort, et se dirigea aussitôt vers la cabine avec son jeune équipier.

Un tourbillon chaotique déferla sur le spa. Une équipe médicale débarqua, suivie presque aussitôt de deux types, manifestement des inspecteurs en civil, qui enfilèrent des gants en latex en se ruant vers la scène de crime. J'avais vaguement l'impression que le délit le plus excitant à Warren un vendredi soir, c'était généralement deux culs-terreux se foutant une peignée dans un bar. Cette fois, les flics avaient touché le gros lot.

Pendant que tout le monde s'agitait, nous restâmes toutes les trois assises tristement dans nos fauteuils à la réception, avec le jeune flicard comme baby-sitter. Danny avait l'air effondré, Piper était exsangue, et je n'arrêtais pas de penser à cette pauvre Anna – ou qui que ce fût – momifiée dans cette salle. L'avait-on tuée d'abord ? ou enveloppée vivante ?

Lorsque, dix minutes plus tard, les deux inspecteurs eurent fini d'examiner la scène de crime, ils nous demandèrent nos noms et un topo sur les événements de la soirée. Puis ils nous prièrent de retourner à l'hôtel et nous donnèrent la consigne de ne pas communiquer à propos du crime. Le jeune policier nous escorta vers nos pénates, et devant l'entrée nous croisâmes la femme flic qui délimitait un périmètre de sécurité avec un ruban jaune.

Comme nous traversions le parking, une voiture noire nous frôla et s'arrêta à côté de l'ambulance. Un homme d'âge mûr en descendit, ses cheveux gris argent brillant dans la lumière du hall. Il s'immobilisa un instant, comme s'il photographiait mentalement la façade du centre.

Piper marchait en cadence avec le flic, et Danny et moi leur emboîtions le pas. Je lui pris le bras pour la réconforter ; dans la stupeur, nous n'avions pas même eu le temps de nous dire bonjour.

– Oh, Bailey..., soupira-t-elle. Je m'en veux tellement que tu sois mêlée à tout cela.

– Ne t'inquiète pas pour moi, tentai-je de la rassurer. Je suis heureuse d'être ici pour te soutenir.

Les feuilles mortes volaient sur le parking et craquaient sous nos pas. Tout en prêtant l'oreille aux voix des flics et des ambulanciers derrière nous, je me souvins brusquement du bruit sourd que j'avais entendu lorsque j'étais descendue la première fois chercher ma montre. Avait-il été fait par la victime se débattant pour échapper à son agresseur, ou tentant de se libérer de sa terrible gangue en Mylar ? Sur le moment, j'avais pensé à un employé chargé de l'entretien, mais j'avais constaté ensuite que le spa était désert. Si seulement ce bruit avait pu m'alerter davantage, si seulement j'en avais parlé à la réceptionniste de l'hôtel... Alors, peut-être, cette pauvre femme momifiée serait-elle encore en vie.

3

Danny sortit une clé de sa poche et ouvrit la porte d'entrée de l'hôtel. Natalie se leva d'un bond, envoyant sa chaise rouler derrière elle. Elle avait certainement vu passer les voitures de police et l'ambulance, et devait mourir d'angoisse.

– Qu'est-il arrivé ? bredouilla-t-elle, les yeux écarquillés.

– On a retrouvé une femme morte au centre de relaxation, répondit Danny. Nous ne connaissons pas son identité avec certitude. La police s'occupe de tout. Tous nos clients sont-ils rentrés ce soir ?

– Oh, mon Dieu, oui, je crois. Laissez-moi vérifier.

Elle farfouilla nerveusement sur le comptoir, jusqu'à ce qu'elle mette la main sur la feuille de papier faisant office de registre pour la journée.

– Non, quelques-uns n'ont pas regagné leurs chambres, répondit-elle en survolant la liste du regard.

– Vous feriez bien de me donner ça, intervint le jeune flic en tendant la main, les inspecteurs vont en avoir besoin.

C'était la première phrase qu'il prononçait de la soirée.

Danny suggéra que Natalie reste avec nous, et elle nous précéda dans une enfilade de petits bureaux jusqu'à un petit salon avec une causeuse et une table de conférence. Danny conseilla à Piper de se reposer un peu. Natalie offrit de rester avec elle, et ajouta qu'elle tendrait l'oreille au cas où un client descendrait s'enquérir de l'agitation régnant autour de l'hôtel.

Danny nous fit entrer dans son bureau. Je m'affalai dans un fauteuil, pendant que Danny allait préparer un thé dans la kitchenette attenante. Le jeune flic se posta à côté de la porte. Ses instructions étaient claires : il devait garder un œil sur nous, et veiller à ce que nous ne parlions pas du crime, ni ne téléphonions à qui que ce fût.

Ramenant mes jambes sous mes fesses, je me repassai le film des événements depuis l'instant où j'avais quitté ma chambre. Je ne voulais pas hésiter lorsqu'il me faudrait répondre aux questions de la police. Deux détails me rendaient un peu nerveuse. D'abord, toute cette histoire avec ma montre. J'étais certaine que les flics trouveraient bizarre mon insistance à la récupérer. Tout ce qui paraît illogique ou qui sort de l'ordinaire, voilà ce qui fait tiquer un flic – et insister pour qu'on ouvre un centre de remise en forme au milieu de la nuit entrait évidemment dans cette catégorie. Ensuite, ils allaient être furieux de la pagaille que j'avais fichue sur la scène de crime. Si le meurtrier avait laissé des empreintes sur le Mylar ou l'adhésif, je les avais certainement sabotées. De surcroît, en arrachant l'adhésif comme je l'avais fait, je les avais peut-être privés de toute chance de retrouver le rouleau d'origine.

En même temps, pouvait-on me reprocher d'avoir tenté de dégager la victime ? Le papier argenté était tiède et rien ne permettait de jurer que la personne emprisonnée à l'intérieur était morte. Je me livrai à des petits calculs : le spa avait logiquement fermé à 22 heures. Piper et moi avions découvert le corps juste avant 23 h 30. J'avais entendu ce bruit sourd à l'intérieur vers 22 h 30. Alors oui, il pouvait parfaitement s'agir du bruit fait par quelqu'un que l'on essaie de maîtriser, ou qui lutte pour se libérer.

La question, évidemment, était : qui avait bien pu commettre un crime aussi épouvantable ? Il n'y avait aucun signe d'effraction ; au reste, pourquoi un cambrioleur prendrait-il la peine d'envelopper un gêneur de la sorte ? Il s'agissait assurément d'un meurtre prémédité, dû peut-être à un psychopathe qui avait suivi la victime, bien qu'un amant furax d'avoir été plaqué constituât l'hypothèse la plus vraisemblable. Qui que ce fût, il ne s'attendait certainement pas à ce que quelqu'un revienne dans le spa après la fermeture. J'éprouvai un petit frisson de terreur rétrospective à la pensée que j'avais été à deux doigts de croiser le meurtrier sur le parking.

Danny revint, apportant une théière et des tasses sur un plateau. Elle avait préparé une infusion citronnée qui, la connaissant, ne devait pas contenir une molécule de théine, mais j'acceptai tout de même une tasse, histoire de m'occuper les mains. Le flic refusa. Il devait préférer le Coca.

Danny alluma son ordinateur, afin de vérifier la liste des rendez-vous du centre pour la soirée.

– Nous n'avions que deux rendez-vous à 21 heures, ce soir, constata-t-elle, les yeux fixés sur son écran. Deux femmes. La première devait voir Anna, l'autre Éric, un de nos thérapeutes.

– Deux clientes de l'hôtel ?

– Oui. Nous ne prenons pas de rendez-vous extérieur après 19 heures.

Le flic nous décocha un regard réprobateur censé nous rappeler que nous ne devions pas parler du crime. Je retournai donc à mes pensées, et me repassai encore et encore le film de la soirée. Une demi-heure s'écoula dans le silence le plus complet. J'éprouvais une irrépressible envie de fermer les yeux et de dormir. Tout ce dont je me souviens ensuite, c'est d'avoir été tirée de mon sommeil.

Un homme étrange était penché au-dessus de moi et murmurait mon nom. Taille moyenne, mince, trente-cinq ans environ, mais ses cheveux gris lui donnaient au moins dix ans de plus.

– Désolé, je ne voulais pas vous effrayer, s'excusa-t-il. Je suis l'inspecteur en chef Beck. J'aimerais vous poser quelques questions.

Il portait un pantalon gris, un pull en laine ras du cou assorti sur une chemise blanche, et une veste en daim marron, le tout – un rien trop habillé – suggérant qu'il n'était probablement pas de service ce soir, mais qu'il avait été appelé d'urgence.

– Bien sûr, dis-je en me redressant et en me frottant les yeux.

Je constatai alors que Danny et le jeune flic n'étaient plus dans la pièce.

– Où sont passés les autres ? demandai-je.

– Nous avons raccompagné tout le monde, à l'exception de Mme Hubner. Elle se repose dans la pièce à côté. Elle tenait à vous attendre.

– Oh, mon Dieu, j'ai dû piquer un sacré roupillon.

– Je vous laisse récupérer un instant, si vous voulez ? proposa-t-il sans conviction.

– Non, merci, ça va aller.

– Bon, dans ce cas, commençons.

Il tira une chaise jusqu'à lui et s'assit en face de moi. Dans mon fauteuil, je me faisais l'effet d'être Alice au pays des merveilles en train de rapetisser à vue d'œil.

– Vous êtes cliente ici ? interrogea-t-il.

Je lui parlai de mon amitié avec Danny, et lui expliquai pourquoi j'avais quitté Manhattan. Tout en m'écoutant, il tira un petit carnet d'une poche de sa veste en daim. Les pans de la veste s'écartèrent légèrement, et je remarquai qu'en enfilant sa ceinture il avait manqué une boucle de son pantalon. Peut-être était-il couché, en fait, quand on lui avait annoncé le meurtre...

– Tout d'abord, que faisiez-vous au spa à une heure pareille ?

Je soupçonnais qu'il en avait déjà parlé avec Piper, mais évidemment il voulait entendre ma propre version, étape par étape. Je racontai le massage, ma Rolex oubliée, le coup de fil à Natalie qui avait appelé Piper, laquelle était venue ouvrir le centre.

– Et ça ne pouvait pas attendre le matin ?

Okay, nous y voilà, pensai-je. *Je n'allais pas y couper, comme prévu*. Je pris une profonde inspiration et cherchai les mots justes.

– Eh bien, cette montre a une grande valeur sentimentale pour moi, expliquai-je, et je savais que je n'arriverais pas à m'endormir avant de l'avoir récupérée.

– Bon. Racontez-moi ce qui est arrivé – depuis le début. Piper et vous y êtes entrées ensemble ?

– Oui. Nous sommes passées par l'entrée qui communique avec l'hôtel. Mais en fait, le début, ce n'est pas ça.

Il s'interrompit dans sa prise de notes et leva les yeux, surpris.

– Je vous écoute.

– Je dois d'abord vous expliquer quelque chose, dis-je. Avant de demander à la réception si on pouvait me laisser entrer, je suis allée vérifier si le centre était encore ouvert.

Il ne réagit pas, se contentant de me fixer de ses yeux bleu ardoise. Je m'étais tellement focalisée sur ses cheveux gris jusque-là, que je n'avais pas remarqué à quel point il était séduisant.

– Et puis ? m'encouragea-t-il à poursuivre.

On sentait une légère tension dans sa voix, comme si je commençais à mettre sa patience à l'épreuve.

– Il était fermé. Toutes les lumières étaient éteintes. J'ai essayé la porte, mais elle était verrouillée. À ce moment-là, j'ai entendu un bruit étrange.

Silence. Puis il enchaîna :

– Quoi, au juste ?

Bon sang, cette façon qu'il avait de mener un interrogatoire ! S'il voulait me mettre mal à l'aise, c'était réussi. Je me sentais prête à endosser la culpabilité de ce crime affreux avant la fin de la nuit.

– J'ai entendu un bruit sourd, expliquai-je. Je ne peux pas dire mieux. Juste un bruit sourd. Et maintenant, je me demande si ce n'était pas la victime qui a fait ce bruit en se débattant.

– Quelle heure était-il ?

– Environ 22 h 30.

Il revint en arrière dans ses notes et relut quelque chose.

– Et quand vous avez entendu ce bruit, qu'avez-vous fait ?

– Rien, reconnus-je. Sur le moment, je n'ai pas pensé qu'il y avait lieu de s'inquiéter, si c'est ce que vous voulez dire. Je me suis simplement dit qu'il y avait encore quelqu'un à l'intérieur. Alors, j'ai fait le tour du bâtiment vers l'entrée principale.

Il écarquilla légèrement les yeux en entendant ce nouveau détail. Mais il dit seulement :

– Continuez.

Je racontai comment j'avais traversé le parking dans le noir, trouvé porte close et fait demi-tour pour regagner l'hôtel.

– C'est très important, reprit-il d'un ton monocorde. Avez-vous remarqué un mouvement quelconque à l'intérieur ou à l'extérieur, le moindre détail suspect ?

– Rien qui vaille la peine d'être mentionné.

– Permettez-moi d'en être seul juge, d'accord ? Dites-moi tout ce que vous avez vu.

– Je n'ai rien vu, ni personne, répétai-je, agacée par la brusquerie de son ton.

Apparemment soulagé que je n'occulte aucun détail d'importance, il m'encouragea à reprendre mon récit. Je lui décrivis mon retour au spa avec Piper, la lumière sous la porte et la découverte du corps.

– Qui a eu l'idée d'ôter le papier argenté ?

Okay, nous y revoilà.

– Moi, dis-je. Moi seule. Je dois vous dire aussi que j'ai pratiqué sur elle le bouche-à-bouche. Donc, vous trouverez sûrement ma salive mêlée à la sienne.

– Vous pensiez la ramener à la vie ? demanda-t-il, apparemment incrédule.

– Non, je voulais savoir ce que ça faisait d'embrasser un cadavre.

Je n'aurais pas dû dire ça, mais c'était sorti tout seul. Ce Torquemada aux yeux bleus commençait à me taper sur le système avec ses questions débiles. Sur le moment, je crus qu'il allait me passer les menottes pour insubordination, mais au lieu de cela, il afficha un air vaguement perplexe.

– Avec le recul, je me rends compte que c'était une mauvaise idée, repris-je sans lui laisser le temps de répondre. Mais le papier qui l'enveloppait était chaud, et j'ai pensé qu'elle pouvait être encore en vie.

Nouveau silence. Nouveau regard fixe. Puis :

– Vous avez fait ce qu'il fallait, bien sûr, concéda-t-il. Un tas de gens, en pareille situation, n'auraient eu ni vos réflexes ni votre présence d'esprit.

Je me sentis soulagée. Et aussi un peu stupide de m'être emballée alors qu'il me complimentait.

Il me posa encore quelques questions, du genre : « Qu'avez-vous touché dans la salle en dehors du corps ? »

« Qu'avez-vous fait exactement à la réception ? » Deux ou trois détails concernant les portes et la lumière. Il me demanda aussi mon adresse et mon numéro de téléphone à New York. Puis il me dit que je devais me rendre au poste de police le lendemain pour faire une déposition officielle. Il tira un portefeuille en cuir marron d'une poche arrière de son pantalon, en sortit une carte de visite et y inscrivit son numéro de téléphone mobile avant de me la tendre.

– Appelez-moi si un détail vous revenait, dit-il d'un ton soudain plus chaleureux. Je crois que le bruit que vous avez entendu est important. Je veux que vous me teniez au courant. Le plus petit détail. D'accord ?

– Je ne manquerai pas de vous prévenir, acquiesçai-je. Mais je ne veux pas que vous entreteniez de faux espoirs. Je n'ai rien vu.

– Vous seriez surprise du nombre de choses dont les gens arrivent à se souvenir.

Il se leva, et je me redressai à mon tour pour m'extraire du fauteuil.

– J'ai une question, dis-je comme il tournait les talons pour sortir. Est-ce que... Est-ce qu'elle était vivante quand on l'a enveloppée dans ce papier ?

– C'est notre affaire maintenant, pas la vôtre, répondit-il sèchement.

Aussitôt, il parut regretter sa brusquerie. Il soupira et ajouta avec un petit sourire :

– Écoutez, nous allons faire tout notre possible pour coincer la personne qui a fait ça. Vous devriez aller vous reposer maintenant, d'accord ? Vous avez eu une dure soirée.

C'est aussi mon affaire, ne pus-je m'empêcher de penser en le regardant quitter la pièce. Je pouvais encore sentir les lèvres froides d'Anna sur les miennes. Il y avait vraiment eu un moment où j'avais cru pouvoir lui sauver la vie. Maintenant, j'étais dévorée par l'envie de savoir comment elle était morte, et qui l'avait tuée.

Je rejoignis Danny dans la pièce voisine, lovée dans la causeuse, endormie, les sourcils froncés. J'éprouvai un brusque élan de tendresse pour elle, l'envie de la réconforter comme elle m'avait réconfortée jadis. Les rôles étaient inversés aujourd'hui. C'était effrayant et agréable à la fois.

Je la secouai doucement par l'épaule et l'appelai plusieurs fois. Elle ouvrit les yeux, me fixa et poussa un faible gémissement.

– Oh ? Seigneur... J'ai cru une seconde que j'avais fait un cauchemar, avoua-t-elle. Mais ce n'en est pas un, n'est-ce pas ?

– Non, Danny. Malheureusement. L'inspecteur vient de partir. Nous pouvons retourner dans nos chambres.

– Je me demande comment je vais bien pouvoir refermer l'œil.

– Veux-tu que nous parlions un peu ? Je sais que je n'arriverai pas à me rendormir non plus.

– Oui, si tu veux. J'ai tellement de questions. Si nous allions au salon ?

Elle se leva, rajusta sa parka sur son pyjama et me précéda dans le couloir vers le hall. L'hôtel était parfaitement silencieux.

– Des clients sont-ils descendus voir ce qui se passait ? demandai-je.

– Quelques-uns. Ils ont vu de leurs fenêtres toute cette pagaille dehors. Ils avaient l'air désarçonnés. Je sais que cela paraît égoïste alors que quelqu'un est mort ce soir, mais je n'arrête pas de penser à l'hôtel. J'ai travaillé si dur ces dernières années ! Et voilà que nous courons à la ruine.

– Non, c'est faux. Tu vas te sortir de cette histoire, et l'hôtel s'en remettra.

– Tu ne comprends pas, murmura-t-elle. Je ne vois pas comment on s'en sortirait. Ce n'est pas le premier décès qui survient dans le spa.

4

– Quoi ? m'exclamai-je, interloquée. Qui ? Quand ?

– Allons parler ailleurs, murmura Danny. Je ne veux pas qu'un client m'entende.

Nous traversâmes le hall. La porte d'entrée de l'hôtel était en partie ouverte, et j'aperçus au passage deux flics postés sur le perron qui discutaient. Lorsque nous fûmes dans le salon, Danny referma les portes coulissantes derrière nous, alluma un abat-jour puis la flamme électrique dans la cheminée à l'aide d'une télécommande. Nous nous installâmes sur le canapé.

– Très bien, parle-moi de cet autre décès, l'exhortai-je alors.

– C'est arrivé au mois de juillet dernier, commença-t-elle d'un air sombre. Un homme venu là pour un massage est mort d'une crise cardiaque dans le vestiaire des hommes.

– Y avait-il quelque chose de suspect dans sa mort ?

– Non, non, précisa-t-elle. Il frôlait les soixante-dix ans, et l'autopsie a montré qu'il avait une valve cardiaque défaillante, anomalie qui n'avait jamais été diagnostiquée. Mais deux morts ici… Tu sais comme sont les gens, je les entends déjà murmurer que l'hôtel est *maudit*.

– La police s'en est mêlée ?

– Oui, l'inspecteur Beck. Je devrais dire : déjà lui. L'homme qui est mort – William Litchauer – était un notable. Sa femme et son fils ont menacé de nous poursuivre, mais ils n'avaient rien pour étayer leurs accusations. Toute personne qui suit un traitement ici signe une décharge dégageant notre responsabilité en cas de problèmes de ce genre, à moins bien sûr qu'il n'y ait négligence de notre part. Et la police n'a rien trouvé.

– Et ce flic, Beck ? lui demandai-je.

– C'est le genre spontané, brut de décoffrage, très professionnel. À l'époque, il a interrogé plusieurs personnes du spa et fait son boulot à fond.

– *A priori*, les deux affaires ne semblent pas liées, risquai-je. Du reste, nous ne connaissons même pas encore l'identité de la victime.

– Je suis catégorique : il s'agit bien d'Anna, s'affligea-t-elle. L'inspecteur Beck a trouvé son sac à main dans le vestiaire réservé au personnel. Qui plus est, il n'y a personne dans sa chambre.

– Tu as dit tout à l'heure qu'Anna avait un rendez-vous à 21 heures. Qui était chargé de fermer le centre ce soir ? Elle ?

– Oui. Josh, le responsable, part en général vers 18 heures, et c'est soit Piper soit Anna qui ferme. Ce devait être le tour de Piper ce soir, mais Anna avait échangé son jour avec elle un peu plus tôt dans la semaine.

– As-tu prévenu Josh ?

– Non, je ne pouvais pas l'appeler, avec ce policier qui nous surveillait. J'essaierai de le joindre à la première heure dans la matinée. Il va être aussi anéanti que moi par cette nouvelle.

– Je me demande s'il a la moindre idée de l'identité du coupable.

– Quoi, tu crois que ce serait quelqu'un qui travaille ici ? demanda-t-elle d'un air désemparé.

– Qui travaille au spa, ou bien un familier des lieux, répondis-je. Un proche d'Anna, peut-être un client. Quelqu'un, en tout cas, qui connaît l'usage du Mylar.

Danny ferma les yeux et enfouit son visage dans le creux de ses mains. Puis, relevant la tête, elle me fixa d'un air suppliant.

– Bailey, il faut que tu m'aides. Je t'en prie.

– Bien sûr, Danny. Tu sais que tu peux compter sur moi.

– Il faut que tu m'aides à trouver le coupable. Ta mère m'a parlé de ce meurtre que tu as résolu au printemps – la baby-sitter de ta patronne. Si la police ne trouve pas le meurtrier d'Anna, son ombre continuera de planer sur l'hôtel et le centre de remise en forme.

Elle avait raison, bien sûr. Si le meurtrier n'était pas appréhendé rapidement, la réputation du spa en pâtirait. Un mort, c'était déjà moche ; et il y en avait deux maintenant. Les gens ne feraient pas la différence entre accident et homicide, ils relieraient les deux affaires et évoqueraient une malédiction à la *Shining* ! Je me remémorai soudain la dernière recommandation de ma mère avant de s'envoler pour Athènes : « Garde un œil sur Danny. Je m'inquiète pour elle. »

– Je ferai le maximum, Danny, promis-je.

– Oh, Bailey, merci, soupira-t-elle en serrant mon bras.

– Écoute, je ne sais pas si j'arriverai à avancer d'ici lundi, mais comme je séjourne à l'hôtel je pourrai peut-être apprendre certaines choses. Les gens me parleront sans doute plus facilement qu'à la police. Nous devons seulement veiller à ne pas court-circuiter leur enquête. Je m'arrangerai pour que cet inspecteur, Beck, ne se doute de rien. Je ne crois pas qu'il apprécierait de m'avoir dans les pattes.

– Très bien. Et puisque je t'avais arrangé un rendez-vous avec Josh, nous pourrions commencer par là. Je lui expliquerai la situation.

– Bonne idée. Maintenant, parle-moi de la sécurité. Quelle est la procédure habituelle lors de la fermeture des lieux ?

– La petite porte du spa est toujours fermée – du moins, elle est censée l'être, m'expliqua Danny. L'entrée principale est fermée une fois le dernier client arrivé. Quant à la porte qui communique avec l'hôtel, elle est verrouillée en dernier.

– Qui a les clés ?

– J'en ai un jeu, ainsi que George. Josh, Piper et Anna également puisqu'ils sont responsables adjoints. Et le gérant de l'hôtel en a un jeu lui aussi – soit dit en passant, il est absent ce week-end pour assister à un mariage.

Je me levai et m'approchai de la cheminée. Je voulais sentir sa chaleur sur mon corps, mais la flamme électrique en dégageait si peu que j'aurais plus vite fait de me chauffer les fesses avec une bougie.

– Mais le tueur ne possédait pas nécessairement une clé, précisai-je. Anna a pu le laisser entrer après le départ de tous les clients. Que peux-tu me dire d'elle, de sa personnalité ?

Danny savait en fait très peu de choses sur Anna. À peine plus de trente-cinq ans, séduisante, célibataire, un peu distante. Comme Piper, elle logeait sur place. Elle était arrivée un an plus tôt de Manhattan, où elle avait appris son métier de masseuse. Avant cela, elle avait parcouru les États-Unis. Sur son dossier figuraient les coordonnées d'une sœur en Floride, à contacter en cas d'urgence.

Danny retourna à son bureau et revint avec une photographie de groupe où figurait Anna. Elle n'était pas seulement séduisante, elle dégageait quelque chose d'extrêmement sexy. Yeux noirs mutins, cheveux bruns coupés court, en broussaille. Du haut de son mètre soixante (à en juger d'après les autres personnes photographiées), elle fixait l'objectif comme une gagneuse cherchant à lever le client, aguicheuse et sensuelle.

– Elle avait un petit ami ? demandai-je.

– Il semble qu'elle ait eu une aventure avec Éric, le thérapeute d'origine indienne, il y a quelque mois, mais je crois que ça a été un fiasco. Éric est un garçon plutôt tranquille. Je le vois mal s'en prendre à Anna de cette manière.

– En tout cas, la police va l'avoir dans le collimateur, étant donné qu'il était au spa avec elle ce soir. Quelqu'un d'autre ?

– On a engagé un nouveau prof de tennis l'été dernier, et il m'a semblé qu'il lui tournait un peu autour, mais je ne sais pas s'il y a eu quoi que ce soit entre eux. Tu me connais, j'aime bien établir un contact avec les gens, mais Anna était plutôt du genre secret.

Je lui demandai si c'était typique des femmes qui exerçaient ce métier, et Danny m'expliqua que, d'après son expérience, le massage attirait différents types de femmes. Il y avait les déesses-mères, pour qui le massage était un moyen d'entrer en relation avec autrui. Il y avait aussi ce qu'elle appelait le genre ascète, les esprits libres qui pensaient seulement à prendre soin de leur corps et ne supportaient pas de mettre les pieds dans un bureau. Et enfin les voluptueuses, les femmes qui recherchaient tout ce qui pouvait les rendre heureuses. Anna, selon Danny, était un mélange des deux derniers genres.

– Comment s'entendait-elle avec ses collègues ?

– Je sais que la plupart des gens la trouvaient froide. Elle s'était fait une amie à son arrivée ici, qui est partie l'hiver dernier – elle travaille dans un tout autre domaine aujourd'hui. Et puis, il y avait aussi... Non, ce n'est pas important.

– Dis-moi.

– Eh bien, j'ai remarqué une petite rivalité entre les thérapeutes femmes concernant la fidélisation de la clientèle. Anna – et Piper aussi – réussissait à s'attacher les clients plus facilement que les autres filles. Cela a généré du ressentiment, en particulier à l'égard d'Anna parce qu'elle était ici depuis à peine un an. Et vu ses capacités remarquables, Josh l'a nommée responsable assistante après seulement neuf mois de présence.

– Quelqu'un lui en voulait-il plus que les autres ?

– Cordelia, répondit-elle après réflexion. C'est l'une de mes plus anciennes employées, et elle est très, très compétente. C'est une déesse-mère, forte comme un bœuf, bien que la force ne fasse pas tout dans ce métier. Parfois, un thérapeute possède un petit plus – une technique fabuleuse, par exemple – que les gens vont préférer à des mains énergiques. Je soupçonne Cordelia d'être un peu trop bavarde ; les clients n'apprécient pas beaucoup cela.

Tout en écoutant Danny, je vis qu'elle avait l'air vannée. Il était évident qu'elle avait besoin de sommeil. Je lui suggérai de reprendre cette discussion au matin. Elle acquiesça, mais parut soudain pensive.

– Danny ? demandai-je. Tu as autre chose à me dire ?

Elle me fixa, sourcils froncés, l'air piteux.

– Oui et non, souffla-t-elle. Quelque chose me tracasse, mais je n'ose pas vraiment en parler. Depuis quelques mois, j'ai l'impression qu'il se passe quelque chose de bizarre au spa. J'ai essayé d'y être plus souvent, mais je n'ai rien trouvé de concret.

Voilà donc pourquoi ma mère m'avait dit que Danny n'avait pas le moral ces derniers temps.

– Peux-tu être plus précise ? lui demandai-je.

– C'est surtout une question d'atmosphère. Ça concerne Josh, Piper, Anna et cette fille, Lauren, bien qu'elle ait déménagé à Hawaii au mois d'août. Je les ai surpris à échanger certains regards entendus, comme s'ils faisaient mystère de quelque chose. Quand je leur propose mon aide, ils font tout pour me décourager de rester.

– Tu en as parlé à la police ?

– Non, pour dire quoi ? Que j'ai un mauvais pressentiment ?

– Comment vont les affaires du spa ?

– Les affaires sont excellentes. C'est d'ailleurs pourquoi je n'ai rien dit à Josh. Il n'y a pas deux ans qu'il est ici, et il a fait de ce centre de remise en forme une réussite, surtout depuis que la déco a été refaite. Josh est très susceptible, et j'ai peur qu'il soit furieux si j'invoque des raisons aussi vagues.

– Ils pourraient détourner de l'argent, conjecturai-je. Est-ce que tu vérifies la partie compta, les factures ?

Elle répondit que oui, mais pas de très près. Je lui dis qu'une des premières choses que je ferais dans la journée serait de jeter un coup d'œil à sa comptabilité, afin de vérifier qu'il ne s'y trouvait pas d'anomalie flagrante.

– À propos, quand George rentre-t-il ? lui demandai-je pendant qu'elle éteignait l'abat-jour.

– Demain. J'ai essayé de le joindre sur son portable, mais manifestement il l'a coupé pour la nuit.

J'accompagnai Danny jusqu'à sa chambre au premier étage. J'attendis qu'elle referme derrière elle, puis je longeai le couloir et pris l'escalier jusqu'au deuxième. Les lumières étaient allumées devant ma suite, mais le reste du couloir était plongé dans l'obscurité. Avec un petit frisson dans le dos, je m'enfermai à double tour.

Puis j'ôtai mes chaussures et me déshabillai, avant de m'affaler sur le lit. Malgré moi, j'éprouvais un sentiment de culpabilité après la mort d'Anna. *Si seulement ce foutu bruit avait pu m'alerter*, ne cessais-je de me répéter. Non seulement cela lui aurait peut-être sauvé la vie, mais son agresseur aurait pu être appréhendé. J'étais également inquiète pour Danny. Si la police n'arrêtait pas rapidement le coupable, ses affaires risquaient d'en pâtir. Je comptais bien tout faire pour empêcher cela.

Et il n'y avait pas que Danny, mais ma mère aussi, qui m'avait demandé d'aider son amie. Comment lui refuser cette faveur ? Oh, je ne suis pas un modèle de fille dévouée et obéissante, mais après la mort de mon père, maman s'était refermée sur elle-même. Alors, j'avais mis toute mon énergie à essayer de la rendre heureuse. Difficile de se débarrasser des vieilles habitudes...

Et puis, j'avais comme une impression de déjà vu. Cinq mois plus tôt, j'avais soutenu ma patronne à *Gloss*, Cat Jones, lorsque sa baby-sitter avait été empoisonnée. J'avais mis ma vie en danger à cette occasion, et je savais que jouer les détectives ici, à l'hôtel, me ferait courir les mêmes risques. Mais si je pouvais faire quelque chose, je me devais d'agir – pour Danny d'abord, et pour cette pauvre Anna.

Allongée sur le lit, complètement flagada, j'éprouvai soudain un autre sentiment familier : ce bon vieil apitoiement sur moi-même. J'étais venue à Warren pour me faire bichonner, pour oublier mes fiascos amoureux et ma pathétique vie sociale, et voilà que je me sentais encore plus seule qu'à Manhattan. Comme ç'aurait été bon d'avoir un mec à qui parler, là, tout de suite. Un Jack Herlihy, avec ce don qu'ont les psys d'écouter et de vous faire pisser des idées noires en veux-tu en voilà, jusqu'à ce que vous vous sentiez requinqué. Ça ne l'aurait pas dérangé d'être réveillé à 2 heures du matin et d'écouter mes lamentations.

Mais je me reprochai aussitôt de penser à Jack. Pire, de l'idéaliser. Ce salopard m'avait possédée comme la dernière des gourdes. J'ai lu un jour dans *Gloss* que si votre ex vous manque, un bon truc est de l'imaginer subissant une humiliation. Du coup, je me représentai Jack marchant dans les rues de Georgetown, habillé d'un pantalon beige impeccablement repassé, au moment où un camion de la FedEx passe à côté de lui et l'éclabousse entièrement de flotte bien dégueu. Je sais, ce n'est pas l'humiliation du siècle, mais j'étais dans un tel état de fatigue et de désarroi que, sur le moment, rien d'autre me vint à l'esprit.

Je rampai vers la tête du lit, me glissai sous les draps façon loutre marine et éteignis à l'aveugle la lampe de chevet. J'avais à la fois envie de dormir et un besoin impérieux de mettre au point mon plan d'action pour la journée. J'avais hâte de jeter un coup d'œil à la compta du spa, et je voulais interroger certaines personnes. Le tout serait de la jouer fine pour ne pas éveiller la curiosité de l'inspecteur Beck.

Allongée dans l'obscurité, une question me vint soudain à l'esprit. J'avais quitté Danny dix minutes auparavant. Elle ne dormait sûrement pas encore. Je me redressai, décrochai le téléphone et composai le 7 suivi du numéro de sa chambre.

– C'est Bailey, dis-je. Désolée de te déranger, mais j'ai une question à te poser.

– Je t'écoute.

– La victime de la crise cardiaque... Qui était sa masseuse ?

– C'était Anna.

5

Le samedi matin arriva, agréable comme une araignée dans une salle de bains. Je m'éveillai au son de la pluie crépitant sur le toit, et avec le genre de migraine carabinée que seule une accro à la caféine comme moi réduite à boire de l'eau tiède citronnée a la joie de connaître.

Je me levai. Aussitôt, le souvenir des événements de la soirée revint piétiner ma cervelle au grand galop, et je poussai un long gémissement d'animal blessé. À ce train-là, mon séjour au Cedar Inn de Warren risquait bien de figurer au Guiness des week-ends ratés.

Après une douche rapide, je sortis de mon sac à main la carte de l'inspecteur Beck. Ma priorité ce matin était de découvrir s'il se passait oui ou non quelque chose de louche au spa, mais je voulais d'abord régler l'histoire de ma déposition. J'appelai le poste de police de Warren. Une femme décrocha. Elle me mit en attente une bonne minute, avant de m'informer – c'était plus un ordre qu'une suggestion – qu'il serait bien que je sois au poste à 11 h 30. *Qui avait fixé l'heure ?* me demandai-je. Beck lui-même ?

J'enfilai un pantalon fauve et un pull noir à col montant puis descendis. Il régnait une certaine animation dans le hall. Il y avait là une belle brochette de vieux trumeaux cousus d'or, accompagnées pour certaines de leur légitime, vieux galetteux en fin de saison dont les millions n'avaient pas suffi à éloigner les taches de vieillesse. L'atmosphère était aux messes basses ; cela signifiait que la plupart des clients savaient que quelque chose de grave était arrivé la veille. Pourtant, personne ne décampait, l'air indigné et valises bouclées, en réclamant d'être remboursé.

Je demandai au réceptionniste du matin où je pouvais trouver Danny. Il me répondit qu'elle était « hors site » pour le moment mais n'allait pas tarder. Je décidai d'en profiter pour prendre un petit déjeuner, mais avant tout d'aller voir ce qui se passait au centre. Je sortis de l'hôtel et fis le tour du bâtiment. La pluie avait cessé, mais le sol était encore humide. En traversant le parking, je remarquai que la police avait élargi le périmètre de sécurité. Il y avait des flics tout autour du parking maintenant, profitant de la lumière du jour pour chercher des indices. Mais aucun signe du séduisant inspecteur Beck.

De retour à l'hôtel, je traversai le long couloir menant à la salle à manger. Là encore, je trouvai la déco charmante sans être mièvre. Toujours les imprimés à carreaux havane et blanc, avec des dizaines de reproductions de feuilles d'arbres encadrées accrochées aux murs. On me désigna une table près d'une fenêtre, avec ses chaises à l'ancienne assorties. Bien qu'il n'y eût pas la moitié des tables occupées, des chuchotements nerveux se faisaient entendre ici aussi.

Un quart d'heure plus tard, après avoir englouti un muffin à la myrtille et bu une tasse de café, je retournai dans le hall où le réceptionniste me confirma le retour de Danny. Je me dirigeai vers son bureau. La porte était ouverte. En entrant, je croisai un beau brun d'une trentaine d'années, qui s'apprêtait à sortir. Avant que j'aie le temps de le saluer, Danny fit les présentations. C'était Josh, le responsable du spa.

– Désolée de faire votre connaissance en de pareilles circonstances, dis-je en lui tendant la main.

Il répondit à mon salut, ou plutôt me broya les doigts, genre rouleau compresseur.

– Pareillement, répondit-il en hochant la tête.

Je notai les yeux noisette et le teint pâle, presque laiteux, contrastant étrangement avec sa tignasse noire. Une fine cicatrice courait sur son menton, qui donnait à son visage – un modèle de structure osseuse masculine – quelque chose de plus intrigant.

– Danny espérait que nous pourrions nous voir plus tard, risquai-je. Si ça vous convient, évidemment.

– Bien sûr, approuva-t-il d'un ton neutre. Le spectacle doit continuer. Maintenant, si vous voulez bien m'excuser, j'ai mille problèmes à régler.

Il sortit du bureau, et je me tournai vers Danny. La fatigue se lisait sur son visage, en dépit du rouge à lèvres et du fond de teint censés lui donner l'air d'être « aux commandes ».

– Tu tiens le coup ? lui demandai-je.

– Plus ou moins, soupira-t-elle. Je suis si heureuse que tu sois là, Bailey.

– Quelles sont les nouvelles ?

– Je ne sais pas par où commencer. Je suis allée à la morgue ce matin pour identifier Anna. C'était terrible de la voir ainsi. Son corps était presque entièrement couvert, mais j'ai pu voir ces bleus affreux autour de son cou.

– Elle aurait donc été étranglée. Je me demande pourquoi le tueur l'a enveloppée dans du Mylar. Peut-être qu'il voulait être certain qu'elle soit morte.

– Je préfère ne pas penser aux détails. La police a appelé sa sœur. Elle doit arriver de Floride par avion dans la semaine.

– La police a-t-elle laissé entendre qu'elle avait une piste ?

– Non, pas encore. Je les ai accompagnés ce matin avec Josh au centre. Apparemment, il ne manque rien. Éric, comme tu l'avais prévu, est sur la sellette. Je lui ai parlé ce matin. Il dit qu'il a quitté le spa à 22 heures, en laissant sa dernière cliente sortir avec lui parce qu'elle ne voulait pas s'ennuyer à se changer juste pour regagner sa chambre. Il a vu Anna pour la dernière fois dans le couloir en partant. Et il s'est rendu directement à une soirée d'anniversaire en ville.

– Il a donc plus ou moins un alibi. Et ici, à l'hôtel, comment ça va ? As-tu perdu des clients ou des réservations à cause de ce qui s'est passé ?

– Non. Du moins, pas encore. Nous avons décidé avec Josh d'utiliser le salon de beauté pour la relaxation.

Elle m'expliqua que le personnel était en train d'aménager les salles réservées aux soins du visage et aux épilations pour y accueillir la partie massage. Les clients se verraient également proposer des massages dans leur chambre. Le centre de relaxation allait être interdit d'accès pendant plusieurs jours, mais heureusement l'hôtel gardait des tables de massage et divers équipements supplémentaires dans l'une des dépendances.

– Je sais que tu vas avoir d'autres chats à fouetter, dis-je, mais ce serait bien si tu pouvais t'arranger pour que Josh m'organise une ou deux séances de massage avec tes « thérapeutes ». J'aimerais surtout rencontrer Éric, et Cordelia puisqu'elle est si bavarde.

– Je suis sûre que cela ne posera pas de problème, acquiesça Danny.

Je lui demandai également de me réserver une séance avec le prof de tennis du centre, celui qu'elle avait vu tourner autour d'Anna. Il s'appelait Rich Wyler, me dit-elle, travaillait en free-lance et donnait des leçons dans une dizaine d'hôtels de la région. Son contrat avec le Cedar Inn l'autorisait à se faire masser gratuitement. Danny ajouta qu'elle chargerait Natalie de le contacter et de retenir un cours, probablement pour le lendemain.

– Une dernière chose, dis-je. Il faut que je parle à la dernière cliente d'Anna. Ça t'ennuie si je passe la voir ? J'ai pensé que je pourrais la jouer relations publiques, dire que je travaille pour l'hôtel, et que je suis chargée de m'assurer que tout se passe bien.

– C'est une bonne idée. Elle s'appelle Babs Hollingswood. Elle occupe avec son mari la chambre 17, au deuxième. J'espérais lui parler moi-même, mais impossible de trouver le temps.

– À propos, George est-il rentré ?

Elle eut une moue perplexe.

– Il ne devrait pas être ici avant plusieurs heures, répondit-elle. Je suis un peu inquiète, parce que je n'ai pas réussi à le joindre sur son portable.

– Quel genre de travail fait-il en ce moment ? demandai-je.

Elle m'expliqua que George l'aidait à développer l'hôtel. Il était parti à Boston pour élargir la clientèle d'hommes d'affaires. Il lui avait téléphoné la veille en début de soirée ; il devait dîner à 19 heures avec un gros client, passer la nuit dans un motel de la banlieue de Boston, et rentrer à Warren aujourd'hui à l'heure du déjeuner.

Oh, Seigneur ! D'accord, j'étais mal placée pour critiquer, moi qui avais été mariée à un flambeur, qui avais été jusqu'à mettre au clou les bijoux qu'il m'avait offerts pour éviter la saisie de notre appartement. N'empêche, ce que je venais d'entendre ne me plaisait pas beaucoup. C'est comme ça, les types qui vivent aux crochets de leur femme me filent la chair de poule. Et je ne parle même pas de ceux qui lèvent le camp à Boston, passent la nuit dans des motels et sont mystérieusement injoignables malgré leurs foutus téléphones mobiles !

Plutôt que d'en rajouter dans l'angoisse, version « À vos doutes... prêtes ? Partez ! », je lui assurai qu'elle avait tort de s'inquiéter, tout en me promettant, le moment venu, de vérifier l'emploi du temps de ce bon vieux George. Et à la loupe !

– Parlons chiffres, repris-je. Est-ce que la compta est gérée informatiquement ?

– Évidemment, c'est très simple.

Je vous l'accorde, je suis aussi qualifiée pour examiner la compta de Danny que pour pratiquer une laparotomie endoscopique, mais j'avais mon plan – non, c'est vrai ! Danny et moi convînmes de nous atteler à cette tâche juste après le déjeuner. Pour l'heure, elle avait convoqué le personnel afin de calmer tout le monde. Quant à moi, j'avais rendez-vous avec Beck, mon bel inspecteur aux yeux bleus.

En repassant devant la réception, je vis plusieurs membres du personnel de l'hôtel se diriger vers la salle à manger, manifestement pour assister à la réunion de Danny. Les employés du spa étaient reconnaissables à leurs pantalons en toile fluide et à leurs tee-shirts kaki. Je repérai dans le groupe un jeune Indien et supposai qu'il devait s'agir d'Éric. Il y avait aussi une blonde plantureuse, tout à fait le genre déesse-mère. Probablement Cordelia.

En regagnant ma chambre, je m'arrêtai devant la porte 17 et frappai, mais personne ne répondit. Babs Hollingswood devait se trouver au poste de police ce matin, pour y faire sa déposition officielle.

De retour dans ma chambre, je fouillai dans mon sac à la recherche de mon agenda électronique, trouvai le numéro de Bud Patterson, un expert-comptable, et l'appelai. Je l'avais interviewé deux ans plus tôt pour un article que j'écrivais à propos d'une femme tuée à coups de trophée de golf par son mari après qu'elle eut découvert qu'il détournait des fonds de leur entreprise commune vers un compte secret. En tant qu'expert-comptable, Bud Patterson examinait un relevé de banque comme d'autres une scène de crime, sauf qu'au lieu de rechercher des empreintes ou des cheveux Bud suivait la piste des mouvements bancaires suspects. J'étais certaine qu'il pourrait m'aider à trouver une faille éventuelle dans les comptes de Danny.

Il décrocha à la première sonnerie, étonnamment frais et dispos pour un samedi matin. Sans lui parler du meurtre, je lui expliquai les inquiétudes de Danny concernant le personnel du centre, et lui demandai comment je pouvais l'aider.

– Suivez les espèces, répondit-il sans hésiter. C'est la première règle.

Je l'entendis boire quelque chose d'un trait.

– Mais personne ne paie en espèces ici, fis-je valoir.

– Je ne parle pas forcément au sens littéral. Regardez ce qui entre et sort chaque mois. Vérifiez que toutes les factures sont bien payées. Souvent, quand quelqu'un détourne de l'argent, on s'aperçoit que certaines factures n'ont pas été honorées.

– Mais comment peut-on détourner de l'argent quand il n'y a pas de liquide en circulation ? On ne peut tout de même pas se faire des chèques à soi-même.

– Eh bien, en fait, c'est exactement ce que font les gens. Ils inventent un vendeur ou un fournisseur quelconque, voire plusieurs. Il s'agit d'un centre de remise en forme, c'est ça ? Disons que je suis le méchant, je pourrais inventer un fournisseur qui s'appelle les huiles de massage Douceur satinée. Je facture ledit fournisseur à une adresse à laquelle j'ai accès, tout en m'assurant que la facture est bien payée. Et puis j'encaisse le chèque. La direction n'a pas assez le nez sur ce qui se passe au quotidien pour savoir que nous n'utilisons jamais les huiles de massage Douceur satinée.

Avant de raccrocher pour aller déjeuner chez ses beaux-parents, il me donna encore deux ou trois conseils que je notai avec soin.

À 11 heures, je filai au poste de police. Bien que l'hôtel donnât l'impression d'être situé dans un cadre isolé, presque rural – en grande partie parce qu'il était noyé au milieu d'un îlot de verdure –, il se dressait en fait juste à la sortie de la ville. Je vis les rues se modifier, s'animer, s'*urbaniser* à mesure que je me rapprochais du centre-ville, avec ses maisons anciennes en bardeaux. Des monceaux de feuilles mortes brillant au soleil jonchaient les pelouses, attendant d'être ramassés. Warren n'était qu'à quelques heures de New York, mais l'automne avait ici plusieurs semaines d'avance.

Le poste de police était un petit bâtiment d'un étage sans intérêt qui avait dû abriter jadis quelque chose de plus « historique », à en juger par les constructions alentour, bâties dans le style Nouvelle-Angleterre. Il n'y avait personne à l'accueil, mais un flic en uniforme buvait tranquillement un café dans un gobelet en polystyrène à côté du distributeur de boissons. Il me dit qu'il allait prévenir Beck de mon arrivée.

J'attendis dix minutes avant que l'inspecteur fasse son apparition. Il était accompagné d'un couple de sexagénaires. Je l'entendis les remercier pour leur aide. La femme, supposai-je, devait être soit Babs, soit l'autre rendez-vous de 21 heures. Beck me salua d'un petit signe de tête, dit au revoir au couple, puis me demanda de le suivre.

Il portait un pantalon marron, une chemise blanche impeccable et une veste en tweed. Chic et pimpant, comme la veille. Il me précéda jusqu'à une grande salle où s'alignaient une dizaine de bureaux en métal, dont une partie était équipée d'ordinateurs. Il n'y avait qu'un seul flic à son bureau, mais j'en comptai cinq ou six autres debout autour d'une table dans une salle de conférences vitrée. Ils avaient probablement été rappelés à cause du meurtre.

– J'apprécie que vous répondiez à mes questions deux fois de suite, commença Beck en me désignant une chaise en plastique à côté de son bureau.

– Il n'y a pas de quoi, dis-je, même si j'en avais autant envie que d'une épilation du maillot à la cire brûlante.

Je m'assis et détaillai machinalement ce qui se trouvait sur son bureau. Une pile de dossiers, dont l'un portait un Post-it sur lequel on pouvait lire : *Insp. Jeffrey Beck* (alors, c'était Jeffrey, son prénom...), un talkie-walkie, un mug vert rempli de stylos. Aucune photo, pas le moindre bibelot, rien de personnel. Il s'assit à son tour sur sa chaise pivotante, et la fit grincer en se renversant contre le dossier. Je remarquai qu'à la lumière du jour ses yeux avaient des nuances d'aigue-marine.

– Comment vous sentez-vous ? s'enquit-il. Vous avez eu une dure soirée hier.

À ma grande surprise, à ma grande horreur aussi, je me sentis rougir.

– Ça va, lui assurai-je. Merci. J'avoue que ça a été un grand choc. Je suis venue ici en espérant profiter des bienfaits et des joies de la réflexothérapie, et voilà qu'avant de comprendre ce qui m'arrive je me retrouve à faire du bouche-à-bouche à une momie.

Boucle-la, Bailey, me houspilla ma petite voix intérieure. *Tu parles trop.*

Il me fixa d'un air parfaitement étanche, un rien perplexe. Peut-être qu'il se demandait ce qu'était au juste la réflexothérapie.

– Je vous promets de vous retenir le moins longtemps possible, enchaîna-t-il en tapotant sur son clavier d'ordinateur. Voilà ce que nous allons faire : je vais vous reposer les mêmes questions qu'hier, imprimer votre déposition, et vous n'aurez plus qu'à la signer. J'aurai aussi besoin de relever vos empreintes pour pouvoir les distinguer parmi celles recueillies sur la scène du crime. Il me faudra enfin un de vos cheveux, pour pouvoir pratiquer un test ADN. Cela nous permettra, en fonction des découvertes sur le corps de la victime, de vous écarter du champ des possibilités.

– Très bien. Est-ce que ça fait mal ?

Oh, Seigneur, pourquoi faut-il que tu essaies d'être spirituelle !

– Quoi, au juste ? interrogea-t-il sérieusement.

– Le prélèvement du cheveu.

Il eut un petit sourire.

– Non, dit-il.

Il commença l'interrogatoire, en revenant à peu près sur les points abordés la veille. Il entrait mes réponses sur son écran, pianotant rapidement et regardant à peine les touches. Une ou deux fois, il compara mes explications avec ses notes, mais surtout il me fixait attentivement.

Dans l'ensemble, je le trouvai nettement plus chaleureux que le soir précédent. N'empêche, je me sentais nerveuse. Sa façon de me regarder, avec des yeux pareils ! Il était vraiment séduisant. Je commençais presque à aimer ses cheveux gris. Et alors que les autres flics, dans la salle de conférences, avaient tous l'air de planquer une dinde sous leur chemise, Beck, lui, avait la ligne. Vraiment pas le genre à buller, scotché à son bureau, en se gavant de beignets bien graisseux.

Après vingt-cinq minutes d'interrogatoire, j'avais l'impression d'avoir vidé mon sac, et même un peu plus, mais il avait encore une question.

– Avez-vous eu le temps de penser à ce dont nous avons parlé hier soir ?

L'espace d'une seconde, j'eus l'impression d'avoir raté une marche.

– Je... je vous demande pardon. Je ne vous suis pas, dis-je.

Il soupira légèrement, comme s'il commençait à puiser dans sa réserve de patience.

– Je vous ai demandé hier de réfléchir pour savoir si, au moment où vous avez traversé le parking pour regagner l'hôtel, vous n'aviez vraiment rien remarqué de suspect. Je vous signale, au cas où cela vous aurait échappé, que – selon toute vraisemblance – vous vous trouviez sur les lieux en même temps que le meurtrier. Êtes-vous absolument certaine de n'avoir rien vu ?

Je marquai un temps avant de répondre, non parce que j'en avais besoin pour réfléchir, mais je voulais donner l'impression que je me creusais vraiment les méninges.

– Non, je ne vois pas, soufflai-je finalement en grimaçant comme si j'avais grillé un fusible en mettant mes neurones en surchauffe. En fait, tout était absolument tranquille. Il n'y avait aucune voiture de ce côté du parking ; soit le tueur était déjà parti, soit garé ailleurs. Mais bien sûr, s'il s'agit de quelqu'un qui travaille à l'hôtel, il n'a pas eu besoin de voiture.

Il me fixa d'un air inexpressif.

– Pourquoi dites-vous « il » ?

– Oh, par simple commodité... Comment dire ?... grammaticale, répondis-je. Mais je pourrais argumenter. Il a fallu quelqu'un de très fort pour envelopper le corps comme il l'était. Vous avez déjà une théorie ?

Je ne m'attendais évidemment pas à ce qu'il me réponde. Tout au plus espérais-je un petit sourire amusé, celui qui semble dire : « Bien essayé. Dommage. » Mais non. Même pas. Juste ce regard pénétrant, qui me donnait l'impression d'être transparente.

– Écoutez, je sais que vous êtes écrivain, reprit-il d'un air narquois. Et si mes renseignements sont exacts, votre terrain, ce serait plutôt les affaires criminelles. Alors quand nous arrêterons le tueur, je vous promets l'exclusivité.

Avant que j'aie le temps de faire un commentaire, il se leva et me désigna d'un petit signe de tête l'autre bout de la salle.

– Venez. Allons prendre vos empreintes, dit-il.

Je le suivis jusqu'à une sorte d'alcôve dans laquelle un technicien attendait. Plusieurs flics, en salle de conférences, s'interrompirent et lorgnèrent dans ma direction.

Le technicien enfila une paire de gants en latex puis sortit une paire de ciseaux d'un tiroir. Il attrapa une fine mèche de cheveux sur mon crâne, la coupa et la glissa dans un sac en plastique.

Puis ce fut au tour de Beck d'opérer. Il ouvrit sur le comptoir un tampon encreur et sortit une fiche cartonnée blanche.

– Commençons par votre main droite, dit-il. Votre pouce d'abord, et ensuite les autres doigts.

J'approchai ma main du tampon encreur, mais j'hésitai.

– Attendez, je vais vous aider.

Il prit ma main droite dans la sienne, pressa mon pouce sur la surface poisseuse, le reporta au-dessus de la fiche cartonnée et pressa à nouveau. Il répéta l'opération pour chaque doigt.

– Tout va bien ? fit-il.

Pourquoi cette question ? me demandai-je. Était-ce parce que ma main était aussi molle qu'une poignée de nouilles trop cuites, et qu'il était forcé de me guider, ou bien parce que je m'abstenais de faire le moindre commentaire spirituel pendant le déroulement de l'opération ?

– Oui, très bien, dis-je.

Lorsqu'il eut terminé, il me tendit un mouchoir en papier pour essuyer le bout de mes doigts. Puis il jeta un coup d'œil à sa montre, tourna les talons et traversa la salle en direction de la sortie, s'attendant manifestement à ce que je le suive.

– Combien de temps restez-vous à Warren ? me demanda-t-il en me tenant la porte.

– Juste ce week-end. Vous aurez besoin de me reparler ?

– C'est possible. Tout dépend de la manière dont les événements vont tourner. Quoi qu'il en soit, merci d'être venue.

Dans la rue, c'était l'effervescence. Les habitants de Warren étaient maintenant levés et faisaient leurs courses hebdomadaires. Je rejoignis la Jeep et m'engouffrai dedans. Là, assise au volant, le regard dans le vague, j'essayai de prendre la mesure de ce qui venait de se passer. Inutile de nier l'évidence : il y avait des mois que je n'avais pas été aussi émoustillée – attisée, excitée, tout ce qu'on voudra – que lorsque Beck avait pris ma main et pressé mes doigts sur le tampon encreur.

6

T'es carrément tombée sur la tête, ma pauvre fille ! soupirai-je en tournant la clé de contact. C'est vrai, qu'est-ce qui me prenait de craquer pour un flicard de province, même fringué comme un play-boy ? Un flic, passe encore, mais sérieux comme un pape, et sans le moindre sens de l'humour, cherchez l'erreur. Voilà ce qui arrive quand on fait ceinture pendant des mois côté câlins. Un péquin que vous ne connaissez ni d'Ève ni d'Adam croise votre chemin, et vous voilà en une seconde à vous mordre les doigts pour ne pas vous jeter sur lui et déchirer à belles dents son caleçon Snoopy.

Je décidai de chasser Beck de mon esprit, convaincue que cette tocade était une aberration totale, et repris le chemin de l'hôtel. Je me perdis deux fois en route, la seconde au point d'être obligée de m'arrêter et de demander... mon chemin, justement. En arrivant à l'hôtel un quart d'heure plus tard, je remarquai deux unités mobiles de télévision garées à l'extérieur de la propriété, et toujours trois ou quatre voitures pie sur le parking.

J'étais tellement vannée après cette nuit, je n'eus qu'une envie en arrivant : filer tout droit jusqu'à ma chambre, me glisser sous les draps et en écraser jusqu'au lendemain. Mais si je voulais avoir une chance d'apprendre quelque chose d'ici lundi matin, je n'avais pas une minute à perdre. La première chose que je voulais faire avant d'aller retrouver Danny, c'était jeter un coup d'œil à l'entrée latérale du centre. L'accès par le parking étant fermé, je contournai l'hôtel par l'ouest et suivis un chemin qui longeait les jardins.

Arrivée derrière l'hôtel, je vis que le périmètre de la petite porte était là encore délimité par les rubans jaunes de la police. À côté de la porte, se dressaient un grand sapin et des bouleaux. Il était donc facile à quelqu'un muni d'une clé de se faufiler par là sans être vu. De l'endroit où je me trouvais, cependant, il m'était impossible de dire si la serrure de la porte avait ou non été forcée.

Contournant le périmètre de sécurité, je continuai de marcher jusqu'à ce que j'aperçoive à nouveau le parking et l'entrée principale du centre. Je scrutai longuement l'endroit où je m'étais tenue dans l'obscurité la veille, mais aucun détail particulier ne me revint à l'esprit.

Je voulais aussi vérifier les dépendances, principalement l'ancienne grange aménagée en logements qui se dressait au sommet d'un large terre-plein. C'était une structure en bardeaux de bois sombre usé par les intempéries, qui paraissait aussi ancienne que l'hôtel, même si aujourd'hui une dizaine de fenêtres et une large porte en verre modernisaient sa façade. Comme j'approchais du bâtiment, je vis la porte s'ouvrir brusquement, et quelqu'un sortir en coup de vent. C'était Piper.

Elle portait un manteau marron en cuir souple sur son uniforme, et avait attaché son épaisse tignasse rousse en queue de cheval. Elle avait l'air bouleversée. Quand je l'appelai, elle sursauta.

– Désolée, dis-je, je ne voulais pas vous faire peur. Comment ça va ?

– Pas terrible, avoua-t-elle en s'approchant de moi. Je n'arrive pas à croire qu'ils me demandent de travailler aujourd'hui.

– Je vous comprends. La police est-elle venue ici ? perquisitionner la chambre d'Anna ?

– Oui, ils en ont barré l'accès avec leur ruban.

Elle jeta un regard par-dessus mon épaule vers l'arrière de l'hôtel, comme si quelque chose avait attiré son attention. Je me tournai instinctivement pour suivre son regard, mais je ne vis personne.

– Vous êtes déjà allée témoigner au poste de police ? lui demandai-je.

– Oui, très tôt, ce matin. Drôle de type, cet inspecteur, Beck.

– D'après ses questions, diriez-vous qu'il est sur une piste particulière ? Est-ce que la police pense qu'il pourrait s'agir de quelqu'un du spa ?

Elle secoua la tête.

– Ils ne m'ont absolument rien dit.

– Un détail me turlupine au sujet de la salle dans laquelle nous avons trouvé Anna. Vous avez dit que vous aviez éteint la lumière à l'intérieur avant de partir hier soir. Donc, ce n'est pas là qu'Anna a fait son dernier massage ?

– Non, répondit-elle distraitement. Elle avait prévu d'utiliser une autre salle.

– Quand vous êtes partie hier soir, toutes les portes étaient fermées ?

– Oui, oui. Je l'ai dit à la police. Je fais très attention à la sécurité.

– Danny m'a expliqué qu'au départ vous deviez travailler hier soir, mais qu'Anna avait accepté de permuter avec vous.

– Où voulez-vous en venir ?

– Oh, je ne vous accuse de rien, croyez-moi. Simple curiosité.

– Elle m'a dit qu'elle avait l'intention de rester vendredi soir. C'est pour ça qu'elle était d'accord pour permuter avec moi.

– J'ai entendu dire qu'elle sortait avec un thérapeute, Éric.

– Oh ! c'est fini entre eux depuis des semaines.

– Est-ce qu'elle voyait quelqu'un d'autre ?

– Aucune idée, répondit-elle un peu trop rapidement. On n'était pas vraiment copines toutes les deux. En fait, je la connaissais à peine.

Nouveau coup d'œil par-dessus mon épaule. Cette fois, je ne me retournai pas. À la lumière du jour, je remarquai que sa peau blanche était grêlée de minuscules cicatrices d'acné.

– Vous semblez inquiète, Piper, risquai-je. Croyez-vous que le tueur puisse être quelqu'un qui travaille ici ?

Elle ne répondit pas. Elle prit seulement une longue inspiration, avant d'exhaler un souffle tremblant.

– Piper, je peux faire quelque chose pour vous ?

– Non, non, assura-t-elle. Personne ne peut rien. Écoutez, il faut que j'y aille maintenant. J'ai un client dans quelques minutes.

Je la regardai descendre le chemin jusqu'à l'hôtel, sa queue de cheval se balançant comme la queue d'une pouliche. Qu'est-ce qui avait attiré son regard la minute d'avant ? me demandai-je. Je me souvins de la façon qu'elle avait eue de se figer brutalement en apercevant de la lumière sous la porte de la cabine la veille au soir. *A priori*, pas de quoi être pétrifiée. Quelqu'un avait pu tout simplement oublier d'éteindre. Du coup, je me remémorai aussi mon propre massage, durant lequel elle avait semblé distraite, marquant des pauses à des moments inattendus. À croire qu'elle attendait ou pressentait quelque chose, pas nécessairement un danger, mais un truc louche.

Je la laissai prendre du champ, puis regagnai l'hôtel à mon tour. Le hall était désert. Dans le salon, quelques clients bavardaient en chuchotant devant la cheminée. En approchant du bureau de Danny, je l'entendis parler d'une voix agitée. J'accélérai le pas, inquiète, et, sans prendre la peine de frapper, poussai la porte entrouverte.

Instantanément, je sus que l'homme auquel elle s'adressait – elle s'interrompit dès qu'elle me vit débouler dans la pièce – était George. Du haut de son mètre quatre-vingts, il dominait la pièce. Svelte, sans paraître musclé, il avait le visage carré et la mâchoire lourde. Il portait un pantalon vert, une chemise beige et des lunettes à monture sombre qui lui donnaient un petit côté Austin Powers, en plus grand – et les cheveux teints en noir de jais en plus !

– Oh, désolée, bafouillai-je. Je... j'ai cru qu'il y avait un problème.

– Oh, Bailey, non, euh... Tout va bien, bredouilla Danny. Nous étions juste en train de parler de la soirée d'hier. Je te présente George. George, voici Bailey, dont je t'ai tant parlé.

– Bien sûr, dit George avec assurance.

Il fit le tour du bureau pour venir me serrer la main.

– Désolé de vous rencontrer dans ces circonstances.

Sa poignée de main était ferme mais moite, comme si ses glandes sudoripares étaient en alerte niveau cinq. Il me dévisagea benoîtement, un poil mielleux, et j'eus la nette impression que si je n'y prenais pas garde, il allait me fourguer avant la fin du week-end un nouveau 4×4 Honda, ou encore un appart' de vacances dans le sud de la Floride, avec des murs en carton-pâte et une piscine de la taille d'une baignoire. Bref, dans le genre première impression, George avait raté l'examen de passage.

– Bon, je ferais bien d'aller au salon voir si je peux me rendre utile, enchaîna-t-il. J'espère que nous aurons l'occasion de bavarder un peu plus tard, Bailey.

– Oh, j'en suis certaine, dis-je. Je suis ici jusqu'à lundi.

Il embrassa Danny sur la joue avant de sortir, mais elle resta de marbre. Lorsqu'il se fut suffisamment éloigné, je demandai à Danny si tout allait bien.

– Je t'ennuie assez comme ça avec mes histoires, Bailey. Je ne veux pas en rajouter.

– Oh, Danny, je t'en prie. Tu sais bien que tu ne m'ennuies pas.

– C'est juste que... Eh bien, George n'a pas dormi à Boston hier soir. Il est rentré en voiture et il a passé la nuit à la maison. Il était là-bas, alors qu'ici on nageait en plein cauchemar. Après t'avoir quittée ce matin, j'ai téléphoné chez nous pour lui laisser un message, et j'ai failli avoir une attaque quand il a décroché.

– Pourquoi a-t-il changé ses projets ? demandai-je, faussement désinvolte pour dissimuler qu'en fait j'étais passée en alerte maxi.

– Apparemment, son dîner est tombé à l'eau à la dernière minute, et il a tout bonnement décidé de reprendre sa voiture et de rentrer. Il est arrivé vers 11 heures. Il ne m'a pas appelée parce qu'il craignait de me réveiller, étant donné que je lui avais dit que j'avais la migraine et que je comptais me lever tôt.

Tout cela ne me plaisait pas beaucoup. Pour commencer, j'ai appris à mes dépens qu'il faut se méfier des types qui en rajoutent dans le commentaire d'emploi du temps, et utilisent l'expression « Je craignais de... ». En temps normal, j'aurais peut-être pu gober les explications de George – je dis bien « peut-être » –, mais les temps n'étaient pas à la normalité. Une femme avait été tuée quelques heures plus tôt, et George n'avait pas l'ombre d'un alibi. Je ne voulais pourtant pas affoler davantage Danny. J'avais juste l'intention de garder un œil sur ce vieux George, et de laisser mon instinct me guider.

– Tu vas avoir besoin de George pour te soutenir dans cette épreuve, dis-je. À ta place, je tirerais un trait sur hier soir et j'irais de l'avant.

Elle se radoucit, soupira, puis se renversa dans son fauteuil. Je lui demandai si elle était d'attaque pour examiner la compta. Suivant les conseils de Bud, je suggérai que nous commencions par passer au crible la liste des fournisseurs du spa. Si quelque chose nous paraissait suspect, nous n'aurions qu'à sortir les factures.

Pendant qu'elle allumait son ordinateur, je fermai la porte du bureau, tirai une chaise et m'installai à côté d'elle. Durant la demi-heure suivante, nous passâmes en revue les fournisseurs, en vérifiant le montant de leurs factures. Il y en avait de toutes sortes, du fabricant de tables de massage au revendeur de couvertures chauffantes, en passant par les huiles, les cosmétiques et les bougies parfumées. Danny connaissait la plupart d'entre eux, ayant été impliquée dès le début dans la création du centre. Je lui demandai comment étaient réglées les factures, et elle m'expliqua que Josh donnait son aval pour les produits ou le matériel réservés au spa, et que le directeur commercial signait en dernier lieu.

– Ce devrait être toi, non ?

– Oui et non. Je suis une bonne femme d'affaires, mais j'avoue que Josh a fait un travail fantastique. Du coup, j'ai délégué de plus en plus de responsabilités. Au début, je signais chaque facture, mais plus maintenant.

En fin de compte, nous ne trouvâmes rien de concluant. Ce ne serait pas aujourd'hui, semblait-il, que la société Arnaque, Resquille et Cie mettrait la clé sous la porte à cause de nous. Il y avait bien une dizaine de fournisseurs que Danny ne connaissait pas, mais elle m'expliqua que cela n'avait rien d'étonnant puisque les besoins du centre évoluaient régulièrement.

– Je reste persuadée qu'il faut creuser ça, dis-je. J'aimerais que tu trouves le temps de jeter un coup d'œil aux factures dans la journée, juste pour vérifier qu'elles sont clean.

– Le gérant ne travaille pas le samedi, mais je trouverai les factures dans son bureau. Il est très organisé.

– Ce qui m'intéresse maintenant, lui expliquai-je, c'est de consulter les dossiers de chaque employé.

– Ils ne contiennent pas grand-chose, m'avertit Danny. Juste leurs lettres de candidature ou de recommandation, des documents d'assurances, ce genre de paperasses.

– Je comprends. Mais il suffit parfois d'un détail, tu sais. À propos, mon ami expert-comptable m'a également conseillé de vérifier si un membre du personnel n'avait pas amélioré son train de vie dernièrement, de façon significative. As-tu remarqué quelque chose allant dans ce sens ?

Elle secoua la tête.

– Comme je te l'ai dit, une bonne partie du personnel loge sur place, dans l'ancienne grange. Josh habite en ville, dans une maison louée. Il a acheté une nouvelle voiture récemment, mais ses revenus ont augmenté.

– En récompense de son travail ?

– Eh bien, son contrat stipule un fixe, plus un pourcentage. Étant donné qu'il a fait un travail fantastique, il touche d'excellentes commissions.

Elle rassembla les dossiers des employés, tout en m'expliquant qu'elle m'avait trouvé un créneau pour un massage avec Cordelia à 18 h 30. J'avais aussi un cours de tennis prévu le lendemain à 11 heures avec Rich. Quant à Éric, elle y travaillait encore ; il n'avait pas une heure de libre sur son planning, et elle craignait d'éveiller ses soupçons si elle réorganisait son emploi du temps. J'avais rendez-vous avec Josh au solarium à 16 heures.

Il était presque 14 heures et je n'avais pas encore déjeuné. Je m'arrêtai au restaurant, le temps d'avaler une salade. Là, tout en picorant méthodiquement des radis vinaigrette planqués sous un lit de feuilles d'endive, je pensai à Beck. Par mon boulot de journaliste à *Gloss*, j'avais été amenée à rencontrer pas mal de flics, et je dois dire que j'avais le souvenir de quelques très beaux spécimens de mâle. Mais aucun ne m'avait encore jamais mise dans cet état. Je n'avais plus ressenti une telle fébrilité depuis le jour où mon amie Debra Stewart m'avait chuchoté à l'oreille, à la fin du cours d'anglais, que le sublime Kevin Newman m'attendait à la sortie du lycée. Mais tout ça, me direz-vous, n'est peut-être qu'une question de circonstances. Les conditions de ma rencontre avec Beck, c'est vrai, n'avaient rien de banal. On ne tombe pas tous les jours sur un cadavre momifié. Quand, en plus, côté libido, on jouait jusque-là l'extinction des feux... Et si j'étais victime du syndrome de Stockholm ? Vous savez, ces otages qui aiment leurs ravisseurs...

De retour dans ma chambre, j'étalai les dossiers de Danny sur mon bureau. Il n'y en avait pas tellement. Une vingtaine d'employés constituait le noyau dur du personnel : Josh, une dizaine de « thérapeutes » à plein temps, trois réceptionnistes pour assurer les trois-huit, deux femmes spécialisées dans les emballages de boues en tout genre, et une brochette de « coordinateurs » chargés de conduire les curistes en salle de soin ou de massage et de nettoyer entre deux clients afin que le spa soit toujours impeccable. Durant l'été et les vacances, une poignée de travailleurs indépendants venait renforcer les rangs du personnel.

Danny avait raison. Les dossiers des employés ne contenaient presque rien, en dehors d'un CV et de quelques lettres. Parfois, un document faisait état d'un problème survenu pendant le travail. L'année précédente, par exemple, une thérapeute avait accusé un réceptionniste d'escamoter ses pourboires.

Je ne trouvai rien d'intéressant dans le dossier de Piper, ni dans celui de Josh, sinon que ce dernier, avant de s'échiner dans le domaine de la relaxation, avait travaillé à Los Angeles comme soi-disant mannequin-acteur.

Enfin, j'examinai le dossier d'Anna. Elle avait vécu un peu partout, et fait un tas de jobs, de guide touristique à agent immobilier en passant par hôtesse d'accueil, avant d'atterrir dans le domaine du massage. Elle avait gardé chaque job en moyenne un an. Il y avait quelques trous dans son CV, qu'elle justifiait d'une ligne en bas de page, expliquant sa « mise en disponibilité » pour voyager ici et là. Mais j'avais dans l'idée que ces trous correspondaient plutôt à des petits boulots pour surnager financièrement.

À New York, elle avait travaillé au Paradise Spa. Aucune adresse fournie. Le nom ne me disait rien. Non pas que j'eusse les moyens de fréquenter régulièrement ce genre d'endroit, mais ma patronne au magazine, Cat Jones, oui. Il ne se passait pratiquement pas une semaine sans qu'elle confie une partie de son corps aux soins régénérateurs, à base de sel de mer ou de poussière lunaire. Du sauna russe au massage à l'huile « sacrée » africaine, Cat était la reine de la cure de jouvence antispleen, du vaudou cosmétique, et grâce à elle je connaissais le nom de la plupart des sanctuaires « tendance ».

La lettre de recommandation d'Anna avait été écrite par une certaine Nina Lyle, responsable du Paradise Spa. Une lettre édifiante, qui louait le talent, les compétences et le professionnalisme d'Anna. Consciente que la police pouvait décider de confisquer ces dossiers, je notai soigneusement le numéro de téléphone de Nina Lyle indiqué en bas de la lettre.

Puis j'examinai le formulaire de candidature, rempli tout juste un an plus tôt, et le questionnaire de santé : pas d'allergie connue, aucun problème particulier. En bas du formulaire, sur la ligne indiquant le nom de la personne qui recommandait la candidate, une petite surprise m'attendait. Je lus : Piper Allyson. Piper, qui m'avait dit connaître à peine Anna.

7

Je téléphonai aussitôt à Danny. Je lui fis part de ma découverte et lui demandai si Piper avait joué un rôle dans le recrutement d'Anna.

– Je n'en sais rien, dit-elle. Possible. C'est Josh qui s'occupe du recrutement du personnel. Pourquoi ?

– Piper m'a dit tout à l'heure qu'elle connaissait à peine Anna. Et voilà que je trouve son nom sur sa candidature.

– Peut-être qu'elles ont travaillé ensemble ailleurs, sans être nécessairement amies, conjectura Danny. On peut très bien trouver que quelqu'un est un bon thérapeute, sans pour autant l'apprécier ou être proche. Qu'est-ce qui te chiffonne là-dedans ?

– Rien de précis. Je me contente de relever les incohérences, dis-je. Si Anna et Piper étaient de mèche avec Josh dans un mauvais coup, elles ont très bien pu décider de dissimuler leur amitié.

Après avoir raccroché, je repris le dossier de Piper, en sortis son CV et le plaçai à côté de celui d'Anna. Je ne voyais pas où les deux femmes avaient pu se rencontrer. À aucun moment, du moins d'après leurs CV, elles n'avaient travaillé ensemble, ni même vécu dans la même ville. Ses sept années d'expérience dans le domaine du massage, Piper les avait faites principalement dans des hôtels à Los Angeles et Lake Tahoe, ainsi que dans un spa du New Jersey, alors qu'Anna avait appris le métier à New York. Le seul rapprochement possible (dans le genre tiré par les cheveux), c'était qu'à l'époque où Anna travaillait à New York, Piper habitait le New Jersey.

Je me relevai et allai chercher mon cahier dans mon fourre-tout. Chaque fois que je dois écrire un article, j'utilise un cahier d'écolier pour noter les informations et les questions qui surgissent de mon esprit torturé. Bien que je rédige sur mon ordinateur, j'aime bien coucher sur le papier, avec un crayon numéro 2, mes premières impressions. C'est comme ça que j'engage ma réflexion et que, au détour d'un gribouillis, j'appréhende soudain le problème sous un angle nouveau. Je n'entendais pas déroger à mes habitudes pour cette affaire. J'ouvris le cahier et y fis pleuvoir une grêle de notes : ma brève conversation sur le chemin avec Piper, ma petite découverte sur le formulaire de candidature d'Anna, et un tas de questions encore sans réponse concernant le meurtre. À la fin, je n'étais pas beaucoup plus avancée, mais au moins j'avais fait quelque chose, au lieu de rester au pieu à fixer le plafond.

Avant mon rendez-vous avec Josh, je décidai d'essayer à nouveau d'approcher la chambre 17. Je sortis dans le couloir et frappai doucement à la porte. Cette fois, une femme répondit :

– Qui est là ? demanda-t-elle d'une voix vaguement inquiète.

– C'est Bailey Weggins, dis-je en même temps que la porte s'entrouvrait, la chaîne de sûreté engagée. Je travaille avec Danielle Hubner, la propriétaire de l'hôtel. Je suis chargée de vérifier que tout se passe bien.

Elle ôta la chaîne et ouvrit la porte en grand. Avec un sourire hautain – le genre de sourire qu'elle aurait accordé à la vendeuse dans une boutique Louis Vuitton –, elle m'invita à entrer dans sa suite.

C'était bien la femme qui s'entretenait avec Beck un peu plus tôt au poste de police. La petite soixantaine, encore belle, les cheveux blond cendré. Un magnifique teint de porcelaine, mais ses yeux en amande un peu trop écartés et relevés sur les bords révélaient qu'elle avait déjà subi un ou deux liftings. Encore un passage sur la table d'op, et ce n'est plus en amande mais en limande qu'elle allait avoir les clignotants.

– Comme vous le savez sûrement, dit-elle en ôtant de son nez ses petites lunettes de lecture, nous quittons l'hôtel dès que la police nous y autorisera. J'espère bien ne pas avoir de problème pour récupérer mon acompte.

– Ne craignez rien, lui assurai-je. Nous sommes sincèrement désolés que vous vous soyez retrouvée mêlée à cette histoire. Comment cela s'est-il passé avec la police ?

– Vous y étiez aussi, n'est-ce pas ? Je vous ai vue en quittant le poste avec mon mari, Walter.

– Effectivement, dis-je.

Elle s'assit dans l'un des fauteuils, et je me perchai sur un bras du canapé.

– J'ai dû faire moi aussi une déposition, expliquai-je. Il se trouve que j'ai découvert le corps avec l'une des thérapeutes.

– Mon Dieu, cela a dû être *affreux* ! s'exclama-t-elle. Savez-vous de quoi elle est morte ? La police n'a rien voulu nous dire.

– Je n'en suis pas certaine, mentis-je. Tout ce que je sais, c'est que c'est arrivé peu après que vous avez regagné votre chambre. Il n'y avait plus personne dans le spa quand vous êtes partie, n'est-ce pas ?

– Pas que je sache. Quelqu'un avait un rendez-vous à la même heure que moi – une femme, je l'ai aperçue dans la salle d'attente –, mais il semble qu'elle soit partie avant moi. Certaines clientes regagnent leur chambre en peignoir, pour ma part je m'y refuse. C'est une question de pudeur.

– Avez-vous revu Anna avant de partir ?

– Anna ?

– La femme qui a été tuée.

– Oui, elle m'a fait sortir. Et vous savez ce qui est bizarre ? Juste avant de remonter dans ma chambre, je n'étais pas tranquille.

– Que voulez-vous dire ?

Instantanément, je me retrouvai propulsée dans le centre la veille au soir – l'obscurité, le hall d'entrée silencieux, l'odeur vague de thé vert, l'inquiétant rai de lumière dans le couloir.

– Après m'être changée dans le vestiaire, j'ai appelé cette fille – Anna – parce que la porte de l'hôtel était fermée, et que je ne savais pas vraiment comment l'ouvrir. Elle n'était pas à la réception. J'ai cherché dans les autres salles, mais en vain. La plupart des lumières étaient éteintes, et j'ai commencé à trouver l'atmosphère sinistre. Finalement, je suis retournée au vestiaire, et là je suis tombée sur elle, assise dans l'entrée. Elle s'était changée. Elle n'avait plus son uniforme. Sur le coup, je l'ai à peine reconnue. J'ai même eu un choc en la voyant. En général, les employés ne fouinent pas dans le vestiaire des clients.

– Peut-être qu'elle vous attendait, suggérai-je.

– Non, parce qu'elle s'est excusée quand elle m'a vue. Elle m'a raccompagnée à la porte, l'a ouverte et m'a dit bonsoir. C'est la dernière fois que je l'ai vue. Vous savez, Walter et moi venons juste de passer deux semaines en Afrique du Sud, où je n'ai pas cessé de me ronger les sangs – pour rien, bien sûr. Et puis nous décidons de prendre un peu de repos ici, et voilà qu'il y a cette histoire. C'est tout de même un monde !

– Et l'autre thérapeute, celui qui avait également un rendez-vous à neuf heures, vous l'avez croisé ?

– Non, j'ai pensé qu'il était parti avant moi. Comme je vous l'ai dit, on n'entendait pas un bruit, j'en avais froid dans le dos.

– Anna vous a-t-elle paru agitée, ou soucieuse ?

– Eh bien, je n'ai pas l'habitude de jauger l'humeur du personnel, mais une chose est sûre : j'ai connu des personnes plus agréables, et de meilleures masseuses.

Elle insista pour que je lui dise ce que je savais du meurtre. Je lui donnai une version aussi brève qu'incomplète, et me levai pour sortir. Je m'excusai une fois encore au nom de l'hôtel pour les désagréments causés.

En descendant au rez-de-chaussée, je fis le point mentalement. Anna s'était montrée une assistante consciencieuse ce vendredi soir, en s'assurant que la porte communiquant avec l'hôtel était bien fermée. Il y avait donc des chances pour qu'elle ait vérifié de surcroît l'issue de secours. J'envisageai tous les scénarios possibles : le tueur avait pu entrer par effraction, ou avec la complicité d'Anna – ignorant que sa vie était en danger. Autre possibilité : il était entré en utilisant une clé. J'en avais des frissons rien que d'y penser. J'imaginai la scène : Anna éteignait les lumières une à une, et soudain ce type surgissait de l'ombre. Peut-être avait-elle été soulagée d'abord en le reconnaissant, avant d'être terrifiée en comprenant ses macabres intentions.

Babs avait dit autre chose qui m'avait intrigué : la présence d'Anna dans ce vestiaire. C'était plutôt curieux, en effet. Les rares fois où j'étais allée me faire masser, j'avais remarqué que les thérapeutes évitaient de se montrer trop familiers, et ne s'aventuraient qu'exceptionnellement dans l'espace réservé aux clients. Alors, que faisait au juste Anna dans ce vestiaire vendredi soir ? Surtout qu'elle n'y avait pas rangé ses affaires : Danny m'avait dit que son sac à main avait été retrouvé dans le vestiaire du personnel.

Perdue dans mes pensées, je mis du temps à trouver le solarium. Il était situé dans l'aile ouest de l'hôtel, à l'exact opposé du spa, et au bout d'un dédale de couloirs. Je croisai plusieurs clients à l'air taciturne, pour ne pas dire abattu. À l'évidence, tous savaient qu'il y avait eu un meurtre dans les parages. Pas de quoi se réjouir, il est vrai. En arrivant au solarium, je découvris que j'avais l'endroit pour moi seule.

Je m'installai dans un fauteuil en osier noir et étendis mes jambes sur une large ottomane. Dehors, il faisait un vilain temps, et le solarium faisait grise mine, mais j'imaginai combien l'endroit devait être agréable sous un beau ciel bleu automnal. La vue, par les grandes baies vitrées, révélait les jardins et, au-delà, un rideau d'arbres. Je sortis un petit carnet de mon sac et attendis.

J'étais un peu inquiète. En théorie, j'étais là pour parler stratégie de communication ; mais s'il se tramait quelque chose de louche dans le spa, Josh pouvait très bien être mouillé jusqu'au cou. J'allais devoir marcher sur des œufs.

Josh arriva avec un quart d'heure de retard, alors que je commençais à me demander si j'avais bien noté l'heure de notre rendez-vous. Je le saluai et lui demandai comment il allait.

– Pas terrible, vous l'imaginez, répondit-il d'un ton affable. Mais cela ne doit pas être drôle pour vous non plus.

Il se laissa choir dans le fauteuil juste en face de moi. On sentait chez lui une grande courtoisie, mais je pouvais l'imaginer sans peine faisant preuve de suffisance, voire d'arrogance si nécessaire.

– Non, ce n'est pas bien drôle, reconnus-je. Mais Danny espérait que nous pourrions malgré tout aller de l'avant.

– Et de quoi étions-nous censés parler au juste ? demanda-t-il en soutenant mon regard.

– Eh bien, j'écris chaque année quelques articles de voyage, et Danny voulait que je lui suggère quelques idées pour obtenir des retombées médiatiques dans la presse spécialisée. Je sais que les affaires sont bonnes, mais elle aimerait qu'il y ait plus de publicité autour de l'hôtel et du spa. J'ai fait plusieurs reportages sur des centres de remise en forme, et mes amies journalistes les fréquentent régulièrement.

– Très bien, allons-y. Je vous écoute.

– Génial. Danny m'a dit que vous avez fait un boulot fantastique pour relancer l'activité du spa, en proposant de nouveaux soins. J'aimerais que vous m'en parliez.

Je crus que lui donner l'occasion de parler de son travail le mettrait dans de bonnes dispositions, mais ce ne fut pas le cas. Il s'assit au bord du fauteuil, jambes croisées, mains jointes autour des genoux. Il avait de longues mains osseuses, aussi pâles que son visage, mais leur apparence fragile était trompeuse : je n'avais pas oublié qu'il m'avait serré la main d'une poigne de fer un instant plus tôt.

– Quand je suis arrivé ici il y a deux ans, commença-t-il, ce spa, c'était du n'importe quoi, à la sauce new age. Mon idée, ou plutôt mon maître mot, dès le départ, ça été le zen. J'ai senti que c'était sur le point d'exploser, et j'ai vu juste. On a rénové les intérieurs et mis en place tout un panel de soins : massage *Shidodhara*, bains *sento* et tout le tremblement.

– Les bains... *sento* ?

– Oui. C'est typiquement japonais. Vous vous asseyez sur un tabouret en bois, et on vous verse des seaux d'eau sur le corps. Après ça, dans un parfait silence, un thérapeute vous frictionne avec un tissu appelé *goshi goshi*.

Goshi goshi... J'adorais les gadgets branchés nippons.

– C'est grâce à ces nouveaux soins que le centre a vraiment décollé ?

– Entre nous, je gère le spa plus efficacement qu'il ne l'a jamais été, déclara-t-il. Le premier manager engagé par Danny a fait des choix catastrophiques, mais je vous épargnerai les détails. Oui, le décor et les soins zen ont joué un rôle essentiel dans notre réussite. Les gens adorent ça. C'est exotique. Ils ont ici un avant-goût d'un monde qu'ils ne connaîtront peut-être jamais. Je suis certain, puisque vous connaissez le domaine de la relaxation, que vous avez pu constater quel impact l'influence asiatique a eu dans d'autres établissements.

La remarque en forme d'interrogation n'avait l'air de rien, mais je sentais qu'il était curieux de voir si j'étais au fait de la question.

– Bien entendu, dis-je.

J'aurais très bien pu m'en tenir là, mais je décidai de redoubler d'audace :

– Bien qu'il y ait plusieurs grandes tendances, fis-je valoir. Il y a la tendance asiatique, ou zen, appelez-la comme vous voulez. Mais il y a aussi la mode « indigène », et on se retrouve alors avec des centres de relaxation ancrés dans les traditions locales. Un centre installé dans le Colorado, par exemple, proposera des soins du type... je dis n'importe quoi, mettons *peeling alpin*. Et on entend aussi de plus en plus parler d'endroits qui proposent un mélange de ces deux tendances, zen *et* indigène. À mon humble avis, c'est la bonne direction. Il se peut très bien que demain la tendance asiatique perde de son attrait. Et alors...

Josh plissa les yeux et secoua la tête avec énergie.

– Si j'en crois les résultats obtenus ici, cela n'est pas pour demain, croyez-moi.

Ah, voilà mon manager qui réagissait ! Il suffisait de le piquer au bon endroit.

– Je suis certaine que vous avez raison, dis-je. De toute évidence, vous maîtrisez totalement ce spa. J'imagine que vous devez avoir un personnel fantastique pour avoir redressé cette affaire comme vous l'avez fait.

Je tentais l'incursion en territoire inconnu. J'espérais que la transition n'était pas trop grossière.

– C'est vrai. Du moins, ça l'était, répondit-il. Qui sait combien vont décamper après ce qui s'est passé ?

Je balayai la pièce du regard, le temps de rassembler mes esprits. Je devais savoir si l'atmosphère négative que Danny avait sentie au centre était une réalité ou non. Josh cachait-il quelque chose ? J'allais devoir le piquer davantage pour avoir ma réponse.

– À propos, repris-je, j'ai prévu de revenir au spa dans deux semaines pour avoir une chance de profiter des soins. J'aimerais bien à ce moment-là y passer plus de temps, en tant qu'observatrice.

Impassible, il me fixa d'un air impénétrable. Mais la cicatrice sur son menton ondulait tel un serpent, signe qu'il serrait la mâchoire. Manifestement, mon petit projet ne l'enchantait pas.

Il eut un petit sourire forcé.

– Nous serons ravis de vous programmer autant de soins que vous le souhaitez, dit-il finalement. Mais malheureusement, y assister en observatrice est exclu. Nos clients choisissent de venir ici pour être tranquilles, loin des autres. Je ne tiens pas à prendre le risque de bouleverser cet équilibre si fragile, et si durement acquis.

– Je ne voulais pas dire rester là *pendant* les soins, précisai-je. Juste rester assise à l'accueil, et regarder les allées et venues.

– Je ne vous suis pas, dit-il. Dans quel but ?

– Eh bien, pour me forger ma propre idée du spa, et faire ensuite quelques suggestions à Danny.

– Ce ne sera pas possible, prévint-il, catégorique. Du reste, je ne sais même pas quand nous pourrons rouvrir.

Il jeta un coup d'œil à sa montre.

– Je suis désolé, mais il faut vraiment que j'y aille.

Je le remerciai très chaleureusement de m'avoir accordé un peu de son temps.

– Quel étrange concours de circonstances tout de même, reprit-il en se levant. Je veux dire, que vous vous soyez trouvée avec Piper dans le centre justement le soir où quelqu'un y est retrouvé mort. Qu'aviez-vous oublié déjà ?

– Ma montre.

– Oh oui, c'est vrai, dit-il sèchement. J'imagine que vous ferez plus attention à l'avenir.

Je me demandais comment il fallait prendre cette remarque, lorsque la porte s'ouvrit. C'était le thérapeute que j'avais aperçu un peu plus tôt, Éric.

– Josh, on a besoin de toi, dit-il. On a un gros problème de planning.

Il y avait quelque chose de surnaturellement calme dans sa voix comme dans son maintien, à croire qu'il venait d'annoncer que le thé et les petits gâteaux étaient servis au salon.

– Où est Piper ? Elle ne peut pas régler ça ?

– Elle est...

Il me regarda.

– Elle est un peu débordée pour le moment.

– Très bien, j'arrive.

Josh me salua froidement, puis quitta rapidement la pièce.

– Vous êtes Éric, n'est-ce pas ? demandai-je au nouveau venu comme il tournait les talons, lui aussi.

Il dégageait un incroyable charme exotique, quelque chose de réellement mystérieux, avec son teint bistré et ses yeux noirs. Mais la magie, semblait-il, n'avait opéré qu'à moitié sur Anna.

– Oui, répondit-il avec froideur.

– Je m'appelle Bailey Weggins, je suis une amie de Danny. J'étais censée l'aider ce week-end pour finaliser un projet concernant le spa.

Il me serra la main, et me sourit poliment.

– À propos, toutes mes condoléances, dis-je.

Le sourire s'effaça imperceptiblement.

– Je ne suis pas sûr de comprendre, répliqua-t-il.

– On m'a dit que vous étiez très proche d'Anna.

– C'est entièrement faux.

Sur ce, il quitta le solarium. Bon. Dans le genre « Mêle-toi de tes oignons »... Message reçu.

Je restai seule à me remémorer ma conversation avec Josh. J'avais touché un point sensible chez lui, aucun doute. Danny avait raison, le spa, c'était « son » territoire. Donc, pas touche... Quant à Éric, ses propos m'échappaient. Pourquoi affichait-il cette distance à l'égard d'Anna, avec qui il avait tout de même eu une liaison ?

Je me perdis un instant dans la contemplation du jardin derrière les grandes baies vitrées, tout en me demandant quelles étaient au juste les limites de la propriété. Remontant dans ma chambre pour enfiler des chaussures de marche et ma veste en jean, je jouai la fille de l'air, direction les bois. J'avais une heure à tuer avant ma séance de massage.

Le ciel s'était largement éclairci, bien que le sol fût partout imbibé et couvert de feuilles détrempées déclinant de superbes camaïeux de jaune, d'ocre et de terre de Sienne. Chaussant mes lunettes de soleil, je marchai d'un bon pas le long des sentiers balisés du jardin en direction de la réserve naturelle, indiquée par des petits panneaux gris, qui s'étendait au-delà du premier rideau d'arbres. En dehors de deux alignements de chrysanthèmes, les plantes en pleine efflorescence étaient rares.

Le jardin s'arrêtait, mais le chemin se prolongeait au milieu d'un groupe de grands sapins. Deux femmes d'âge mûr, à l'évidence des clientes de l'hôtel – le cycliste fluo et la banane autour du sac à tripes ne laissaient planer aucun doute –, débouchèrent du bosquet juste au moment où j'allais y entrer. Nous échangeâmes de petits hochements de tête censés tout dire et rien à la fois.

Je m'enfonçai sous les sapins qui ne tardèrent pas à laisser la place à des érables et des chênes aux feuilles d'un éblouissant jaune orangé moucheté de rouge. J'arrivai bientôt à un petit pont qui enjambait un ruisseau. Là, un panneau m'indiqua que j'entrais dans la réserve naturelle. J'ôtai mes lunettes de soleil et les fourrai dans la poche de ma veste. Plusieurs directions étaient proposées : je choisis le sentier de randonnée baptisé Genièvre.

Pour la première fois depuis la veille au soir, je sentais mon corps se détendre. L'air forestier était saturé de senteurs fortes – mousses, champignons, écorces en décomposition, émanations vivifiantes, que la pluie avait encore accentuées au cours des dernières heures. Je marchai une dizaine de minutes le long du sentier silencieux, tout en me demandant où il me conduirait et jusqu'où s'étendait le bois.

Soudain, j'entendis des bruits de pas qui n'étaient pas les miens. Je m'arrêtai et tendis l'oreille. Rien. Allongeant le cou, je scrutai le bois devant moi, mais je ne distinguai rien ni personne.

J'avais peut-être été stupide de venir seule ici. Je me retournai, mais c'était comme si le sentier s'était refermé, ou évanoui derrière moi ; il ne restait qu'un enchevêtrement de branches d'arbre et des jonchées de feuilles mortes.

Soudain, sans un bruit, l'inspecteur Jeffrey Beck émergea d'un fourré, tel un loup noir dans un conte fantastique. Aussitôt, mon cœur fit un bond, et j'éprouvai le même émoi sensuel que lorsqu'il avait tenu ma main dans la sienne.

8

Beck parut aussi surpris de me voir là que moi de tomber sur lui. Il portait la même veste en daim que le vendredi soir, un pantalon en velours côtelé et des chaussures de randonnée. Ma première pensée fut qu'il cherchait des indices. Mais pourquoi aussi loin du centre ?

– Eh bien, mademoiselle Weggins, que faites-vous à fureter toute seule dans les bois ? lança-t-il en s'approchant de moi.

J'éprouvai une légère inquiétude à l'idée qu'effectivement j'étais seule dans les bois avec cet homme excitant, oubliant un moment qu'il était flic.

– Je ne « furète » pas, me défendis-je. Je me balade, voilà tout.

– Oh, en promenade, hein ?

– Oui. Et vous ? Je dirais plutôt que vous cherchez des indices.

– Des indices ? répéta-t-il en feignant l'ignorance.

– Oui. Concernant le meurtre.

– La curiosité est un vilain défaut, mademoiselle Weggins.

Il me fixa attentivement. Dans la pénombre des bois, ses yeux semblaient plus gris que bleus. L'air frais lui avait fouetté le sang, et ses joues étaient rouges comme s'il avait marché à vive allure.

– J'espère seulement que vous n'y céderez pas trop, ajouta-t-il. Je n'aimerais pas vous savoir en train de farfouiller Dieu sait où.

– Vous n'avez pas à être désagréable avec moi, dis-je. Je voulais juste faire la conversation. Ne me dites pas qu'une femme ne vous a jamais dragué.

Je n'en revenais pas d'avoir prononcé ces mots, sans réfléchir, par pure provocation. Je voulais briser la carapace du flic beau gosse et dur à cuire, voir s'il y avait derrière une once d'humanité. Il eut un petit sourire en coin.

– Pardonnez-moi si je vous ai paru désagréable, s'excusa-t-il, un poil radouci. Ce n'était pas mon intention.

Et quelle est votre intention ? voulus-je lui demander, mais je me retins de justesse.

– Bon, je crois que je vais continuer, dis-je à la place. Si je n'oxygène pas très vite mon système sanguin, c'est la syncope garantie.

Nom de Dieu, Bailey... Je savais qu'il fallait que je fiche le camp avant de sombrer définitivement dans le ridicule.

– Attendez une seconde, dit-il.

– Vous êtes triste de me voir partir ?

Oh, Bailey, boucle-la.

Sans prévenir, Beck se pencha en avant et avança une main vers mon visage. Je reculai, surprise.

– Vous avez une brindille dans les cheveux, dit-il.

Il la retira délicatement. Au contact de ses doigts effleurant mon crâne, j'eus l'impression d'être électrisée... délicieusement foudroyée.

– Merci, murmurai-je. Il n'y a rien d'autre ? Une fougère, un nid d'oiseau ?

Il sourit à nouveau. Un vrai sourire cette fois.

– Bonne promenade, dit-il. Et souvenez-vous, ce n'est pas parce que vous êtes écrivain qu'il faut vous croire obligée de... de mener une enquête de terrain.

J'opinai du chef en signe de compréhension, marmonnai un « r'voir » de minette néandertalienne, et poursuivis mon chemin dans la direction d'où venait Beck. J'avais les joues en feu et les neurones en surchauffe. Le coup de la brindille, c'était du flirt ou quoi ? Et que cherchait-il par ici ? L'ennui avec les types comme Beck, c'est qu'on est si fascinée par ses yeux qu'il faut se repasser le film en VO et au ralenti pour comprendre l'intrigue. Le meurtre d'Anna : c'était sûrement la raison de sa présence ici. Peut-être cherchait-il l'arme du crime. Je ne savais toujours pas comment Anna était morte, mais si le meurtrier s'était servi d'un objet pour l'étrangler ou la frapper, alors il y avait des chances pour qu'il s'en soit débarrassé dans les bois. Il y avait tout de même un hic : si la police recherchait un indice aussi capital, les environs auraient dû grouiller de flicards en uniforme battant les taillis. Je continuai de marcher. Après quelques minutes, j'arrivai à un embranchement : « Le Marais », pouvait-on lire sur le premier panneau ; le second indiquait la « Route de Durham ». Impossible de savoir de quelle direction venait Beck. J'optai pour la route de Durham, peu séduite par l'idée de me noyer dans un marais sinistre.

Après dix minutes de marche, le bois devint moins dense. J'aperçus une clairière, puis une barrière parallèle à la route. Je m'arrêtai, regardai alentour. Sur la barrière, un petit écriteau indiquait que l'entrée principale de la réserve se trouvait à un peu plus d'un kilomètre en suivant la route. Un petit accotement boueux se trouvait juste à côté de la barrière, assez large pour y garer une voiture.

Quelque chose me dit que c'était ce que Beck était venu vérifier. Tout ça se tenait : le tueur avait garé sa voiture ici, traversé le bois jusqu'à l'hôtel puis refait le chemin inverse après avoir perpétré son crime. Car, à moins qu'il ne s'agisse d'un employé ou d'un client de l'hôtel, il avait forcément dû conduire pour arriver jusqu'ici. Et s'il s'était garé sur le parking, quelqu'un aurait pu repérer son véhicule. Arriver par les bois offrait tous les avantages, sauf que, de nuit, ça n'avait pas dû être une partie de plaisir. Néanmoins, les sentiers étaient praticables, et avec une bonne torche et le clair de lune c'était presque agréable. Évidemment, cela signifiait que le tueur était un familier des lieux.

Je tournai les talons et repris la direction de l'hôtel. Le jour déclinait, et un petit vent frisquet s'était levé. Il agitait la cime des arbres et produisait un son semblable à celui que l'on entend en collant son oreille à un gros coquillage dans les boutiques de souvenirs. Je marchais d'un pas tranquille le long du sentier lorsque j'entendis un craquement de branches derrière moi. Je me retournai instantanément, pétrifiée, mais ne distinguai rien en dehors d'un enchevêtrement d'arbres. Peut-être un daim ou un écureuil, supposai-je. J'accélérai mon allure. J'entendis cependant un nouveau craquement – un peu plus faible, comme si le pas se faisait précautionneux –, suivi d'un bruissement de feuilles mortes. Mon pouls s'emballa aussitôt, mais je me retournai à nouveau sans crier gare. Le piétinement cessa instantanément.

– Qui est là ? criai-je. C'est vous, Beck ?

Pas de réponse. Juste un grand silence. Pourtant, quelqu'un était là, quelqu'un qui me suivait dans l'obscurité de cette forêt inconnue. Je me retournai à nouveau puis me mis à courir. J'eus l'impression d'entendre courir derrière moi, mais le son de mes pas foulant les jonchées de feuilles mortes m'empêchait de distinguer clairement les autres bruits.

– Je suis là, Beck, criai-je. J'arrive.

Je voulais que mon poursuivant sache bien que nous n'étions pas seuls. Je me trouvais maintenant dans la partie la plus dense des bois, et j'avais une peur bleue de me perdre. Mais j'arrivai à la fourche, où un écriteau indiquait la direction du Cedar Inn. Le bruit semblait plus lointain maintenant, mais je continuai de courir jusqu'à ce que le bois s'éclaircisse. Alors seulement je ralentis, passant du pas de course au petit trot, tout en continuant de me retourner par intermittence.

Enfin, je parvins à l'orée du bois et gagnai les jardins de l'hôtel. Mes poumons me brûlaient. Penchée en avant, les mains sur les genoux, j'essayai de reprendre mon souffle. J'étais certaine d'une chose : tout cela n'était pas le fruit de mon imagination. Quelqu'un m'avait poursuivie, soit pour m'effrayer – auquel cas, c'était sacrément réussi –, soit pour me faire du mal.

J'attendis d'avoir complètement récupéré avant de rejoindre l'hôtel. Il était presque l'heure de mon massage. J'étais vraiment trop à cran pour m'allonger sur un divan chauffé et jouer les légumes, et cependant j'allais devoir me faire violence. Je ne pouvais pas laisser passer ma chance d'avoir une conversation avec cette pipelette de Cordelia qui, à en croire Danny, aurait pu compléter la case « Remarques particulières » de son questionnaire de santé par la mention : « Vaccinée avec une aiguille de phono ».

À la réception, une hôtesse expliquait d'un ton condescendant à une cliente grassouillette qu'elle lui avait laissé un message dans la matinée pour annuler son rendez-vous, et qu'elle était affreusement désolée qu'elle ne l'ait pas eu. Et que dirait-elle de demain huit heures ? La cliente accepta sans enthousiasme, puis sortit en soupirant et en levant les yeux au ciel. Josh, remarquai-je, n'était pas dans les parages.

Étant donné le chaos ambiant, je m'attendais à ce qu'on me demande d'attendre. Pourtant, à peine eus-je donné mon nom que je fus conduite jusqu'à un petit vestiaire où l'on me remit un peignoir et des pantoufles en tissu éponge. Cordelia m'attendait. C'était bien la blonde que j'avais repérée ce matin-là se dirigeant vers la réunion. De près, je vis qu'elle était plutôt jolie, avec son visage poupin et ses yeux bleu clair, presque transparents. Elle avait des seins énormes – pas d'autre mot pour les décrire – et une quinzaine de kilos superflus qui lui donnaient des allures de modèle de Rubens. Elle me précéda, et nous entrâmes dans une petite salle équipée d'une table de massage. Elle me suggéra de me déshabiller et de m'installer confortablement.

La salle était faiblement éclairée, sans doute pour détourner l'attention des cartons qui s'empilaient le long des murs. Je posai mon peignoir – avec ma montre dans la poche – sur un tabouret, et me hissai sur la table de massage où je me glissai entre deux draps. J'avais la nuque raide, tous les muscles du cou ankylosés, et mes jambes flageolaient encore de ma course effrénée dans les bois. Je posai ma tête sur l'oreiller ergonomique et essayai de me détendre.

– Tout va bien ? demanda Cordelia en revenant dans la pièce.

Elle avait une voix profonde et apaisante, des intonations suaves qui auraient valu la gloire à une animatrice radio.

– Oui, marmonnai-je, les yeux perdus dans le vague. Est-ce que ça fonctionne comme un massage normal ?

J'espérais que mes questions naïves lui feraient comprendre que je n'étais pas contre le fait de bavarder un peu.

– Oui, à peu près, répondit-elle en abaissant le drap pour découvrir mon dos. La principale différence est qu'au lieu d'utiliser mes mains je me sers de galets de rivière préalablement chauffés. La sensation est très agréable.

Elle s'écarta légèrement et je l'entendis plonger les mains dans un bac rempli d'eau.

– Ça ne doit pas être facile, risquai-je. Je veux dire... devoir travailler dans des lieux improvisés.

– Oh, ce n'est pas si gênant, répondit-elle. On peut travailler n'importe où avec ces galets. S'ils sont trop chauds, dites-le-moi. Je vais me servir d'une huile parfumée au *lemon-grass*. Elle dénoue les muscles et satine la peau.

– Génial, dis-je. Exactement ce qu'il me faut. Mais je suis sûre qu'avec tout ce qui s'est passé, vous devez vous sentir aussi stressée que moi.

– Oh, non, ça va.

Mouais, bon... Ce n'était pas aujourd'hui qu'elle allait gaspiller sa salive, semblait-il. Le fait qu'une de ses collègues avait été retrouvée assassinée sur son lieu de travail l'affectait-il au point de la décourager de papoter avec la clientèle ?

Avant de commencer le massage, elle me donna à tenir dans le creux de mes mains deux gros galets, comme pour me lester. Je me sentis un peu stupide, jusqu'à ce qu'elle commence son vaudou revitalisant. Les galets étaient chauds et doux, huileux à souhait. Elle commença par les faire glisser le long de mon dos et sur ma nuque en longues caresses hypnotiques, et je ne tardai pas à m'abandonner au massage, délicieusement conquise. Il n'y avait que le silence, les galets et ma respiration apaisée.

Lorsqu'elle en eut terminé avec le dos, Cordelia tint une serviette devant mon corps pendant que je me retournais côté pile. Avant de commencer à me masser les jambes, elle glissa de minuscules galets plats entre mes orteils. C'était limite érotique, presque aussi bon que de se faire léchouiller les orteils par un amoureux fétichiste. Je commençais à comprendre pourquoi Cordelia était considérée comme l'une des meilleures masseuses.

Pourtant, en dépit de son talent, mon esprit recommença à s'emballer malgré moi, et je me revis détalant à travers les bois telle une biche fuyant les balles du chasseur. Qui m'avait suivie ? Josh ? Il n'avait pas apprécié que je veuille m'incruster. Il avait très bien pu, après notre rencontre au solarium, me voir marcher en direction des bois.

– C'est fantastique, dis-je à Cordelia lorsqu'elle eut terminé de vaporiser sur mes jambes et mes pieds une brume parfumée à la fleur d'oranger. Vraiment parfait.

– Je suis ravie que ça vous ait plu. Détendez-vous encore une minute avant de vous relever. Je vais vous attendre dans le couloir.

Décidément, la championne des masseuses était tout sauf loquace. J'aurais eu une conversation plus intéressante avec une employée de péage autoroutier.

En sortant de la salle, je l'aperçus au bout du couloir. Elle était adossée au mur et discutait avec Éric, qui attendait apparemment son ou sa cliente. Je n'entendais pas leurs paroles, mais Cordelia avait pris la pose genre prête à croquer. Éric la fixait intensément, impassible. En me voyant, elle se redressa instantanément. Puis, professionnelle, elle me raccompagna à l'accueil. Lui m'ignora complètement.

Il n'y avait pas de douche au salon ; aussi remontai-je dans ma chambre en peignoir, mes frusques sous le bras. Je n'avais pas sitôt ouvert la porte que je vis le voyant du téléphone clignoter. Danny m'avait laissé un message : elle comptait passer la nuit à l'hôtel mais devait d'abord faire un saut chez elle. Elle suggérait que nous nous retrouvions le lendemain matin pour le petit déjeuner, à 8 h 30. Elle avait examiné les factures et en avait trouvé deux qui la tracassaient.

Pour ma part, j'écartai l'idée de descendre dîner dans la salle à manger. Non seulement je me sentais plus huileuse qu'un beignet refroidi, mais surtout j'étais lessivée après ma course-poursuite digne de *Blair Witch*. Après avoir appelé le service d'étage, je repris mon cahier d'écolier et y couchai quelques notes et impressions concernant ma conversation avec Josh.

Et puis je pensai à Beck. J'avais remarqué qu'il ne portait pas d'alliance, alors peut-être était-il célibataire – ou divorcé. Avec des gosses ? Je me demandai où et à quoi il pouvait bien passer sa soirée. Sans doute planchait-il sur le meurtre, essayant tant bien que mal d'assembler les pièces du puzzle.

J'étais tellement vannée que je pensais m'endormir illico, mais je me trompais. Après plusieurs minutes à attendre dans le noir le grand *off* horizontal, je compris que ça sentait carrément l'insomnie – une véritable maladie chez moi. J'avais consulté un hypnotiseur quelques mois plus tôt ; il m'avait conseillé d'imaginer que je descendais un escalier mécanique. Technique assez efficace, je dois le reconnaître... Sauf que ce soir, descendre l'Empire State Building n'y aurait rien fait.

Alors, au lieu de chercher une fois de plus les bras de ce vicelard de Morphée, je lâchai la bride à mes pensées. Et tandis que le vent mugissait dans la nuit, je me reposai les mêmes questions : qui m'avait poursuivie dans les bois ? Qu'est-ce que Josh trafiquait au spa ? Qui avait tué Anna ? Qu'est-ce que j'avais pu voir le soir du crime qui m'échappait encore ?

Et puis soudain, une question chassant l'autre, je me demandai : est-ce que le tueur m'avait vue, *moi*, vendredi soir ? Les lumières du centre étaient éteintes quand j'avais traversé le parking, mais quelqu'un avait pu se trouver là, m'observant depuis une fenêtre, attendant le moment de s'éclipser dans la nuit. Le tueur pensait-il, comme Beck, que j'avais vu quelque chose ? Était-ce *lui* qui m'avait poursuivie dans les bois aujourd'hui ?

9

Il n'y avait pratiquement personne dans la salle à manger lorsque je descendis à 8 h 20 le dimanche matin. Danny fixait d'un air triste le fond de sa tasse de thé. Elle portait un joli chemisier bleu pastel, une couleur qui lui seyait généralement à merveille, mais qui ce matin soulignait sa pâleur et son extrême fatigue.

– Oh, Danny, soupirai-je en m'asseyant à table en face d'elle. Dis-moi comment je peux te remonter le moral.

J'avais déjà décidé de ne pas lui parler de la poursuite dans les bois.

– Oh, ça ne va pas si mal, rassure-toi, dit-elle en affectant un air souriant. J'étais juste en train de recharger mes batteries.

– Et les affaires ? demandai-je.

– Eh bien, les annulations ont commencé, tout comme les départs anticipés. C'est à cause du meurtre, bien sûr, mais aussi parce que tous les rendez-vous du spa ont dû être décalés. Les clients ne sont pas contents.

– Je suis sûre que c'est temporaire. Le spa devrait rouvrir dans quelques jours.

– Merci de me réconforter, Bailey. Je ne sais plus qui a dit « Je regarde vers l'avenir, parce que c'est là que je compte passer ma vie », mais c'est mon credo pour le moment.

Oh, Seigneur, pensai-je, j'aimerais tant avoir un credo positif. Le seul truc que je n'arrêtais pas de me répéter comme une litanie, c'était : « Ne fous pas tout en l'air, Bailey. »

La serveuse vint prendre ma commande. J'attendis qu'elle soit repartie pour demander à Danny s'il y avait du nouveau dans l'affaire. Elle me dit que la police ne la tenait absolument pas informée, mais elle avait entendu dire que Josh n'avait pas d'alibi. Il prétendait avoir passé la soirée de vendredi à regarder un match quelconque à la télé. Quant à Éric, s'il avait bien été vu à la soirée d'anniversaire, il n'y était pas arrivé avant 23 heures, semblait-il. Elle m'apprit aussi que Beck l'avait appelée samedi après-midi, et lui avait demandé de dresser une liste des clients réguliers d'Anna.

– Ah, intéressant, dis-je. Je me suis demandé moi aussi si un de ses clients, un tordu quelconque, n'avait pas fait une fixation sur elle. J'imagine que tu gardes une trace de tous les rendez-vous de tes clients, avec le nom du thérapeute qu'ils ont vu.

– Oui, tout est sur ordinateur, de manière que nous puissions retrouver le nom d'un masseur lorsque le client l'a oublié. Nous avons plusieurs moyens d'effectuer la recherche et de croiser les infos.

– Parle-moi maintenant de ces deux factures. Elles t'ont semblé bizarres, c'est ça ?

– Fausse alerte, annonça-t-elle. J'ai appelé le gérant chez lui hier soir, et il m'a tout expliqué.

– Parfait. Donc, l'argent ne serait pas la clé du problème. N'empêche, j'ai parlé à Josh hier, et pour tout t'avouer, j'ai eu l'impression qu'il me cachait quelque chose. Ce gars-là protège un peu trop son territoire. J'ai une question à te poser : es-tu certaine que le comportement bizarre que tu as perçu a commencé au printemps, et pas plus tard, je veux dire vers l'époque où ce type, Litchauer, a eu sa crise cardiaque ? Je me demande si Josh et les autres ne dissimulent pas quelque chose concernant sa mort.

– Oh, Seigneur Dieu, gémit-elle, effondrée à cette seule pensée. Comme je te l'ai dit, il est mort en juillet. J'ai l'impression d'avoir ressenti quelque chose de bizarre avant cela, mais peut-être que je me trompe. Peut-être que tout a commencé à ce moment-là.

– Tu as dit que sa thérapeute, le soir de sa mort, c'était Anna. Litchauer était un habitué du centre ?

– Oui. Il prenait rendez-vous avec elle une fois par semaine. Mais, Bailey, tu n'es quand même pas en train de suggérer qu'Anna ou quelqu'un du spa a causé sa mort ?

– Non, pas intentionnellement. Mais peut-être s'est-il passé quelque chose. Peut-être a-t-il mal réagi à une technique de massage.

– Le médecin légiste s'en serait rendu compte, tu ne crois pas ? fit-elle valoir d'un ton inquiet.

– En théorie, oui... Oh, Danny, je ne veux pas que tu te ronges les sangs un peu plus à cause de ça. Je n'ai encore rien trouvé qui aille dans ce sens. J'essaie seulement de ne négliger aucune piste, voilà tout. Ce fils dont tu m'as parlé, est-ce qu'il habite près d'ici ? Je pourrais essayer de lui parler.

– Il s'appelle Matt Litchauer. Oui, il habite dans les environs. Trente-cinq ans environ. Il tient un pub en ville, la Bridge Street Tavern. Mais je te préviens tout de suite, le bonhomme est désagréable au possible.

Désagréable au point de tuer Anna, me demandai-je, s'il pensait qu'elle était responsable de la mort de son père ?

– J'aimerais également interroger d'autres employés, repris-je, mais j'ai peur d'éveiller les soupçons. Tu m'as parlé vendredi soir d'une amie d'Anna qui est partie. Ce ne serait pas cette thérapeute qui est allée vivre à Hawaii ?

– Non, ça, c'est Lauren. L'amie d'Anna dont je t'ai parlé s'appelle Ève. Elle est partie à Rhinebeck, dans l'État de New York, pour y travailler comme tisserande. Oh, cela me fait penser que je devrais la contacter pour lui apprendre la nouvelle.

N'étant plus impliquée dans les affaires du centre, Ève allait peut-être pouvoir me fournir des renseignements utiles, expliquai-je. Je demandai à Danny si elle pouvait s'arranger pour que je lui parle au téléphone, ou de vive voix en m'arrêtant sur le chemin du retour, Rhinebeck étant sur ma route.

Juste au moment où j'allais lui demander des nouvelles de George, ce dernier déboula dans la salle à manger et vint droit vers notre table. Danny leva les yeux et lui sourit affectueusement.

– Chérie, pardon de t'interrompre, mais j'ai vraiment besoin de toi, annonça-t-il. Bonjour, Bailey. Vous tenez le coup ?

Il me serra franchement la main, et je remarquai qu'il ne transpirait plus. Il n'avait donc pas les mains moites en permanence.

– Ça va très bien, merci, dis-je.

J'avais un mal fou à le trouver sympathique. Il me sourit de son air doucereux, mais je pouvais voir qu'il me jaugeait du regard.

– Qu'y a-t-il, George ? demanda Danny d'une voix anxieuse.

– Problème de serviettes. On ne peut pas récupérer celles du centre, évidemment, alors Josh essaie d'en rassembler le maximum ici à l'hôtel, mais le compte n'y est pas.

Danny me demanda de l'excuser et je les regardai partir, George la tenant par le dos et la guidant, comme s'il avait peur qu'elle s'échappe.

De retour dans ma chambre, j'appelai la Bridge Street Tavern après avoir obtenu le numéro par les renseignements, en espérant que le pub ouvrait le dimanche. Personne ne répondit, mais il n'était que 10 heures.

J'appelai ensuite Paul Petrocelli, un jeune médecin londonien que j'avais interviewé un jour pour un article, et qui me permettait depuis de le tanner avec mes questions médicales toutes plus bizarres les unes que les autres. Lorsque j'avais besoin de réponses concernant une spécialité, je cherchais un expert bien sûr, mais tout ce qu'il me fallait pour le moment, c'étaient des infos essentielles, quelqu'un pour me mettre sur la bonne voie. Je commençai par Paul. Je savais qu'il prenait des gardes à l'hôpital le dimanche depuis quelque temps. C'est donc là que j'appelai. On me mit en attente quelques minutes, puis je l'eus finalement en ligne.

– On travaille le dimanche ? fit-il de sa voix rauque. Ça doit être un gros coup.

– C'est probable, dis-je. Je n'interromps pas une réa, au moins ?

– Non, j'étais juste en train de suturer une entaille au front.

– Très bien, alors voilà ma question. Un type meurt d'une crise cardiaque dans les vestiaires d'un spa. Le bonhomme est sexagénaire. Apparemment, côté cœur, c'était pas la top forme, mais je me demandais s'il était possible que sa crise cardiaque ait été causée par le massage qu'on venait de lui faire – disons que la masseuse aurait involontairement exercé une pression au mauvais endroit.

– C'est peu probable, répondit-il, à moins qu'il ne s'agisse de shiatsu et que la masseuse y soit allée façon karatéka.

– Très drôle.

– Il y a plusieurs facteurs de risque importants dans un centre de relaxation pour une personne cardiaque.

– Lesquels, par exemple ?

– Le premier qui me vient à l'esprit, ce sont évidemment les sources de chaleur, du type sauna. Quand le corps est en surchauffe, le sang reflue vers l'épiderme de manière à évacuer la chaleur par la transpiration. Le problème, c'est que les organes ayant le plus besoin de ce sang – comme les poumons ou le cerveau – commencent alors à en manquer. Le pouls s'accélère pour s'adapter à ces nouvelles conditions. Pour quelqu'un qui a un bon cœur, pas de difficulté, mais pour les autres, il n'est jamais bon que le cœur batte trop vite. C'est comme ça qu'une crise cardiaque peut survenir.

– Donc, un sauna après son massage a pu déclencher la crise cardiaque ?

– Oui, c'est possible, admit Paul. Mais n'oubliez tout de même pas que si le cœur était malade, il n'a pas forcément eu besoin de chaleur pour dérailler. Il peut s'agir d'une simple coïncidence.

J'entendis quelqu'un l'appeler. Je le remerciai et raccrochai, après avoir promis de lui offrir un verre dès que mon travail ou mes loisirs me conduiraient à Londres.

Je pris une bouteille d'eau dans le mini-bar réfrigéré, et je me mis à faire les cent pas dans la suite en essayant d'envisager tous les scénarios possibles expliquant la mort de Litchauer, et le fait que le personnel aurait du même coup quelque chose à cacher. Peut-être que Litchauer avait fait précisément un sauna après son massage, qu'il avait perdu connaissance, mais que personne ne s'en était rendu compte avant qu'il soit trop tard. Certains membres du personnel avaient pu porter le corps dans les vestiaires pour ne pas être accusés de négligence. Je ne voyais que cela comme hypothèse plausible.

Je rappelai la Bridge Street Tavern. Cette fois, quelqu'un décrocha. Oui, le pub était ouvert aujourd'hui, m'expliqua une femme d'une voix endormie, pour le déjeuner et pour le dîner. J'optai pour le dîner. Dans ce genre d'endroit, on en apprend toujours plus le soir, lorsque l'alcool coule à flots. Plutôt que de m'adresser directement à Matt Litchauer, peut-être pourrais-je sonder un employé pour découvrir quelle rancœur ce dernier avait gardée au juste à l'égard du centre ou de son personnel.

Il était l'heure de ma leçon de tennis. J'avais hâte d'interroger ce type, Rich, mais pas vraiment de tricoter des gambettes sur un court pour finir lessivée en trois sets.

Le court de tennis se trouvait derrière la grange, et tandis que je faisais le tour du bâtiment en baskets et short kaki (pas vraiment de quoi la jouer tenniswoman, mais c'était ce que j'avais de mieux dans mes fringues), j'aperçus un type sur le court, penché au-dessus d'une corbeille remplie de balles jaunes. Il était grand, totalement chauve et portait un short blanc qui lui moulait un poil trop le pont arrière pour un type de la quarantaine bien entamée. D'après ce que je savais d'Anna, il n'était pas vraiment son genre. Lorsqu'il m'aperçut en vision périphérique, il leva aussitôt les yeux dans ma direction. Au mouvement de sa tête, je compris qu'il me toisait, littéralement, détaillant ma tenue improvisée. Je ne me serais pas sentie plus mal à l'aise si j'étais entrée sur le court en pyjama.

– Vous êtes venue en vacances ? me demanda-t-il après les présentations d'usage.

Il avait de grands yeux verts. On ne voyait que ça.

– Mouais, pour quelques jours seulement, répondis-je.

– Très bien. Voyons ce que nous pouvons faire en une heure. Où en est votre tennis ces derniers temps ?

– Où en est mon tennis ? répétai-je. Pour être honnête, nulle part. Je n'ai joué que deux fois cet été, et il y a bien un an que je n'ai pas pris une leçon.

Je lui décochai un sourire aguicheur, mais j'aurais pu grimacer, ç'aurait été la même chose. Le bide total. Peut-être avait-il dû mal à faire l'impasse sur le short kaki.

– Au moins, je n'aurai pas à corriger des gestes mal enseignés, dit-il. Vous voulez bien aller vous placer sur la ligne de fond ? On va commencer par quelques balles.

Pendant un quart d'heure, il m'envoya un flot ininterrompu de baballes jaunes, d'abord sur mon coup droit, puis sur mon revers, et enfin en alternance. Il était dans une forme redoutable, rattrapant sans effort les balles les plus croisées. De temps à autre, il se fendait d'un commentaire ou d'un conseil du genre « Du calme » ou « Inutile de martyriser la balle », suivant une méthode de travail bien rodée.

– Parfait, lança-t-il finalement. Vos coups sont déjà bien plus fluides. Approchez un peu par ici, nous allons en discuter une minute.

Je détestais ce ton paternaliste et condescendant, et je lui aurais volontiers imprimé les cordes de ma raquette sur le crâne, mais je me contrôlai. Je lui souris poliment et le rejoignis au filet. Il suggéra que nous terminions la séance en continuant de nous concentrer sur mon coup droit et mon revers.

Et pendant encore trois quarts d'heure, il me trimballa en fond de court avec une régularité métronomique, coup droit-revers, coup droit-revers. J'avais beau être une assidue des clubs de forme, je ne tardai pas à cracher mes poumons, pendant que lui enclenchait au contraire le pilote automatique. Je me demandais ce qu'il avait en tête.

– Votre coup droit est bien meilleur, vous ne trouvez pas ? lâcha-t-il finalement, lorsque l'heure fut écoulée.

Il avait paru s'intéresser si peu à moi que je doutais qu'il eût remarqué quelque progrès que ce fût, mais il était trop suffisant pour ne pas se féliciter d'une manière ou d'une autre.

– Ouais, je crois, dis-je. Sur quoi est-ce que je devrais me concentrer, d'après vous ?

– Vous devez bouger davantage, dit-il en rangeant sa raquette dans son étui. Il n'y a pas que frapper la balle qui compte. Le tennis est avant tout un jeu de déplacement.

C'était sa façon gentille de me dire que j'étais une vraie limace et que Serena Williams n'avait pas trop de mouron à se faire.

– Eh bien, merci, dis-je en me forçant à nouveau à lui sourire.

Il semblait pressé de partir, mais je devais savoir quels étaient ses liens exacts avec Anna.

– Je suis ravie que vous ayez pu me caser dans votre emploi du temps, ajoutai-je, malgré tout ce qui est arrivé ici.

– Ça n'a que peu d'incidence sur mon travail, dit-il.

– Mais vous la connaissiez, n'est-ce pas ? La fille qui a été tuée ?

– De vue, c'est tout, répondit-il tranquillement en commençant à ramasser ses balles. Je ne travaille pas à plein temps ici. Je donne des cours dans un tas d'endroits différents.

– De vue, hein ? Pourtant, quelqu'un m'a dit que vous la connaissiez très bien.

Il se figea et me regarda. C'était la première fois depuis mon arrivée sur le court qu'il me fixait, qu'il me *dévisageait*.

– Non, à peine, répondit-il d'un ton irrité. Qui vous a dit ça ?

– Oh, quelqu'un de l'hôtel, en bavardant, je ne sais plus qui.

– Eh bien, si vous revoyez ce quelqu'un, vous pouvez lui dire qu'il ou elle se trompe.

Il paraissait sur la défensive maintenant, mais je ne savais pas pourquoi. Peut-être ne s'était-il pas contenté de tourner autour d'Anna, et l'avait-elle envoyé bouler. Peut-être étaient-ils sortis ensemble un soir, et l'avait-elle trouvé barbant. Peut-être l'avait-il tuée. Impossible à dire, et visiblement il n'avait pas l'intention de me mettre dans la confidence.

Je le saluai et le remerciai, et il me sourit d'un air crispé. En quittant le court, sur le chemin, je me retournai. Il était toujours sur le terrain, son ramasse-balles à la main, le regard fixé sur moi.

Je passai le reste de l'après-midi dans ma chambre. Je griffonnai à nouveau quelques notes dans mon cahier, repris le dossier de certains employés et me reposai les mêmes questions, encore et encore. La vérité, c'est que je n'avais pas la plus petite théorie valable. Je laissai tomber mon cahier et composai le numéro de portable de Parker Lyle, une « profileuse » de la Criminelle que j'avais souvent interviewée. Elle pourrait peut-être m'éclairer sur certains points, mais je tombai sur sa messagerie vocale.

J'allais devoir reprendre la route de New York au volant de ma Jeep lundi matin, je n'avais pas le choix. Mon papier sur l'hystérie collective était attendu pour la fin de la semaine, et tous mes dossiers étaient à Manhattan. Pour ne rien arranger, j'avais une réunion importante à *Gloss* mardi matin.

Vers 17 heures, Danny m'appela pour me proposer de la retrouver le lendemain matin au petit déjeuner. Elle m'informa du même coup qu'Ève, l'amie d'Anna, acceptait de me voir. Je n'aurais qu'à m'arrêter à Rhinebeck en rentrant à New York. Je n'avais plus qu'à espérer qu'elle me fournirait une info valable – ou bien de dénicher un indice quelconque ce soir à la Bridge Street Tavern.

À 18 h 30, habillée d'un jean et d'un petit pull, je levai le camp. Je m'arrêtai à la réception pour demander à Natalie le chemin du pub. Il se trouvait dans le centre historique de

Warren, pas très loin en fait du poste de police. Rien que d'y penser, j'en avais le cœur qui déraillait.

Je me garai au milieu de la petite dizaine de voitures alignées sur le parking du pub, descendis et actionnai le verrouillage automatique des portes de la Jeep. En entrant dans le bar, la nostalgie me submergea. La Bridge Street Tavern me rappelait tous les vieux bars et tavernes que j'avais fréquentés pendant mes études à Providence. C'était la même atmosphère enfumée, les mêmes tables en bois couvertes d'initiales gravées, avec le juke-box asthmatique qui jouait tant bien que mal *She's Not There* des Zombies.

Il y avait des patères à l'entrée pour les manteaux, et je pris le temps d'ôter ma veste en jean pour pouvoir choisir le meilleur endroit où me poser. Prendre un tabouret au bar me permettrait sûrement de cuisiner le barman, mais il y avait un peu trop de citadins ce soir – autant dire un peu trop d'oreilles indiscrètes. Mieux valait encore prendre une table. Alors que je commençais à prendre racine dans l'entrée, une jeune serveuse arborant un petit badge à son nom, « Stacey », s'avança vers moi. Elle avait relevé ses cheveux blonds en palmier sur son crâne, et ressemblait à un petit caniche.

– Combien ? demanda-t-elle d'un air guilleret.

– Je suis toute seule.

– Y a pas de mal à ça.

Elle tira un menu d'une niche en bois, avant de me faire signe de la suivre dans la salle. Elle me désigna une table dans une alcôve.

– Qu'est-ce que je vous apporte ? enchaîna-t-elle.

– Avez-vous du cabernet ?

– Ouais, on a ça, mais pas frais, à température ambiante. Ça vous va quand même ?

– Ce sera parfait, dis-je.

– Ça marche. Je vous laisse une minute pour jeter un coup d'œil au menu. En plat du jour, on a un excellent rôti de bœuf avec de la purée de pommes de terre, mais si vous préférez quelque chose de moins lourd, je peux aussi vous servir du poulet rôti, avec du riz, par exemple.

Tout en parlant, elle se penchait et me montrait du doigt sur le menu les plats correspondants. Elle portait un chemisier blanc à col ouvert, et de près je remarquai qu'elle avait dans le cou un suçon de la forme du Texas, et presque aussi grand. Mais une seule chose m'importait : elle était du genre volubile. Donc, parfaite.

– Très bien, dis-je. Je vais jeter un coup d'œil.

Pendant qu'elle allait chercher mon cabernet, je scrutai la salle. Elle était aux trois quarts vide, probablement parce qu'on était dimanche soir, ou qu'il était encore tôt, ou bien les deux à la fois. Au bar et autour des tables de billard, c'était le genre plouc qui dominait, tandis que la plupart de ceux qui mangeaient semblaient être des gens du coin appartenant à la classe moyenne, ou des touristes. Je ne voyais personne qui pouvait être le fils de William Litchauer. Le service en salle était assuré uniquement par des femmes, et le barman n'avait pas trente ans.

– Z'avez décidé ce que vous voulez ? demanda Stacey en posant sur la table mon verre de vin.

– Je crois que je vais me laisser tenter par le poulet. Il est bon, hein ?

– Oh ça oui. Tout est bon ici.

– De quand date cette taverne ? George Washington n'aurait pas mangé ici, par hasard ?

Elle rit.

– Ça se pourrait. Cette taverne a toujours existé, sauf qu'évidemment elle change de proprio de temps en temps. Vous visitez la région ?

– Ouais, je suis venue passer le week-end. Je suis descendue au Cedar Inn. Mais j'avais pas trop envie de manger là-bas ce soir, après ce qui est arrivé.

– Oh-mon-Dieu, vous avez pris une chambre là-bas ?

Elle jeta un regard dans la salle pour s'assurer qu'aucun client ne s'impatientait, puis se tourna à nouveau vers moi.

– Je n'en reviens pas que quelqu'un ait été assassiné au Cedar Inn.

– Vous connaissiez la victime ? lui demandai-je d'un ton dégagé.

– Non. Ces gens-là ne viennent jamais ici. J'ai entendu dire que la police n'a pas la moindre idée de qui a bien pu faire ça.

– Non, c'est vrai, je ne crois pas, confirmai-je. Je veux dire, ils ne me font pas de confidences, mais pour ce que j'en sais, ils n'ont encore arrêté personne.

– Je parie que le coupable, c'est son petit copain, souffla Stacey en secouant la tête d'un air écœuré. Enfin bon, vous avez dit du poulet, c'est ça ? avec de la purée ?

– Oui, très bien. Elle avait un petit copain, c'est ce que vous dites ?

– En fait, je n'en sais rien, j'imagine. Il y a toujours un petit copain tordu, non ? Je vous apporte tout ça.

Et elle repartit en cuisine.

Du calme, Bailey, pas de précipitation, ou elle va finir par flairer quelque chose, me soufflait ma petite voix intérieure.

Je n'avais rien d'autre à faire en attendant que ma commande arrive, à part loucher sur le rare populo et écouter la bronchitique Bonnie Tyler chanter *Total Eclipse of the Heart*. Deux types du genre citadin se levèrent pour commencer une partie de billard. Un couple à une table régla son addition, se leva et sortit, tandis que deux petits groupes arrivaient, dont quatre personnes particulièrement agitées discutant cinéma. Entre la musique, les boules de billard et le brouhaha des conversations, certains devaient élever la voix pour se faire entendre. Et au milieu de tout cela, deux serveuses sans compter Stacey s'affairaient, prenant les commandes, bavardant avec les clients, servant et desservant leurs tables sans jamais paraître débordées. Derrière la porte battante de la cuisine, qu'elles franchissaient en coup de vent, j'aperçus un cuisinier grassouillet. Litchauer ? Non, c'était peu probable.

J'attendais mon plat depuis une dizaine de minutes lorsque Stacey sortit comme une flèche de la cuisine, entraînant la porte battante dans son mouvement. Cette fois, j'aperçus derrière un grand costaud en veste écossaise. Il était au téléphone, un combiné mural à la main. Litchauer, sûrement.

– Et voilà, dit Stacey en posant devant moi un demi-poulet de la taille d'un ptérodactyle. Attention, l'assiette est chaude.

J'espérais qu'elle resterait une minute à bavarder, mais un autre client lui fit signe au même instant. J'allais devoir attendre la fin du repas maintenant. Je mangeai lentement, comme si j'avais tout le temps du monde. Vingt minutes plus tard, alors que je repoussais un véritable ossuaire sur les bords de mon assiette, Stacey revint me voir.

– Ça vous a plu ?

– C'était délicieux, dis-je. Dommage que je n'ai pas connu l'endroit plus tôt, je serais venue hier soir. Tout plutôt que de rester dans cet hôtel.

– Vous avez eu la frousse, hein ?

– Ouais, c'est certain. J'ai entendu dire cet après-midi que quelqu'un d'autre était mort au mois de juillet dernier.

Stacey tourna la tête pour s'assurer que personne ne nous écoutait, avant d'expliquer avec des airs de conspiratrice :

– C'était le *père* de mon patron.

– Et il a été *assassiné* ?

– En fait, non. Il a eu une crise cardiaque. Mais je vais vous dire : c'est pas net, tout ça. Un type en pleine forme va se faire masser, et là, boum, il tombe raide mort. Ne me dites pas que ce n'est pas bizarre.

– La police a trouvé quelque chose ?

– Matt m'a dit qu'ils ne voulaient pas se donner la peine d'enquêter sérieusement, expliqua-t-elle en roulant de grands yeux.

– Mais vous, que pensez-vous qu'il se soit passé ?

Je regrettai aussitôt la brusquerie de ma question. Trop directe. Stacey écarquilla légèrement les yeux, et je remarquai que son système d'alarme interne s'était déclenché. Chierie !

– Qui sait ? répondit-elle rapidement. Vous voulez un dessert ? Nous avons de la glace, du flan et de la tarte aux pommes.

– Oui, pourquoi pas ? dis-je d'un ton faussement enjoué. Allez, je vais essayer la tarte.

J'avais autant envie d'une tarte que de danser avec un des ploucs qui tapaient le billard à côté du bar, mais j'espérais avoir une deuxième chance avec Stacey. Ce ne serait pas le cas. Stacey ne revint pas, sinon pour me glisser ma tarte entre deux allées et venues puis m'apporter l'addition, en me regardant à peine.

La salle s'était remplie peu à peu, et l'atmosphère était bien plus enfumée et bruyante qu'à mon arrivée. J'étais venue pour obtenir des renseignements, et une fois de plus je faisais chou blanc. Tout ce que j'avais appris, c'était que Matt en voulait à la police de n'avoir rien fait après la mort de son père. Je me levai, récupérai ma veste dans l'entrée et sortis.

La lune argentée flottait au-dessus d'une longue crête de nuages fantomatiques, diffusant sa lueur diaphane autour de la taverne faiblement éclairée. En traversant le parking maintenant plein de voitures, je ne pus m'empêcher de penser au soir du meurtre et au parking de l'hôtel. Le meurtrier m'avait-il observée depuis le centre, ou caché derrière un arbre ? En arrivant à ma Jeep, je me rendis compte que j'avais stupidement oublié de sortir mes clés à l'avance, et qu'il me fallait maintenant farfouiller dans mon sac. Soudain, derrière moi, j'entendis marcher sur le gravier. Je me retournai dans un sursaut. Un homme se tenait là, dans l'obscurité.

– Qui diable êtes-vous ? demanda-t-il.

10

Je reconnus l'homme à la veste écossaise. Il se tenait là, à un mètre de moi. Il était aussi gros qu'un buffle, et avait l'air aussi féroce.

– *Pardon ?* me récriai-je avec toute l'indignation dont j'étais capable.

J'avais les jambes en guimauve, mais je savais que le plus important était de garder mon sang-froid.

– Vous débarquez dans mon établissement, et vous posez tout un tas de questions. Je veux savoir qui vous êtes.

– C'est ce que la serveuse vous a dit ?

– Ouais, exactement, répondit-il sèchement.

Il devait avoir dans les trente-cinq ans, et son visage rougeaud, ses yeux alcoolisés et sa peau grêlée le classaient d'emblée dans la catégorie des cul-terreux soiffards qui fréquentaient son « établissement ».

– Je crois qu'elle inverse les rôles. C'est *elle* qui a commencé à me poser des questions, du genre : qu'est-ce que ça fait de loger au Cedar Inn depuis le meurtre ? Toute la conversation est partie de là.

– Ah oui ? Elle vous a trouvée foutument curieuse à mon sujet.

– Oh, alors c'est *vous* le type dont le père est mort ? demandai-je en jouant l'imbécile.

– Ouais, mais dites-moi en quoi ça vous intéresse ?

Il avança d'un pas. Je pouvais sentir son haleine, un mélange de bourbon, d'ail et de miasmes rances.

– Très bien, je vais être honnête avec vous, dis-je. Je suis ici en vacances, mais je suis aussi écrivain, et quand la serveuse a commencé à m'expliquer que vous trouviez suspecte la mort de votre père, je me suis demandé s'il y avait un lien avec ce qui se passe en ce moment à l'hôtel. Si vous avez des soupçons, je peux peut-être vous aider.

– Prouvez-le, dit-il.

– Que je prouve quoi ?

– Que vous êtes écrivain.

J'ouvris mon fourre-tout et farfouillai à la recherche du petit portefeuille en cuir dans lequel je range mes cartes de visite. Je lui en tendis une, sans voir si c'était celle qui portait simplement la mention « écrivain », ou celle qui indiquait « rédactrice, magazine *Gloss* ». Il faillit me déboîter deux doigts en me l'arrachant de la main.

– Magazine *Gloss*, lut-il d'un ton sarcastique en s'aidant du faible éclairage extérieur. Qu'est-ce que vous écrivez au juste ? Des articles sur la meilleure façon de se débarrasser d'un bouton d'acné ?

– Non, je tiens la rubrique des faits divers criminels. C'est pour cela que votre histoire m'intéresse. Si vous croyez qu'on a dissimulé quelque chose, je peux vous aider à enquêter.

– Qu'est-ce qui vous fait croire que quelque chose a été dissimulé ?

– C'est ce que votre serveuse a paru sous-entendre. Que vous en étiez convaincu, mais que la police n'a pas fait son boulot.

Une porte claqua au même moment, et un petit groupe traversa bruyamment le parking. Litchauer se décrispa. Il ne voulait pas être vu en train de me menacer.

– Les flics ont bâclé l'enquête, c'est vrai, reprit-il rapidement. Ils ne voulaient même plus prendre mes appels. Mais je n'ai besoin de l'aide de personne, ni de la vôtre ni de celle de votre magazine à la noix. Vous m'entendez ?

– Fort et clair, dis-je.

Le petit groupe arrivait à notre hauteur, bavardant avec animation. Si je voulais fiche le camp, c'était le moment. Je tournai les talons, trouvai mes clés, m'engouffrai au volant de la Jeep et verrouillai les portières.

Je quittai ma place de parking et démarrai sur les chapeaux de roue. Litchauer ne bougea pas d'un centimètre. Jambes écartées, raide comme un piquet, on aurait dit le colosse de Rhodes. Je ne voulus pas lui donner la satisfaction de regarder dans sa direction, mais du coin de l'œil je vis qu'il me suivait du regard, l'air mauvais.

Tout était silencieux au Cedar Inn quand j'arrivai une vingtaine de minutes plus tard, après m'être une fois de plus perdue en route. Un type âgé que je n'avais encore jamais vu tenait la réception, feuilletant d'un air morose un exemplaire du magazine *Yankee*, mais le hall était désert. Dans le salon, on n'entendait que le ronronnement de la cheminée à gaz. Je me dirigeai vers la salle à manger. J'avais envie d'un verre de vin. Il n'y avait personne là non plus, hormis un couple installé au bar. En prenant mon verre de cabernet, je remarquai que ma main tremblait légèrement. Cet affreux salopard de Litchauer m'avait fichu une trouille bleue. J'étais plus secouée que je ne l'avais cru.

De retour dans ma chambre, je fis couler un bain chaud, sans me préoccuper d'y ajouter les fameux sels de bain au super-pouvoir je ne sais trop quoi. Pour l'heure, il ne fallait pas trop en demander. Je me déshabillai et entrai dans l'eau, mon verre de vin à la main. Là, je me repassai mes conversations avec Stacey la moucharde, et Litchauer le croquemitaine. S'il était vraiment convaincu que la mort de son père était suspecte, pourquoi ne pas accepter que je l'aide ? Peut-être préférait-il agir seul, peut-être même avait-il déjà commencé.

Je me demandai si Beck avait déjà détecté sur son radar le nom de Litchauer, ou s'il était trop occupé à se concentrer sur le personnel. Ce que Litchauer avait dit à propos de la police m'intriguait, à savoir que selon lui les flics n'en avaient pas ramé une au moment de la mort de son père. Danny m'avait pourtant affirmé exactement le contraire : Beck, selon elle, avait fait son boulot à fond. Et, vu le peu d'éléments dont je disposais, j'étais plutôt tentée de la croire. Et, pourquoi le nier, je voulais penser du bien de Beck.

Après avoir mariné une demi-heure, je sortis du bain, me séchai et commençai à ranger mes affaires. Je voulais pouvoir me mettre en route le lendemain matin juste après le petit déjeuner. Une partie de moi avait hâte d'être rentrée à New York, loin de tout ce désordre. Ce week-end comptait parmi les plus horribles que j'eusse connus, pire encore que celui où j'avais atterri dans un hôtel de Newport avec un type dont je m'étais amourachée, et qui parlait de son pénis à la troisième personne : « Il aime ça », « Il en veut plus ». J'avais feint l'infection urinaire pendant quarante-huit heures.

Mais l'autre part de moi-même détestait devoir laisser Danny. J'étais terriblement inquiète pour elle, et pas seulement à cause des conséquences que cette situation pouvait avoir sur l'hôtel.

La sonnerie du téléphone me fit sursauter. Il était presque 22 heures. Je pris l'appel sur le poste qui se trouvait à côté du canapé, espérant que ce serait Danny. Je dis :

– Oui ?

Silence, puis :

– Bailey Weggins ?

Je reconnus la voix de Beck.

– Oui, j'écoute, dis-je, aussi nerveuse que si Brad Pitt en personne venait de s'annoncer.

– Ici l'inspecteur Beck. Pardonnez-moi si je vous ai réveillée.

– Non, non, assurai-je. Je sais bien que vous m'avez tirée du sommeil l'autre soir, mais en fait je ne dors pas beaucoup.

– Non ?

– Non. Le lit, c'est pas mon truc. Enfin, je veux dire... je suis insomniaque. D'où m'appelez-vous ? Du poste de police ? Ça paraît bien tranquille autour de vous.

– Non, en fait, je vous appelle de chez moi... Je vis seul.

Silence. Le grand blanc. Il vivait seul. Il n'avait ni femme ni petite amie, et il voulait que je le sache.

– Quoi qu'il en soit, reprit-il, je me rends compte que j'ai votre numéro à New York, mais vous ne m'avez pas dit si vous comptiez repartir directement là-bas demain.

– Si, si. Je veux dire, oui, je repars pour New York, bredouillai-je.

– Donc, si j'ai besoin de vous joindre au cours des prochains jours concernant l'affaire, c'est là-bas que je dois vous appeler ?

– Est-ce qu'il y a du nouveau ?

– Je n'ai pas le droit de vous en parler.

– Bien entendu, dis-je. Mais pourquoi auriez-vous besoin de me reparler ? Comme je vous l'ai dit, j'ai beau me creuser la cervelle, je ne me souviens de rien de plus que ce que je vous ai déjà dit.

– Je comprends. Mais nous pourrions avoir besoin à un moment de reprendre avec vous certains détails de votre déposition.

– Bon, je serai à New York toute la semaine, si vous avez besoin de moi.

– Avez-vous toujours mon numéro, au cas où vous voudriez me joindre ?

– Oui, ne vous inquiétez pas. Je ne l'oublierai pas, même sous la torture.

Je l'entendis rire.

– Bon, enfin, si un détail vous revenait...

– Mais je...

– J'ai dit « si », d'accord ?

– Très bien, très bien.

– Bonsoir. Désolé de vous avoir dérangée.

– Pas de problème.

Je raccrochai, puis m'allongeai sur le canapé. Que signifiait cet appel ? J'étais un témoin clé dans cette affaire, c'est vrai, et il devait pouvoir me joindre n'importe quand, mais n'était-ce pas aussi la meilleure excuse du monde pour m'appeler ? « Où puis-je vous joindre ? », « Avez-vous toujours mon numéro ? »... autant dire : « J'ai envie de rester en contact avec vous. » Non ? Attendait-il un signe de ma part ? Que je lui fasse comprendre que je ne serais pas contre une relation plus intime ? J'essayai de l'imaginer chez lui. Était-il assis sur un tabouret dans sa cuisine, une bière à la main ? allongé sur son canapé en caleçon ? ou au lit, complètement nu ? Je l'imaginai nu ; j'imaginai que je l'embrassais, que je le caressais. Je n'en revenais pas de m'être entichée de ce type. Mais au moins il y avait des chances pour que le fantôme de Jack Herlihy cesse de me hanter.

Je saisis la télécommande du téléviseur sur la table basse et allumai le poste, mais il y avait manifestement un problème de réception. Je me rabattis sur mon livre de déco. Pas longtemps. J'en avais ma claque des espaces « minimalistes ». Je repris le téléphone et appelai mon voisin et ami à New York, Landon, mais je tombai sur son répondeur. Je laissai un message disant que j'avais hâte d'être à lundi soir pour dîner avec lui comme prévu.

Finalement, je décidai quand même d'essayer de dormir. Je m'agitai pendant presque une heure, et quand finalement je trouvai le sommeil, je fis un de ces rêves monotones où l'on se retrouve à répéter interminablement les mêmes gestes. En l'occurrence, j'étais dans un hôtel, mais pas le Cedar Inn, et je parcourais un immense couloir en chemise de nuit en frappant doucement à chaque porte. Le problème, c'est que je frappais trop doucement et que personne n'entendait. La partie de moi qui observait le rêve de l'extérieur encourageait la Bailey du couloir à cogner plus fort, et s'énervait, frustrée, jusqu'à ce que je me réveille en sursaut. Je me redressai sur le lit, et me rendis compte que le cognement ne provenait pas de mon rêve, mais que quelqu'un frappait réellement à ma porte.

J'allumai la lampe de chevet et tendis l'oreille. Avais-je vraiment entendu frapper ? Je ne savais plus. Je me levai et allai jusqu'à la porte.

– Qui est là ? demandai-je doucement.

Silence complet.

Je mis la chaîne de sûreté et entrouvris la porte. Il n'y avait personne dans le couloir, juste les ombres des appliques lumineuses.

Il me fallut plus d'une heure encore pour me rendormir. Je me réveillai à 8 heures, épuisée, avec une légère gueule de bois. J'enfilai mon jean et un tee-shirt à manches longues, camouflai mes cernes sous une couche de perlimpinpin « rattrape-nuit-galère », et bouclai mon sac de voyage. Plutôt que d'attendre un groom, je le descendis moi-même.

– Comment vas-tu ? demandai-je à Danny en la rejoignant dans la salle à manger, assise à la même table que la veille.

– Mieux, aujourd'hui, répondit-elle. Même si je suis triste de te voir partir, Bailey. Ta présence m'a été d'un grand réconfort.

– Oh, si seulement j'avais pu découvrir quelque chose, me lamentai-je.

– À propos, j'ai du nouveau. Anna a bien été étranglée.

– C'est Beck qui te l'a confirmé ?

– Non, c'était dans le journal ce matin.

Je la pressai de me donner d'autres détails, mais c'était tout ce que révélait l'article. Je lui racontai alors ma visite à la Bridge Street Tavern et ma rencontre du troisième type avec Matt Litchauer. Ma petite escapade pouvait avoir certaines répercussions, et je voulais que Danny soit au courant.

– Une chose est sûre : il ne veut rien me dire, comme il se fout de ce que je peux lui proposer, dis-je. J'espère seulement qu'Ève pourra m'apprendre quelque chose.

Danny m'expliqua que cette dernière serait chez elle toute la journée et qu'elle m'attendait. Elle me demandait seulement de l'appeler quelques minutes avant d'arriver. Danny sortit d'une poche de son gilet un morceau de papier sur lequel elle avait indiqué le numéro de téléphone d'Ève, et tracé un plan pour se rendre chez elle.

Les yeux plus gros que le ventre, je commandai des œufs pour faire le plein d'énergie, mais je touchai à peine à mon assiette. Quand enfin il fut l'heure de partir, Danny me raccompagna jusqu'au parking et nous nous embrassâmes.

– Je t'appelle demain soir, promis-je, et dès que j'ai terminé mon boulot la semaine prochaine, et si rien ne s'est arrangé ici, je reviens te voir. D'accord ?

Les larmes aux yeux, elle opina du chef, sa façon à elle de me dire que rien ne lui ferait plus plaisir.

Un quart d'heure plus tard, je me retrouvai filant sur l'autoroute en direction de New York. Je me sentais un peu comme Sigourney Weaver dans *Alien*, après que, en petite culotte, elle a réussi à éjecter de sa capsule la créature la plus terrifiante de toute l'histoire de l'univers. Bref, je me sentais à l'abri. Plus de poursuites dans les bois, plus de réveil au milieu de la nuit à me demander si Freddy Kruger n'attendait pas derrière ma porte de pouvoir me lacérer le corps avec ses griffes d'acier. Et en même temps, quelque chose en moi brûlait d'envie de faire demi-tour pour rester aux côtés de Danny et la protéger, comme ma mère me l'avait demandé.

J'avais entré le numéro d'Ève dans le répertoire de mon mobile, et sur l'autoroute, deux kilomètres avant la sortie, je n'eus qu'à appuyer sur la touche d'appel. Ève s'exprimait sur un ton monocorde, un peu au ralenti, comme si elle avait pris un calmant ou je ne sais quoi. Je lui expliquai que je serais chez elle dans quelques minutes, et elle me dit d'un ton morne qu'elle m'attendait, qu'il n'y avait pas de problème. J'avais appelé des services d'étage plus enthousiastes.

Dix minutes plus tard, j'étais dans le centre-ville de Rhinebeck, une petite bourgade au charme vieillot située près de la rivière Hudson. En m'ouvrant la porte de sa maison, Ève me parut aussi sombre qu'au téléphone. Elle n'était pas maquillée et, quoiqu'elle fût plutôt jolie, le soleil avait prématurément vieilli sa peau. Ses cheveux bruns, qu'elle portait mi-longs, semblaient moins peignés que ratissés du bout des doigts, et encore pas depuis quatre ou cinq jours.

– Ève ? dis-je, entre interrogation et affirmation.

– Oui, entrez, répondit-elle d'un air maussade.

La maison était plutôt surprenante. Elle avait dû compter autrefois plusieurs pièces au rez-de-chaussée, mais les murs de séparation avaient été abattus. Ne restaient plus aujourd'hui qu'une petite cuisine dans le fond, et une immense pièce dans le genre loft. Je remarquai un métier à tisser dans un coin, et des dévidoirs et des canettes de fil un peu partout.

– Alors comme ça, vous êtes tisserande aujourd'hui ? demandai-je stupidement.

– C'est exact, répondit-elle en me précédant jusqu'à un canapé vert sombre. Puis-je vous offrir du thé ? J'allais justement m'en préparer.

– Oui, avec grand plaisir. Bien fort, si c'est possible, osai-je préciser, de peur de devoir encore ingurgiter le genre de breuvage citronné pour hypotendu congénital que Danny m'avait forcée à avaler.

– Ça devrait pouvoir se faire, dit-elle en disparaissant dans la cuisine.

Je l'entendis mettre de l'eau à chauffer et sortir des tasses. Pendant ce temps, j'examinai la pièce. En dépit du grand espace ouvert, l'atmosphère avait quelque chose d'oppressant, peut-être à cause de tous ces fils et de ces tapisseries aux couleurs ternes qui s'entassaient un peu partout.

Elle émergea de la cuisine quelques minutes plus tard, tenant un plateau en bois avec deux mugs fumants. À la première bouffée, je reconnus le thé : du Lapsang Souchong, un mélange fumé très fort qui avait surtout la propriété de me donner des haut-le-cœur, voire carrément de me faire gerber. Je pris mon mug sur le plateau, en sirotai une infime gorgée et souris avec toute la gracieuseté dont j'étais capable, sachant qu'il y avait une chance sur deux pour que je vomisse le Lapsang avec les œufs du petit déj'.

– Vos tapisseries sont très belles, dis-je comme elle s'asseyait en face de moi. J'imagine que c'est un métier, et qu'on n'apprend pas ça en deux mois.

– J'ai commencé quand j'étais à la fac, expliqua-t-elle en soufflant sur son thé. Mais c'est la première fois que j'ai la place d'installer un métier à tisser, et aussi, pour être franche, les moyens de pouvoir me lancer et en faire mon métier. Ma mère est décédée l'année dernière, et elle m'a légué cette maison.

– Navrée pour votre mère, dis-je. Comme je suis navrée pour Anna, d'ailleurs. Ce doit être difficile pour vous de perdre votre mère et une amie en si peu de temps.

Elle pinça les lèvres et ne dit rien pendant quelques secondes. Puis elle posa son mug sur la table basse, ôta ses sabots et ramena ses jambes sous ses fesses.

– En fait, dit-elle, Anna et moi n'étions plus amies depuis un certain temps. Mais oui, j'ai été triste d'apprendre sa mort, même si effectivement elle était sortie de ma vie.

– Vous avez perdu le contact après votre déménagement ?

– Non, notre amitié avait cessé avant que je quitte le Massachusetts.

– Que s'est-il passé ? demandai-je en essayant d'adopter un ton dégagé. Vous avez eu une dispute ?

– Écoutez, reprit-elle, puisque vous avez fait tout ce chemin, je vais être totalement honnête avec vous. J'attendais d'Anna un autre genre de relation, quelque chose de plus... romantique. Elle m'a vraiment fait souffrir, je peux vous le dire. Au début, j'ai cru qu'elle était réceptive. Il y a eu un baiser plein de tendresse, et j'ai cru que ça nous mènerait plus loin, mais j'avais tort. Après ça, elle m'a repoussée. Il était clair que je lui foutais la frousse, et qu'elle ne voulait plus rien avoir à faire avec moi.

Que signifiait ce baiser ? me demandai-je. Anna avait-elle seulement voulu tenter une nouvelle expérience ?

– J'apprécie votre honnêteté, dis-je. Alors moi aussi je serai directe avec vous. Si je suis venue vous voir, c'est moins à cause d'Anna que des problèmes que connaît le

Cedar Inn. Danny a l'impression qu'il se passe des choses curieuses au spa. Les employés agissent de façon étrange, font des messes basses en sa présence. Elle ne sait pas si cela a un rapport avec la mort d'Anna, mais elle aimerait en avoir le cœur net. Avez-vous jamais senti de mauvaises vibrations lorsque vous étiez là-bas ?

Elle se mit à rire, le genre de rire forcé qu'ont les gens qui semblent dire : si vous saviez !

– Ça, pour des mauvaises vibrations ! siffla-t-elle avec amertume. En général, elles étaient dirigées contre moi. Par Josh. Il me détestait.

– Pourquoi ?

– Pourquoi ? Parce que je ne me mettais pas à genoux chaque fois qu'il donnait un ordre. Parce que je ne le regardais pas comme s'il était la huitième merveille du monde. Parce que je savais qu'il était gay, et qu'il ne voulait pas que ça se sache au spa.

– Et si je vous dis « escroquerie » ? risquai-je. D'après vous, est-il possible qu'un petit groupe détourne de l'argent ?

Elle but une nouvelle gorgée de thé, puis reposa son mug sur la table basse.

– Je ne crois pas. En tout cas, je n'ai jamais rien vu qui puisse faire penser que c'est le cas. Mais il avait bien une petite clique, un groupe qui la jouait exclusif.

– Qui en faisait partie ? demandai-je.

– Anna, malheureusement. Piper la Vipère...

– Pourquoi ce surnom ?

– Parce qu'elle aime manger les hommes tout crus. Il y avait aussi Lauren, une autre thérapeute. J'ai entendu dire qu'elle est partie vivre à Hawaii. Je crois que c'est tout.

– Et Éric ? Que savez-vous de lui ?

– J'ai entendu dire qu'Anna et lui avaient eu une aventure. Le pauvre n'en est pas sorti indemne apparemment, mais Anna n'aimait que les premiers temps d'une relation. Elle se lassait très vite. Elle avait vraiment le don de vous exaspérer.

– Au point qu'un homme veuille la tuer ?

Elle changea de position, ramenant ses jambes plus loin sous ses fesses.

– Vous voulez dire Éric ?

– Éric, ou quelqu'un d'autre à Warren. Un type avec qui elle serait sortie et qu'elle aurait largué. Ou encore quelqu'un à qui elle n'aurait même pas donné sa chance.

– Ça paraît logique, dit-elle. Je parie même que c'est ce que croient les flics. Mais si c'est le cas, ils ont tout faux.

11

Je me redressai dans mon fauteuil, interloquée.

– Que voulez-vous dire ? demandai-je. Sur quoi la police devrait-elle se concentrer ?

– Le passé d'Anna, répondit-elle, presque indignée que personne n'ait songé plus tôt à l'interroger sur ce point.

– Où ? quand ? bredouillai-je. A-t-elle reçu des menaces ?

– Je n'en sais rien précisément, dit Ève. Je sais seulement qu'elle était très perturbée à cause de son passé. Il lui est arrivé quelque chose de grave, et je crois qu'elle avait peur que ce quelque chose ne revienne la hanter.

– Que vous a-t-elle dit exactement ?

– En fait, ce n'est pas ce qu'elle a dit. Savez-vous que le corps a une mémoire, qu'il se souvient et traduit à sa manière certaines émotions ?

Oh, non, pitié, pas « la mémoire du corps »...

– Non, dis-je, je n'en savais rien.

– Eh bien, c'est pourtant le cas. La douleur peut être libérée durant certains types de massage. Les souvenirs refont surface.

– Je ne suis pas sûre de comprendre.

– Quand quelqu'un vit un événement traumatisant, il fait l'expérience de cette douleur dans son corps. Le corps garde l'information à un niveau infra-conscient. C'est un mécanisme de protection. Le corps se souvient. Il se souvient de tout.

– Et un massage libère cette information, c'est bien ça ? demandai-je en m'efforçant de dissimuler mon scepticisme.

– Oui, le massage réactive la réponse physique correspondant au traumatisme. La personne fait l'expérience d'un *flash-back*, à la fois physique et émotionnel.

– Quel rapport avec Anna ?

– Un jour, à l'époque où Anna et moi étions encore amies, je lui ai fait un massage en utilisant cette technique que j'étudiais depuis un certain temps. J'ai fait ainsi ressurgir chez elle une douleur très profonde et très perturbante.

– Que voulez-vous dire ? Comment a-t-elle réagi ?

– Elle s'est mise à sangloter. Il était clair qu'elle avait connu un traumatisme important, mais elle n'a pas voulu en parler.

– Pensez-vous qu'elle a été violée ?

– Pas nécessairement, répondit Ève en secouant la tête. Le corps n'a pas forcément subi lui-même le traumatisme. Il peut avoir simplement réagi face à une souffrance émotionnelle.

– À quand, d'après vous, remontait ce traumatisme ?

– Difficile à dire. Cela semblait très profond. Sans doute s'agissait-il d'une souffrance très ancienne.

– Savez-vous d'où Anna était originaire ?

– Elle avait une sœur en Floride. J'ai pensé qu'elle venait de là. Mais elle ne parlait jamais de son passé.

– A-t-elle jamais... ?

– Écoutez, s'impatienta-t-elle soudain, comme je vous l'ai dit, je sais que quelque chose lui est arrivé, mais je n'ai aucune idée de ce dont il s'agit. Je ne peux rien vous dire de plus. Il faut vraiment que je me remette au travail maintenant.

Je ne comprenais pas pourquoi elle voulait tout à coup écourter la conversation, mais il était clair qu'à sa façon elle me demandait de déguerpir.

Je m'excusai de l'avoir dérangée aussi longtemps, et posai mon mug encore plein sur une petite desserte à côté de mon fauteuil.

En me levant pour partir, j'entendis le plancher grincer à l'étage. Quelqu'un marchait là-haut, dans l'une des chambres. Ève leva les yeux. Probablement une petite amie. Ou une invitée d'un jour. Ou le fantôme de sa mère. Ça m'était complètement égal. Tout ce que je savais, c'est que j'avais espéré découvrir ce qui se tramait au centre, et que je n'étais pas plus avancée.

Le retour à New York fut sans histoire. Le trafic était dense, mais il n'y avait pas de bouchon. Tout en conduisant, je repensai à ce que m'avait raconté Ève, pas seulement à propos du massage, mais aussi à propos du baiser. Indépendamment de ses théories – ou de ses élucubrations –, le fait est qu'Anna présentait tous les signes de qui cherche à fuir son passé : l'instabilité, les déménagements successifs, l'inconstance amoureuse, la tentation des expériences nouvelles. Je passai en revue toute la gamme des traumatismes physiques ou psychologiques qui me venaient à l'esprit : mauvais traitements, sévices sexuels, cruauté mentale, abandon, trahison, maladie, accident, décès. Il y avait tant de possibilités !

D'ordinaire, j'éprouve toujours un petit frisson d'excitation en passant sous le panneau autoroutier indiquant « Vous entrez maintenant dans la ville de New York », mais pas aujourd'hui. J'étais bien trop partagée dans mes sentiments. D'un côté, c'est vrai, j'avais hâte de pouvoir dormir (ou essayer de dormir) dans mon lit, hâte de dîner avec Landon, et aussi de m'atteler à l'écriture de mon prochain article ; mais de l'autre, j'avais l'impression d'avoir tout laissé en plan à Warren. Je ne pouvais m'empêcher de penser que je faisais faux bond à Danny, et faux bond à ma mère.

En quittant l'autoroute pour enfiler le boulevard circulaire FDR, j'abaissai ma vitre. Pour un jour d'octobre, il faisait étonnamment doux sur Manhattan. L'East River scintillait au soleil.

Je garai ma Jeep en sous-sol un peu avant 13 heures. J'habite un deux pièces dans un immeuble moderne de quatorze étages à hauteur de la 9e Rue et de Broadway, entre Greenwich Village et l'East Village. Mon appartement, c'est tout ce qu'il me reste de mon mariage, et encore, pour une raison simple : c'est une location. Sans quoi mon ex l'aurait refourgué avec le reste pour couvrir ses dettes de jeu. Il y a deux trucs qui font qu'il est à tomber : 1) la vue à couper le souffle sur Manhattan ; 2) la terrasse orientée sud-ouest qui prolonge comme un rêve le séjour.

Je saluai le portier, ramassai mon courrier et m'engouffrai dans l'ascenseur. Le premier truc qui me frappa comme une révélation en poussant la porte de mon nid d'aigle – je passe sur l'odeur de renfermé –, c'est que la déco Santa Fe, dans le genre retour au cœur de Manhattan, c'était vraiment à se flinguer. Mais ce n'est pas ma faute si je n'ai aucun talent de décoratrice. Je descends d'une lignée de matrones appartenant à l'élite blanche protestante qui appliquent depuis la nuit des temps deux grandes règles d'or en matière de déco : 1) du chintz, encore et toujours du chintz ; 2) les meubles bien collés contre les murs.

Je posai mon sac et examinai mon courrier. C'était pathétique : un catalogue « Blanc » rempli de nappes et de torchons de style mexicain, et une invitation à un mariage dont j'ignorais tout, jusqu'aux noms des mariés. En retournant l'enveloppe, je me rendis compte que c'était une erreur de distribution.

Sans prendre la peine de déballer mes affaires, je me préparai une omelette au fromage et l'emportai dans mon bureau, un ancien dressing reconverti en écritoire où je passais souvent le plus clair de mes heures. Ma priorité était de boucler mon article sur l'hystérie collective, attendu pour la fin de la semaine, et que je commençais déjà à regretter d'avoir accepté. Le sujet n'était pas aussi passionnant que je l'avais cru et, pour aggraver les choses, le résultat de mes recherches était plutôt mince.

Je ressortis les bandes de l'entretien que j'avais eu avec ce psy vendredi, ainsi que mes notes prises ce jour-là. Je m'aperçus que l'entretien était nul. Sur le coup, j'avais cru que ce type avait fait quelques observations intéressantes, mais en le réécoutant je le trouvai aussi passionnant qu'une lecture de recette sur une chaîne culinaire.

Bref, c'était la cata. Mon seul recours était d'appeler Don, un écrivain rencontré à une soirée le jeudi précédent, et qui m'avait dit avoir conservé un vieux dossier sur l'hystérie collective. Il était prêt à me le communiquer n'importe quand, en le laissant par exemple au portier de son immeuble. Il habitait University Place, à deux rues de chez moi ; ce serait donc du gâteau de le récupérer.

Je tombai sur son répondeur et laissai un message, mais j'avais à peine raccroché que mon téléphone sonna. C'était Don.

– Désolé, dit-il, j'étais sous la douche. Donc, il vous faut ce dossier ? Je me disais que vous en auriez besoin.

– J'ai quasiment bouclé mon papier, mentis-je, mais on ne sait jamais, ce serait dommage de négliger un point de vue important. Si vous pouviez le laisser à votre portier, comme vous le proposiez, je pourrais passer le chercher.

– J'ai une meilleure idée, enchaîna-t-il avec entrain. Pourquoi ne pas venir prendre un verre un peu plus tard ?

Je vous donnerai quelques explications, de manière que le contenu de ce dossier vous « parle » un peu plus.

Oh, c'est parfait, pensai-je, exaspérée. Alors comme ça, la discussion de l'autre soir n'était pas désintéressée, et la proposition encore moins. J'essayai de le remettre, au physique : cheveux blond-roux crépus, visage en V longiligne, avec cette manie agaçante de ponctuer la plupart de ses phrases d'un « C'est évident ».

– C'est très gentil à vous, dis-je. Le problème, c'est que j'ai très peu de temps. Je suis attendue pour dîner ce soir. Le mieux serait quand même que vous laissiez le dossier à votre portier, que je le récupère en passant, et puis que je vous rappelle un peu plus tard dans la semaine si j'ai besoin d'infos.

– Très franchement, sans explications, ça ne vous parlera pas beaucoup, insista-t-il lourdement.

Je savais que je n'aurais pas ce foutu dossier tant que je n'accepterais pas de le rencontrer. Quel gland ! Mais j'étais aux abois.

– Écoutez, à la limite, je pourrais faire un saut en partant dîner. Disons vers 18 heures. Je ne suis attendue au restaurant qu'à 20 heures.

Mieux valait le laisser croire que j'avais du temps. Une fois sur place, il me suffirait de trouver une bonne excuse pour m'éclipser.

– Oui, ça me paraît bien, répondit-il.

Il avait l'air un peu agacé que sa petite tentative de chantage ne produise pas l'effet escompté.

– Vous connaissez l'immeuble, n'est-ce pas ?

Avant de partir, je laissai un message à Landon disant que je le retrouverais au resto à 19 heures, au lieu de 20 heures. En raccrochant, je me souvins que je n'avais pas vérifié mes messages du week-end. Il y en avait deux : de vieux amis prenaient des nouvelles et m'invitaient à dîner

« un week-end, à ma convenance ». L'autre appel émanait de Parker Lyle, la « profileuse » que j'avais essayé de contacter de Warren. Je lui avais laissé mon numéro de mobile, mais elle m'avait à tort appelée chez moi. Je la rappelai immédiatement.

Elle décrocha à la première sonnerie. À en juger par les bruits de fond, elle se trouvait dans un aéroport. J'allai droit à l'essentiel, parce que c'est ce qu'elle appréciait. Je lui décrivis la scène de crime, le papier Mylar, et ce que je savais du meurtre.

– A-t-elle été agressée sexuellement ? demanda-t-elle en m'interrompant au milieu d'une phrase.

– Je ne sais pas, dis-je. Les flics ne laissent rien filtrer, et sur place impossible de constater quoi que ce soit, étant donné qu'elle était complètement enveloppée. Ce que j'aimerais savoir, c'est s'il faut privilégier la piste d'un inconnu, ou plutôt celle d'un proche, du moins d'une connaissance.

– Eh bien, les inconnus étranglent, évidemment, reconnut-elle. Mais c'est aussi la méthode préférée des hommes furieux contre une femme en particulier. À mon avis – un avis sous toute réserve, compte tenu du peu d'éléments de réflexion dont je dispose –, il la connaissait et lui en voulait à mort.

– Un homme, donc ?

– Simple intuition. Ça pourrait être une femme. Mais la strangulation, c'est généralement un truc de mec.

– Et le papier Mylar ? Qu'est-ce que ça vous inspire ?

– Il était accessible ? Je veux dire, il y en avait sur place ?

– Oui, mais le tueur a quand même dû ouvrir un placard pour s'en procurer.

Son attention fut attirée par un appel à l'embarquement, et je la perdis une seconde.

– Désolée, mais c'est mon avion. Je vais devoir y aller. Du papier Mylar, hein ? C'est comme ça que ça s'appelle ? Tout cela me paraît bien compliqué ! Je pense que ça a un sens particulier pour le tueur, mais comme ça, je ne vois pas.

Je me renfonçai dans mon fauteuil et me massai les tempes. Je sentais venir une vilaine migraine. Que pouvait signifier le Mylar ? C'était sûrement symbolique, mais de quoi ? Peut-être bien qu'Ève avait raison, peut-être que la clé de tout, c'était le passé d'Anna. Il serait intéressant, pensai-je, de pouvoir inspecter le placard où le Mylar était rangé et d'examiner ce papier de plus près.

Je passai le reste de l'après-midi à défaire mes bagages et à faire un peu de lessive. Je confirmai un rendez-vous que j'avais à *Gloss* le lendemain pour proposer des idées d'histoires à Cat Jones. Quand il fut l'heure de m'habiller pour dîner, je fis peu d'efforts vestimentaires. C'était un restaurant sans chichi, dans le style Provence, mais surtout je ne voulais pas attiser la flamme qui semblait couver chez ce vieux Don. Je choisis une jupe noire au genou, un petit pull noir à manches courtes et des bottines noires de l'an passé, autrement dit sûrement déjà proscrites de toutes les rubriques mode de *Gloss*. Côté maquillage, j'optai pour le minimum : un peu de blush et de brillant à lèvres. Et à 17 h 47, j'enfilai ma veste en jean et levai le camp, direction University Place.

Je descendis la 9e Rue, et moins de cinq minutes plus tard j'étais devant l'immeuble de Don. Je donnai mon nom au portier qui, tout en appelant l'appartement sur l'interphone, me toisa avec le regard qu'il aurait réservé à un inspecteur du fisc. Don, au contraire, ouvrit la porte de son appartement avec un sourire large comme Broadway, semblant suggérer qu'il pensait que j'étais la fille la plus veinarde de tout New York.

Il portait un jean noir et une chemise en pilou moutarde, et depuis la dernière fois ses cheveux crépus semblaient avoir gagné – façon de parler ! – en volume. Quant à l'appart, c'était la garçonnière typique du mâle hétéro quadragénaire de la Grosse Pomme : moquette partout, stores vénitiens, canapé en cuir marron et un autre truc informe en cuir marron à côté, qui était soit un fauteuil assorti, soit le plus gros gant de base-ball que j'eusse jamais vu. Sur les murs, je remarquai des affiches de films : *Chinatown*, *Géant* et *La Garconnière*, justement, de Billy Wilder. Et je me souvins vaguement que Don m'avait dit écrire pour une revue de cinéma.,

Un bar avec deux tabourets hauts fermait le L du séjour, et il alla immédiatement dans cette direction.

– Laissez-moi vous offrir un verre, dit-il. Je prépare un excellent Martini-pomme.

– Oh non, vraiment, non, dis-je en traînant les pieds dans son sillage.

– Oh, c'est vrai, vous buvez de la bière. J'ai de la Corona ou de l'Amstel light.

– Merci, mais je ne prendrai rien, insistai-je. Comme je vous l'ai dit, je suis attendue pour dîner.

– Vous n'allez quand même pas me laisser boire tout seul ? répliqua-t-il en sortant deux Corona du frigo. On doit s'entraider entre écrivains, non ? C'est évident.

Il posa les bouteilles sur le bar, les décapsula et me désigna d'un geste un des tabourets. Coincée, voilà ce que j'étais. Je me perchai sur le tabouret pendant qu'il apportait une assiette d'amuse-gueules. Sur le côté du bar, je repérai une enveloppe en papier kraft.

– Alors, qu'avez-vous pensé de cette petite fête l'autre soir ? demanda-t-il. J'avais entendu dire qu'ils étaient sur le point de divorcer, et voilà qu'ils font la nouba. Alors, allez savoir.

– Je les connais assez peu, dis-je. J'ai travaillé autrefois dans le même journal que lui, mais on ne s'était pas revu depuis des années. Nous nous sommes croisés en ville tout récemment, par hasard.

Il allait boire une gorgée, mais il s'immobilisa, sa bière au bord des lèvres.

– Je croyais que vous n'aviez travaillé que pour des magazines, dit-il. Quel journal ?

– L'*Albany Times Union*, répondis-je. J'y ai écrit quelques articles après la fac.

– Vous savez, je regrette de ne pas avoir tenté l'expérience. Mais qui sait, je pourrais devenir demain le plus vieux « bleu » de la presse écrite quotidienne.

– Pourquoi pas ? Vous pourriez même en tirer une série télé.

– Vous croyez ?

– Oui, le vieux « bleu » qui aide les jeunes journalistes à accoucher de leurs papiers grâce à son expérience et... à ses vieux dossiers.

– Mmm, oui, c'est évident, fit-il, flatté.

Il me tendit l'assiette de pilons de poulet.

– Allez-y, servez-vous. Ce sont les meilleurs de la ville.

– J'adorerais ça, Don, mais il faut vraiment que j'y aille. On m'attend à 19 heures au restaurant.

– Je croyais que vous aviez dit 20 heures.

– Non. C'est bien pour ça que je suis pressée.

Il soupira d'un air déçu, comme si je venais de lui annoncer la fermeture de tous les débits d'alcool de New York pour les mois à venir. Mais, sans plus attendre, il se saisit de l'enveloppe et vida son contenu sur le bar. Je repérai un article que je possédais déjà, mais il y en avait d'autres que je ne connaissais pas. Il y avait aussi une transcription d'entretien.

– Avec un psy, l'un des meilleurs spécialistes de la question, précisa Don. Il est mort aujourd'hui, mais il y a là-dedans des réflexions d'une grande profondeur.

– C'est génial.

– Et comment, que ça l'est ! approuva Don.

– Quand voulez-vous récupérer tout ça ?

Il jeta un os de pilon dans une petite poubelle de table, s'essuya les mains et remit les documents dans l'enveloppe.

– Pour les articles, pas d'urgence. Mais j'aimerais récupérer l'entretien dès que possible.

– Vous l'aurez demain, lui assurai-je en me laissant glisser du tabouret. Désolée d'être aussi pressée. J'aurais aimé pouvoir reporter ce dîner, mais il est prévu de longue date.

Il me tendit l'enveloppe.

– Je comprends, dit-il.

Mais j'en doutais. Il ajouta, comme nous nous dirigions vers l'entrée :

– Toutefois, si vous avez encore trente secondes, j'ai une petite proposition à vous faire.

Je pariai qu'il allait me proposer d'aller en boîte le lendemain soir. Une boîte de jazz, comme de juste.

– Je vous écoute, dis-je en dressant mentalement la liste de toutes les excuses que j'allais pouvoir lui servir : j'ai un petit ami ; je quitte la ville ; je dois subir une opération de chirurgie esthétique ; je suis traumatisée après la découverte d'une momie dans une salle de massage....

– Je trouve très sympa ce contrat d'auteur free-lance que vous avez avec *Gloss*, dit-il. J'ai moi-même eu un contrat de ce genre avec *Parade*, mais j'ai dû laisser tomber il y a deux ans pour écrire un scénario. J'aimerais bien retrouver une collaboration de ce type aujourd'hui, vous savez une dizaine d'articles ou de reportages dans l'année. Je me demandais si vous ne pourriez pas... m'introduire.

J'en restai ahurie, incapable d'articuler un mot. Alors voilà ce qu'il voulait vraiment, un contrat avec *Gloss* !

– Mais qu'est-ce que... qu'attendez-vous de moi au juste ? bredouillai-je. Vous voulez savoir s'ils sont prêts à passer ce genre de contrat avec d'autres auteurs ?

– Mouais, c'est ça... et à qui je dois m'adresser. Je sais bien que c'est un magazine féminin, mais je crois avoir quelques idées intéressantes à proposer. Il faudrait que je puisse parler à la responsable... Cat Jones, c'est ça ?

– Bien sûr, acquiesçai-je avec un sourire forcé. Je vais voir si ça l'intéresse. Écoutez, il faut vraiment que je file, mais je vous appelle, d'accord ?

J'avais dix minutes pour arriver au restaurant. Je risquais de poireauter avant d'avoir un taxi. Le plus simple était encore d'y aller à pied. Je descendis d'un bon pas jusqu'à Washington Square puis remontai l'avenue MacDougal tout en maudissant Don, ses pilons de poulet et ses airs de séducteur faux-derche. Quelle idiote j'avais été ! Les mecs, quelle chienlit ! De là à ce que je me sois gourée aussi sur Beck, il n'y avait pas loin !

En arrivant au restaurant, j'aperçus Landon de l'extérieur, ou plutôt je reconnus ses cheveux gris argent. Il était assis à une table et lisait un bouquin quelconque. Landon a soixante-dix ans, soit trente ou quarante ans de plus que la plupart de mes amis, mais nous nous entendons à merveille. Après mon divorce, c'est à lui surtout que je me suis confiée. En fait, Landon est mon voisin de palier. Bien pratique les soirs de déprime ! Et, contrairement à mes amis de plus longue date – je veux dire, les amis *d'avant* mon mariage –, je ne l'imaginais pas en train de dire : « Elle devait tout de même bien "se douter" qu'il était joueur » ; ou encore : « Quand je pense que je me suis ruiné dans leur cadeau de mariage alors que ça n'a pas duré dix-huit mois ! »

Dès qu'il m'aperçut, il posa son livre, ôta ses lunettes et se leva pour m'accueillir. Il avait l'air fringant avec sa veste croisée à boutons argentés, sa chemise rayée bleu et blanc et sa cravate jaune. Je le serrai dans mes bras et le complimentai pour la cravate. En m'asseyant en face de lui, je notai que le livre qu'il lisait était en fait un catalogue de luminaires. Lecture professionnelle, manifestement. Landon est décorateur d'intérieur.

– Et ce projet 68e Rue ? lui demandai-je. Comment ça se passe ?

– Mieux maintenant que j'ai établi le diagnostic de ma cliente, répondit-il.

– Quoi, elle est malade ?

– Non, juste cinglée. Dans le genre cyclothymique. Idéalisation-dévalorisation. D'abord, tu es génial, et la minute d'après elle t'accuse de transformer son appartement en terminal de bus.

Je lui demandai où en était sa vie amoureuse. Landon est gay, mais à soixante-dix ans il marquait, selon sa propre expression, « plus souvent six heures que midi », ce dont il ne cessait de s'affliger.

– Et toi, chérie ? s'enquit-il. Je t'ai trouvée fatiguée quand tu es entrée.

Je lui narrai brièvement le Martini-poulet chez Don, et comment il m'avait attirée chez lui dans le seul espoir que je le pistonne auprès de ma patronne, Cat Jones.

– Non, mais tu peux croire ça ? ricanai-je. Je suis là à me creuser les méninges pour trouver le meilleur moyen de me débarrasser de ce type, alors que lui, pendant ce temps, il se fout complètement de moi. J'ai vraiment l'impression de faire fuir les mecs depuis quelque temps. Tu as une explication ? Parce que moi, non. Nib. Que dalle !

Landon prit le temps de réfléchir à ma question en tripotant ses lunettes, avant de lâcher d'un air sérieux :

– C'est une question de vibrations, peut-être. J'ai une cousine qui…

– Oh non, pas les mauvaises vibrations, je t'en prie, coupai-je. Depuis deux jours, je commence à en connaître un rayon sur la question, crois-moi.

Landon eut une moue perplexe, un rien fataliste, et tenta un virage à 180 degrés :

– À propos, reprit-il, comment s'est passé ton week-end relaxation ?

– Je vais te répondre : si tu me trouves lessivée ce soir, tu aurais dû me voir ce week-end. Il m'est arrivé une histoire de fou. Mais on ferait mieux de commander d'abord.

Après avoir attrapé le serveur au lasso et passé commande, je me lançai. Landon est de ceux qui adorent avoir tous les détails d'une histoire, et je ne lui en épargnai aucun. Enfin si, un seul : la prise d'empreintes foudroyante avec le bel inspecteur Beck.

– Pauvre fille. Quelle mort horrible ! s'exclama Landon en terminant sa salade. En tout cas, je suis content que tu sois rentrée à New York. Je sais combien tu aimes fourrer ton nez dans ce genre d'affaire.

J'évitai de lui dire que je comptais repartir là-bas dès que possible, c'est-à-dire dès que j'aurais bouclé ce fichu article sur l'hystérie collective.

Lorsque j'eus terminé mon récit, nous en étions au dessert. Nous partageâmes une assiette de profiteroles, et Landon me parla de son projet d'aller en Australie rendre visite à son neveu.

– Voilà ce qu'il te faut, Bailey : un grand voyage. Et je ne parle pas d'un hôtel où l'on trucide le personnel, mais d'une grande aventure.

– Tu as raison. Mais en ce moment, je ne suis pas d'humeur pour une excursion en solo.

– Et tes copines de fac ? Il n'y en a pas une qui pourrait partir avec toi ?

– Elles sont toutes mariées, avec des gosses. Il y a longtemps qu'elles ne fréquentent que les clubs de vacances. Hé, qu'est-ce que tu dirais de venir boire une margarita chez moi ?

Oh, Bailey, tu sais ce que ce serait avec plaisir. Mais j'ai promis à mon ami Thomas de passer le voir après dîner. Il habite près d'ici. Il veut mon avis sur un exposé qu'il doit faire demain. Si j'avais su que tu aurais besoin de moi ce soir, je me serais décommandé.

– Pas de problème, dis-je.

Alors qu'en fait je n'avais qu'une envie : pleurnicher.

– Je pourrais annuler, mais l'enjeu est très important pour lui, et...

– Non, non, ne t'inquiète pas. J'ai un truc à terminer d'écrire, de toute façon.

Nous nous dîmes au revoir et, dès qu'il fut sorti du restaurant, je me laissai choir sur ma chaise, avant de m'effondrer intérieurement comme un château de cartes. *Oh, Seigneur...* Sûrement le contrecoup du week-end, je ne voyais que ça.

Je rentrai seule. Il faisait frisquet. Je resserrai ma veste en jean sur moi. En approchant de mon immeuble, je remarquai quelqu'un qui attendait devant l'entrée. Abasourdie, je reconnus Jack Herlihy.

12

Je me figeai sur le trottoir, prise de panique. Ma première pensée, curieusement, fut que Jack devait sortir avec une femme habitant l'immeuble. Avant que j'aie le temps de décider quoi faire, il tourna la tête dans ma direction et m'aperçut. Je le vis sourire puis se détendre, et je compris que c'était moi qu'il attendait.

Je continuai de marcher, le cœur battant. Très bien, pensai-je, il est venu me voir, mais pourquoi diable ? Tout en continuant de sourire, il fit quelques pas pour venir à ma rencontre. Il portait un pantalon noir, une chemise blanche et une veste sport en tissu écossais noir et fauve. Plutôt élégant, comme s'il était sorti dîner.

– B'soir, dit-il en arrivant à ma hauteur.

Il se pencha et je sentis ses lèvres effleurer ma joue. Il sentait bon, mais ce n'était pas du parfum, plutôt une agréable odeur de savon. J'éprouvai comme un petit picotement dans le creux des reins.

– C'est drôle de te voir ici, dis-je.

Voilà exactement pourquoi j'écris sur des histoires criminelles pour *Gloss*, et non pas des trucs du genre « Dix remarques assassines pour flinguer debout l'ex qui revient ». Parce que dans des moments pareils, je me filerais des baffes tellement je suis nulle.

– J'avais une réunion à New York cet après-midi, expliqua-t-il. Je suis passé un peu plus tôt dans la soirée, et le portier m'a dit que tu étais partie dîner avec Landon. Alors je suis allé prendre un café dans le coin, et voilà, je t'ai attendue.

– Il faudra peut-être que je pense à diminuer de dix dollars les étrennes du portier cette année, dis-je.

– Oh, ne fais pas ça. Écoute, qu'est-ce que tu dirais d'aller prendre un verre quelque part ?

J'essayais de comprendre ce qui se passait. Le psy se sentait coupable, c'était ça le truc ? Il s'était rendu compte qu'il ne pouvait pas continuer lâchement d'éviter la rupture franche, et il se décidait seulement maintenant à sauter le pas ?

– Pourquoi tu ne monterais pas ? suggérai-je. J'ai de la bière, du vin et deux ou trois autres trucs.

– Formidable, approuva-t-il.

Nous rejoignîmes l'entrée de l'immeuble en échangeant deux ou trois phrases embarrassées. J'avais hâte de savoir comment allait sa sœur, mais le hall d'entrée n'était pas l'endroit idéal pour en parler. Je lui demandai à la place comment se passaient ses cours ce semestre. Jusque-là, très bien, m'assura-t-il. Il voulut savoir où se trouvait Landon, et je le lui dis. Dans l'ascenseur, je l'observai. Il y avait chez lui un petit côté « L'ensemble vaut mieux que la somme des parties » qui m'avait toujours frappée. Les yeux bleus, le nez droit, les lèvres joliment dessinées : en soi, chaque trait physique n'avait rien d'exceptionnel, mais le tout réuni pouvait vous mettre KO debout. Et c'est à peu près ce que j'étais pour le moment : KO debout. À ceci près que, le moment de surprise passé, le ressentiment que j'éprouvais envers Jack commençait à gonfler en moi comme une voile sous le vent.

Il faisait sombre et étouffant dans l'appart. Je fis immédiatement de la lumière et ouvris la porte de la terrasse. Je faillis allumer quelques bougies, avant de me rendre compte à quel point j'aurais l'air idiote à papillonner d'un bougeoir à l'autre avec ma boîte d'allumettes familiale.

– Qu'est-ce que tu bois ? lui demandai-je en ouvrant le petit meuble où je rangeais les alcools. Je te l'ai dit, il y a de la bière, du vin. Je peux te préparer un gin tonic. Je vois aussi du brandy. Et du marsala, si tu veux quelque chose de très très doux, plaisantai-je, sans parvenir à étouffer tout à fait la note sarcastique.

– Du brandy, ce sera très bien. Et toi, qu'est-ce que tu prends ?

– Je vais prendre un brandy, moi aussi.

L'espace d'une seconde, je me demandai si un verre d'eau de Seltz ne serait pas plus indiqué après la demi-bouteille de vin du restaurant, mais non : si j'étais sur le point de me faire larguer « officiellement », mieux valait un verre de brandy. C'est bien ce qu'on donnait aux soldats de la guerre de Sécession avant l'amputation, non ?

Je nous servis deux doigts de Rémy-Martin dans des verres à cognac en cristal, un cadeau de mariage. Jack s'assit sur le canapé, et moi sur le fauteuil, face à lui. Il ôta sa veste, la plia et la posa à côté de lui.

– C'est bon de te revoir, Bailey, commença-t-il.

– Merci, dis-je.

Je sais, c'est un peu crétin comme réponse, mais quoi dire ? Que moi aussi, je trouvais ça « bon » de le revoir ? Non. Ça me rendait triste, et fumasse. De plus, je me demandais quelle bombe il allait lâcher, au juste.

– Parle-moi de ta sœur, dis-je.

Alors qu'en fait, ce que j'aurais voulu dire, c'est : « Parle-moi de la vingtaine de minettes énamourées que j'ai vues pendues à tes basques comme si tu étais le nouveau Dr. Phil. »

– Il semble qu'elle soit complètement tirée d'affaire, dit-il en sirotant son brandy. Elle est toujours suivie médicalement, mais elle devrait reprendre le travail dans quelques semaines.

Je posai quelques questions sur son traitement, mais surtout pour gagner du temps parce que, en fait, je redoutais de voir où cette conversation allait nous mener.

– Je parie que tu te demandes ce que je faisais en bas de chez toi, lâcha-t-il finalement après un silence.

Il posa son brandy sur ma table basse en pin rien-à-fiche-à-Manhattan, et se pencha en avant, mains sur les genoux.

– Mais peut-être que non, reprit-il. Je ne suis sûrement pas le premier qui réapparaît comme ça dans ta vie. Quoi qu'il en soit, il y a une chose dont je voulais te parler.

– Je t'écoute, dis-je.

Je ne veux rien entendre, rien du tout.

– Je sais que je n'ai pas gardé le contact comme j'avais promis de le faire, dit Jack. Et je le regrette, tu peux me croire. Mais cette maladie qu'a eue ma sœur s'est révélée bien plus grave que je ne l'imaginais. Et c'est seulement aujourd'hui que j'ai l'impression de sortir la tête de l'eau.

– Écoute, Jack, tu n'as pas besoin de me raconter tout ça.

Non, surtout pas d'essayer de me bourrer le mou. Tu ne me la feras plus, Jack.

– J'aimerais tout de même m'expliquer, si tu le permets.

Je haussai les épaules. Il passa une main dans ses cheveux, un truc qu'il faisait quand il était nerveux.

– Je retrouve depuis peu une vie normale, reprit-il, et je me rends compte que tu me manques. Beaucoup. Je sais que c'est délicat, mais j'espérais que nous pourrions reprendre notre histoire où nous l'avons laissée.

Il me fallut environ trente secondes pour comprendre le sens de ses paroles, et quand ce fut le cas je restai sidérée.

– Tu ne dis rien, ajouta-t-il en me voyant assise là immobile. Je n'arrive pas à savoir si c'est bon ou mauvais signe.

– Ce qu'il y a, c'est que je... que je ne m'attendais pas du tout à ça, dis-je en cherchant mes mots. Je croyais juste que tu avais perdu tout intérêt pour moi, voilà tout.

Il s'agita sur le canapé.

– Pourtant, je t'ai toujours dit que je ne retrouverais probablement pas une vie normale avant la fin de l'été, se justifia-t-il avec une pointe d'agacement dans la voix. Tu connaissais la situation.

– Je sais, dis-je. Mais, Jack, je suis sans nouvelles de toi depuis le milieu du mois d'août.

– C'est le moment où ça a été le pire pour moi.

Je ne dis rien. Je continuai de siroter mon brandy.

– Parle-moi, Bailey, dit-il. Je vois bien que tu as quelque chose sur le cœur.

– Je t'ai vu un jour, Jack, bredouillai-je. Dans le Village. Tu parlais avec deux nanas, l'air insouciant. Je n'avais aucune nouvelle de toi, et tu étais là, tout sourire, à profiter de la journée. Manifestement, même au plus fort de la crise, il te restait le temps de flirter avec tes étudiantes.

Il fronça les sourcils, cherchant à se souvenir, à situer l'incident, à moins qu'il n'accusât tout simplement le coup comme un boxeur qui vient d'en prendre une sévère.

– Écoute, je devais marcher dans la même direction que certains étudiants de ma classe, voilà tout. Tu sais, Bailey, je suis en droit de m'étonner moi aussi que tu ne m'aies pas appelé une seule fois durant tout ce temps. J'aurais aimé avoir de tes nouvelles, moi aussi, savoir que tu te souciais du fait que je traversais une période difficile.

– Je... je n'ai pas appelé parce que... Eh bien, parce que je croyais que c'était à toi de le faire, voilà pourquoi, dis-je, incapable maintenant de contenir ma colère. Tu as dit que tu m'appellerais quand tu le pourrais. Et jusqu'à la mi-août, tu l'as fait... chaque semaine. Et puis, quelque chose a changé.

Il se renversa sur le canapé et leva les yeux au plafond, comme s'il y avait là-haut quelque chose d'écrit qui l'aiderait à enchaîner. Puis il me regarda et je vis dans ses yeux qu'il n'en avait pas fini.

– Écoute, Bailey, reprit-il soudain, il faut que je sois honnête avec toi à propos d'une chose.

– Généralement, ce genre de petite phrase n'annonce rien de bon, dis-je.

– Écoute, peut-être que je vais me tirer une balle dans le pied, mais je sens que je n'aurai aucune chance avec toi si j'essaie de te raconter des bobards. Il y a eu quelqu'un à Pittsburgh. Quelqu'un que j'ai fréquenté très peu de temps.

Je sentis le sang me monter aux joues, comme si je me faisais houspiller par mon boss devant trente ou quarante collègues.

– Que tu as fréquenté, ou avec qui tu as « couché » ? demandai-je.

Le genre de questions que, par fierté, je m'étais promis de ne pas poser, mais mon besoin de savoir était trop fort.

Il reprit son verre de brandy et but une nouvelle gorgée.

– Couché, dit-il. En fait, c'était une ancienne petite amie. Elle habitait près de chez mes parents, et elle est revenue à Pittsburgh deux fois cet été pour soutenir ma famille pendant cette épreuve. J'ai d'abord essayé de la dissuader de venir, mais ma mère en avait très envie. Et un soir, c'est arrivé.

Il y avait des semaines que je n'avais pas vu Jack, mais sa trahison ne m'en remuait pas moins.

– Eh bien, je suis ravie que tu aies pu trouver quelqu'un qui t'a aidé à franchir ce cap difficile, dis-je, toujours dans la note sarcastique.

– Oui, c'était une période difficile, tu peux me croire. Je me serais bien tourné vers toi, mais... je n'ai jamais senti que tu le voulais vraiment.

– Tu veux dire parce que je n'ai pas couché avec toi ?

– Non, bien sûr que non. Je ne t'ai jamais sentie très enthousiaste, voilà tout.

Je le fixai, là, assis en face de moi, et je devais admettre qu'il avait raison. Je ne m'étais pas montrée folle d'amour pour lui, mais c'était aussi parce que j'avais la frousse. Mon divorce avait beau remonter à deux ans, je ne savais toujours pas si j'étais prête à vivre à nouveau un truc sérieux avec un homme.

– Jack, puisque tu essaies d'être honnête avec moi, je le serai moi aussi, dis-je, plus calme maintenant. J'ai eu le coup de foudre pour toi, c'est vrai. Alors, peut-être que je n'avais pas les deux pieds dans l'eau avec toi, mais crois-moi, j'étais dingue de toi. J'ai passé toutes ces dernières semaines à essayer de te rayer de ma mémoire. Et je ne sais pas trop où j'en suis pour le moment.

– Tu vois quelqu'un ? demanda-t-il, sûrement plus vite qu'il ne le voulait lui aussi.

– Il y a quelqu'un, mentis-je, tout en pensant à Jeffrey Beck. Mais je ne peux pas dire si c'est sérieux ou non.

Jack reposa lentement son verre de brandy et se leva. Quoi ? Qu'est-ce qu'il fichait ? Il se pencha et ramassa sa veste sur le canapé. Il allait partir.

– C'était stupide de ma part de venir ici, ce soir, et de te raconter tout ça, dit-il. Je suis désolé. Comme je te l'ai dit, j'espère qu'on se reverra, mais peut-être que le moment est mal choisi, voilà tout.

– Jack, dis-je, en me levant à mon tour, un peu nerveuse maintenant qu'il s'apprêtait à lever l'ancre. Je ne regrette pas que tu sois venu ce soir. Je ne sais tout simplement pas où j'en suis, rien d'autre. Je sais juste que je n'aime pas l'idée de ne jamais plus te revoir. Quand dois-tu repartir pour Washington ?

– Pourquoi ?

– On pourrait dîner, non ? Passer un peu de temps ensemble, et voir ce qui se passe. J'aimerais bien essayer ça.

– Moi aussi, dit-il en souriant. Si on disait samedi soir ? Je passe la plupart des week-ends ici maintenant.

– Tu comptes louer quelque chose à New York ?

– Je sous-loue déjà. J'ai toujours l'intention de m'installer ici.

– D'accord pour samedi soir, dis-je.

– Génial.

Je m'approchai de lui avec l'intention de le raccompagner à la porte, mais il ne bougea pas.

– Tu sais, repris-je, si j'avais couché avec toi ce soir-là chez toi, peut-être que rien de tout cela ne serait arrivé.

– Dans ce cas, promettons-nous de ne plus commettre la même erreur si nous devons nous retrouver dans cette situation.

Il se pencha et déposa un baiser sur mes lèvres. Un tendre baiser, le plus doux des « bonsoir ». Pourtant, dès que je goûtai à ses lèvres, je sentis un frisson me parcourir du sommet du crâne à la pointe des orteils, et je l'embrassai à mon tour. Et en un instant, nos langues se mêlèrent pour le plus torride des baisers.

L'espace d'une seconde, je pensai : merde, je savais que je n'aurais pas dû prendre ce brandy ! Et puis je ne pensai plus à rien, à part à l'odeur de sa peau et à son érection contre ma hanche. Et alors que j'aurais dû attendre qu'il en bave d'envie, qu'il en perde le nord, la boussole et les pédales, je lui demandai :

– Tu veux rester ?

– Oui, dit-il. Du moment que le dîner de samedi soir tient toujours.

Il jeta sa veste sur le fauteuil et m'embrassa à nouveau.

Nous fîmes l'amour une fois, durant un temps qui me parut une éternité, puis une fois encore dans la nuit, et une dernière fois à 6 heures du matin, juste avant qu'il ne s'éclipse pour reprendre un train du matin pour Washington.

Après son départ, je pris une longue douche, plutôt ravie au fond – pour ne pas dire carrément sur un nuage – de ce qui venait de se passer, tout en regrettant de ne pas savoir clairement ce que je voulais en fin de compte. Je pris mon petit déj' debout en feuilletant le *Times*, et à 9 h 15 je levai le camp direction *Gloss* par le métro. En arrivant sur le quai, je me rendis compte que j'avais oublié d'appeler Danny dans la soirée. J'essaierais de la joindre juste après mon rendez-vous avec Cat.

À 9 h 45, j'étais dans mon bureau au magazine. Dans les couloirs, c'était le grand calme. *Gloss* tournait toujours au ralenti avant 10 heures. Je me servis un café au distributeur, feuilletai rapidement mon courrier de la semaine puis me dirigeai vers le bureau de Cat.

Je la trouvai au téléphone, perchée sur son bureau, parlant avec animation. Elle était tout en noir, jupe longue, chemisier à col tailleur, veste courte et bottes à bout pointu – entre une pub Dior et la dernière version gothique du *Dracula* de Bram Stoker.

Elle m'aperçut à travers la cloison vitrée et me fit signe de l'index qu'elle en avait pour une minute. La personne à l'autre bout du fil devait être quelqu'un d'important dont elle voulait quelque chose, à en juger par la gestuelle théâtrale et le charme qu'elle semblait déployer. Cat exerçait autour d'elle un champ de forces – positives ou négatives, tout dépendait de la situation. Si elle était satisfaite de vous, elle pouvait vous donner l'impression que vous étiez la perle de l'univers. Au contraire, si elle vous avait dans le nez, mieux valait faire vôtre le conseil bien connu en cas de confrontation inopinée avec un animal sauvage : reculez doucement et ne montrez surtout pas votre peur.

Enfin, elle me fit signe d'entrer.

– Assieds-toi, dit-elle en m'indiquant un petit fauteuil en cuir. J'ai l'impression qu'il y a une éternité que je ne t'ai pas vue.

J'étais là pour lui proposer des idées de reportage, mais elle voulut d'abord savoir comment j'allais. Bien que Cat fût ma patronne, elle était aussi mon amie, de manière assez bizarre, et cela depuis sept ans, depuis que nous nous étions rencontrées au sein de *Get*, un mensuel du sud de Manhattan. Je lui résumai l'essentiel des faits du week-end.

– Nom de Dieu, et moi qui m'inquiète d'aller me faire épiler le maillot ! s'exclama-t-elle. Est-ce que tu comptes en tirer un papier ?

– Non, répondis-je sans hésiter. Je ne pourrais jamais faire ça à Danny. Ça risquerait de couler son affaire.

– Préviens-moi si tu changes d'avis. Et d'ici là, fais bien attention à toi, d'accord ? Je t'ai sortie des griffes du diable une fois cette année. Je ne serai peut-être pas là la prochaine fois.

Puis nous parlâmes boulot. Je lui livrai en vrac plusieurs idées de reportage, et elle en retint deux. Quand son téléphone sonna, je lui dis bye-bye. Je n'avais pas d'autre raison de traîner à *Gloss*. Je décidai de rentrer et d'appeler Danny. En regagnant mon bureau, je vis que le type chargé de la distribution du courrier avait laissé un paquet à mon intention. Soixante par trente environ, et scotché au ruban adhésif marron. Je restai comme deux ronds de flan en voyant le cachet de la poste : « Warren, Massachusetts ». Et puis je vis que l'adresse personnelle de Danny était notée tout en haut à gauche.

Pourtant, ce n'était pas son écriture.

À l'aide de ciseaux, j'ouvris le paquet et vidai son contenu sur mon bureau : un sac en papier marron avec quelque chose dedans. Quelque chose de mou, presque de gélatineux au toucher. En jetant un coup d'œil par l'ouverture, j'aperçus le bord d'un de ces sacs de congélation équipés d'un « zip » de fermeture. Je le soulevai. À la vue de ce qu'il contenait, je le jetai sur mon bureau en poussant un cri. C'était une souris morte, enveloppée dans du papier Mylar, le museau et la queue dépassant de chaque côté.

13

– Ça va ?

Une des jeunes assistantes qui travaillaient dans le bureau d'en face se tenait sur le seuil de ma porte, les yeux exorbités. Je fis glisser le paquet sur la droite, afin qu'elle ne voie pas le petit rongeur en putréfaction sur mon bureau.

– Oh, oui, je... j'ai cru voir une souris.

– Une souris ? Oh mon Dieu, vous voulez que j'appelle quelqu'un ?

– Non, non. C'était seulement mon imagination.

Dès qu'elle eut tourné les talons, je fermai la porte et m'obligeai à examiner de plus près la souris. Je sentis mon estomac se retourner. J'étais à deux doigts de gerber mon petit déj'. Celui qui m'avait envoyé ça avait voulu me foutre la trouille, et c'était réussi. Était-ce la même personne qui m'avait suivie dans les bois ? Le tueur, qui m'avertissait qu'il m'avait dans le collimateur ? Ou encore une personne impliquée dans les magouilles du spa, et qui voulait me faire comprendre que je ferais mieux d'aller fourrer mon nez ailleurs ? Ramassant le sac marron avec un mouchoir en papier, je le retournai et le secouai pour m'assurer qu'il ne contenait plus rien, avant de vérifier le paquet. Vides, tous les deux. Le cachet de la poste indiquait que le paquet avait été posté la veille, à Warren.

Je ramassai ensuite le sac de congélation, le remis dans le sac en papier et glissai le tout dans le paquet.

Ensuite, j'appelai Danny. Quelqu'un décrocha à la cinquième sonnerie.

– Cedar Inn, j'écoute.

Je reconnus la voix de Natalie.

– Ici Bailey Weggins, dis-je. Pouvez-vous me passer Danny ?

– Un instant.

Cinq secondes plus tard, Danny prit l'appel.

– Oh, je suis soulagée que tu aies eu mon message, Bailey, dit-elle d'une voix tremblante. Je ne savais pas trop où te joindre.

– Je n'ai eu aucun message. Je suis au travail. Qu'y a-t-il ?

– C'est George. La police croit que... oh, je ne trouve même pas les mots. La police est en train de l'interroger concernant la mort d'Anna.

– Qu-quoi ?

C'est vrai, je n'aimais pas beaucoup George, et le fait qu'il avait été porté disparu vendredi soir m'avait inquiété. Mais je n'avais jamais pensé sérieusement qu'il pouvait être le meurtrier d'Anna.

– Il a été arrêté ? demandai-je.

– Non, mais ils sont venus le chercher à la première heure ce matin pour l'interroger.

– Pourquoi ? Qu'est-ce qu'ils ont trouvé ?

– Je n'ai pas été autorisée à rester avec lui, mais il a eu le temps de me dire qu'ils l'interrogeaient concernant des coups de fil qu'il aurait passés à Anna – à son appartement derrière le centre, et sur son mobile. Notre avocat m'a dit que ces coups de fil les intriguaient vraiment, mais qu'en dehors de ça, apparemment, ils n'avaient rien d'autre. Et bien sûr, George n'a aucun alibi. Il dit qu'il est rentré de Boston vers 23 heures vendredi, et qu'il est allé se coucher.

– Et George, quelle explication donne-t-il pour ces coups de fil ? Et combien y en a-t-il eu ?

Danny laissa échapper un soupir nerveux.

– Il dit que c'était lié au travail. Et qu'il n'y en a pas eu tant que ça.

– Tu le crois ?

– Oui. Non. J'ai si peur. Je ne sais plus quoi penser. George prétend qu'il a parlé à Anna de cette clientèle d'hommes d'affaires qu'il veut faire venir ici. Je me souviens vaguement qu'il m'a parlé de ça. Tu sais ce que je pense ? Je pense que la police se rabat sur George parce que c'est plus facile. Ils n'ont aucune chance de résoudre le crime, alors qu'en haut lieu on leur met la pression.

– Tu veux dire Beck, précisément ? demandai-je.

Il me suffisait de prononcer son nom pour avoir l'impression de le voir devant moi.

– Eh bien, c'est lui qui est en charge de l'enquête.

– Oh, Danny, j'aimerais tellement être près de toi. Je suis certaine que tout va s'arranger. D'après ce que tu sais, y a-t-il quelqu'un d'autre à qui la police s'intéresserait ?

– Je n'en ai pas la moindre idée. Mais j'ai appris un détail important. Il n'y a pas eu d'effraction. Soit Anna a laissé entrer le meurtrier, soit il avait une clé.

– Tu tiens ça de la police ?

– Oui, il a fallu que je les harcèle. Nous rouvrons le centre jeudi, si tout va bien. Il fallait que je sache si je devais faire réparer ou non la petite porte. Apparemment, non. Mais je vais tout de même faire changer toutes les serrures.

– Écoute, Danny, je vais revenir. Tu as besoin de moi.

– Mais tu n'as pas du travail à New York ?

– Je crois que j'ai trouvé un moyen de boucler mon article en express. Je devrais pouvoir me mettre en route vers midi demain.

– Oh, Bailey, tu ne sais pas quel bien ça me fera de t'avoir ici. Tu m'aideras à prouver que George n'est pour rien dans tout ça. À propos, la sœur d'Anna arrive demain. Comme ça, tu auras l'occasion de lui parler.

– Parfait. Une dernière question : tu ne m'aurais pas envoyé un colis à New York, par hasard ?

– Non. Pourquoi ?

– Je t'expliquerai ça demain.

La pauvre avait suffisamment de soucis pour le moment.

Je lui précisai que j'arriverais probablement entre 16 heures et 17 heures, et lui dis de m'appeler s'il y avait du nouveau d'ici là.

Après avoir glissé le paquet avec la souris dans mon fourre-tout, je quittai les bureaux de *Gloss*, hélai un taxi dans la 7e Avenue et rentrai chez moi. Je plaçai ensuite le sac de congélation dans une petite glacière dont je me servais pour aller pique-niquer, avec cartouches réfrigérantes et tout le tremblement. Je refilerais le tout à Beck en arrivant à Warren.

Puis je m'attelai à mon papier sur l'hystérie collective : 1 800 mots. Il fallait que je m'en débarrasse à tout prix. Grâce au dossier de Don que j'avais commencé à potasser dans le métro en me rendant à *Gloss* dans la matinée, plus quelques coups de fil bien ciblés, et deux ou trois exemples de phénomènes d'hystérie collective trouvés sur Internet – sans oublier un sandwich bacon-mayo commandé à la cafèt' du coin –, je bouclai le tout dans l'après-midi. À 18 heures, j'éteignis mon ordinateur, emportai un café sur la terrasse et regardai le soleil se coucher.

Un peu frigorifiée après quelques minutes, je rentrai, ramassai mon cahier d'écolier et, sur une page vierge, je commençai par écrire le nom de George suivi d'un point d'interrogation. Quelle raison aurait-il eue de tuer Anna ? Peut-être avait-il une liaison avec elle, et qu'elle l'avait laissé en carafe, ou encore elle avait menacé de tout révéler à Danny. J'avais quand même du mal à imaginer Anna suçant la poire de ce vieux George. Scénario numéro deux : il en croquait pour elle, et avait essuyé une rebuffade. D'où colère assassine et empaquetage au papier Mylar prends-ça-c'est-bien-fait. Détail à charge : George savait très bien où était rangé le Mylar.

Pour Danny, je priai le ciel de me tromper.

Qui d'autre sur la liste ? Éric, le zombie comanche plus-calme-que-moi-tu-meurs ? Rich, le pro de la baballe ? Matt Litchauer, le proprio du pub, faisait également un suspect idéal. Après tout, c'était Anna qui avait pratiqué sur son père le massage fatal, si tant est que le massage lui eût bien été fatal.

Enfin, dernière chose, j'ajoutai un grand X à ma liste. Le tueur pouvait très bien être quelqu'un que je n'avais jamais rencontré, ou que j'avais rencontré mais sans le soupçonner. Quelqu'un qui connaissait Anna et lui en voulait à mort. Un client obsédé, ou un amant secret dévoré par la haine et la jalousie.

Il y avait encore une dernière possibilité que je ne pouvais ignorer. Ève avait dit qu'Anna était hantée par un événement de son passé. Ce passé avait-il pu la rattraper d'une manière ou d'une autre ? N'était-ce pas pour cette raison qu'elle avait quitté New York ? Je me souvins brusquement que j'avais noté le nom de la responsable du spa de Manhattan mentionné dans le CV d'Anna. Je décidai de l'appeler, à tout hasard. Sans rien lui dire de ce qui était arrivé. Il y avait toutes les chances, étant donné que c'était une ancienne collègue d'Anna et non une amie, pour qu'elle ne soit pas au courant de sa mort.

Je feuilletai mon cahier pour retrouver la page... Voilà : Nina Hayes, Paradise Spa, avec le numéro de téléphone. J'appelai immédiatement.

À la troisième sonnerie, une femme répondit, d'une voix si calme et monocorde que je crus une seconde tomber sur un répondeur.

– Mme Hayes ? demandai-je.

Silence hésitant. Puis :

– Oui ?

– Je m'appelle Bailey Weggins. Anna Cole m'a donné votre numéro. Je viens d'emménager en ville, et Anna m'a dit que vous auriez peut-être du travail pour moi... dans le massage. Je me demandais si nous ne pourrions pas nous rencontrer.

Elle hésita à nouveau, si longtemps cette fois que je crus qu'elle avait raccroché.

– Vous êtes toujours là ?

– Comment connaissez-vous Anna ? demanda-t-elle finalement.

Elle parlait lentement, comme si elle pesait chaque mot. Elle n'avait pas l'air au courant de sa mort.

– Je l'ai rencontrée dans le Massachusetts, dis-je, par une amie commune.

– Comment va-t-elle ?

– Bien, je crois. Je ne l'ai pas vue depuis plusieurs mois. Mais comme je vous l'ai dit, elle m'a donné votre numéro, et je l'ai conservé parce que je savais que je partais pour New York.

– Anna travaille toujours là-bas ?

– Il me semble. Dans un hôtel, quelque part dans les Bershires.

– Et elle vous a dit de m'appeler ?

– Oui, répétai-je pour la énième fois. Elle m'a dit que vous pourriez peut-être me trouver quelque chose. Vous avez travaillé ensemble, n'est-ce pas ?

Nouvelle pause, un poil crispante.

– En fait, il se pourrait que j'aie quelque chose dans une semaine ou deux, annonça-t-elle. Vous avez de l'expérience ?

– Oui, plusieurs années d'expérience. Dans la région de Boston.

– Vous avez votre diplôme de masseuse ?

– Oui, dis-je en priant le ciel qu'elle ne me fasse pas un questions-réponses sur l'anatomie, ou ne me demande la différence qu'il y a entre le shiatsu et le massage suédois.

– Je suis certaine qu'Anna vous a dit qu'on ne faisait pas la totale.

– Oui, répondis-je, tout en me demandant ce que cela pouvait bien vouloir dire.

– Nous pourrions prendre un café pour discuter de tout ça, suggéra-t-elle.

– Super. Quand voulez-vous ? Demain ?

– Je préférerais vendredi.

– Je dois repartir à Boston ce week-end, pour récupérer des affaires. Ce serait génial si vous pouviez me caser demain dans votre emploi du temps.

Elle ne répondit pas tout de suite. Je l'entendis feuilleter son agenda ou autre chose.

– Le seul moment que j'ai, c'est à 10 heures.

– Ça me va très bien, dis-je.

– Okay, il y a un café à l'angle de la 3e Avenue et de la 36e Rue. Je vous y retrouve à 10 heures. À propos, comment êtes-vous physiquement ?

– Je mesure un mètre soixante-cinq. J'ai les cheveux châtain clair coupés court. Et vous, comment je vous reconnaîtrai ?

– Ce que je veux dire, c'est : vous êtes séduisante, non ?

Drôle de question. Qu'est-ce que ça signifiait ? Qu'une mocheté rondouillarde ne peut pas bosser dans un centre de massage ?

– Euh, oui, dis-je. En général, on me trouve plutôt jolie.

– Bien. On se voit à 10 heures. Vous avez noté l'adresse ?

– Oui. Le spa est à côté ?

Pause.

– Oui. À côté.

Bizarre, pensai-je en raccrochant. Drôle de conversation. À la façon dont elle avait répondu, j'avais appelé soit chez elle, soit sur sa ligne privée dans son bureau. J'essayai les renseignements et demandai le Paradise, mais ils n'avaient rien à ce nom. Peut-être que l'endroit avait fermé, et que Nina s'était installée ailleurs.

Le lendemain, je me réveillai à 6 heures. Je pris deux heures pour relire mon article et le remanier. Il n'avait aucune chance de remporter un prix, mais au moins il était bouclé.

À 9 h 30, je pris la direction de Murray Hill, où se trouvait le café indiqué par Nina. La conversation s'annonçait délicate. J'allais devoir parler boulot, et puis, l'air de rien, tenter d'en savoir plus sur Anna. Je comptais lui confier qu'Anna semblait perturbée par certains événements de son passé, juste pour voir où ça nous mènerait.

Le café se révéla être un curieux mélange de cafétéria, de resto tex-mex et de décor à la *Blade Runner*, avec bar en acier inoxydable, lumières futuristes et cactus cierges. Nina ne m'ayant pas dit à quoi elle ressemblait, j'allais devoir attendre qu'elle me repère. Rien de plus facile, *a priori* : j'étais la seule personne non accompagnée.

Le serveur m'indiqua une table et me tendit un menu qui devait lister au moins 400 plats. Je commandai un simple café et ouvris mon *New York Times*. Je lus un long article, puis deux, jusqu'à ce que, en regardant l'horloge, je m'aperçoive avec surprise qu'il était déjà 10 h 12. Je jetai un coup d'œil dans la salle autour de moi, mais j'étais l'unique femme seule.

Je compris alors que Nina n'était pas en retard, mais qu'elle avait décidé de ne pas venir. Je l'avais vraiment trouvée bizarre au téléphone. Quelque chose clochait dans toute cette histoire. J'attendis encore vingt minutes puis demandai l'addition. En partant, je demandai au type à la caisse s'il avait jamais entendu parler d'un centre de massage nommé le Paradise dans le quartier. Négatif. Je ne savais plus quoi penser.

Je repris le métro et rentrai chez moi. Un dernier coup d'œil à mon papier sur l'hystérie collective, et je l'envoyai par e-mail à la rédac de *Gloss*.

J'avais décidé de reprendre la route vers 14 heures. J'étais en avance. J'en profitai pour ranger deux ou trois bricoles et aller vider les ordures à l'incinérateur. Dans le couloir, je tombai sur Landon qui sortait de l'ascenseur.

– Tu as le temps de prendre une tasse de café ? proposa-t-il.

– Vite fait alors, dis-je. Tu vas désapprouver, mais je repars pour le Massachusetts.

– Oh, chérie, pourquoi ?

Je le suivis chez lui, ma poubelle sous le bras. Son appart était adorable, tout plein de meubles et d'objets d'époque. Je lui racontai les derniers développements dans l'affaire Anna en buvant mon café, et aussi la visite surprise de Jack la veille au soir. Et puis les câlins...

– Je te laisse vingt minutes sans surveillance, et voilà ce qui arrive, dit-il.

– Tu n'avais qu'à pas m'abandonner dans ce resto.

– Je suis ravi pour toi... Du moins, si tu l'es, toi.

– Oui, je suis heureuse, dis-je.

– Ce n'est pas flagrant.

– Je ne sais pas trop où j'en suis, c'est tout. Tout me paraissait radieux hier soir, et aujourd'hui, dans mon cœur, c'est plutôt ciel couvert. Mais parlons d'autre chose, je sens la crise de panique arriver.

Je lui narrai dans le détail ma conversation avec Nina, et lui expliquai qu'elle m'avait posé un lapin. Landon écouta pensivement, puis :

– Elle t'a demandé à quoi tu ressemblais ? demanda-t-il.

– Ouais, bizarre, non ? Je ne savais pas qu'il fallait ressembler à Cindy Crawford pour être masseuse.

– Mais est-ce qu'il s'agit seulement de massage ? fit Landon.

– Que veux-tu dire ?

– Tout ça me fait plutôt penser à un bordel. Non ?

– Un bordel ?

À la réflexion, je me disais qu'il avait mis dans le mille. Le spa n'était répertorié nulle part ; Nina était restée sur la réserve pendant toute notre conversation. Elle n'avait pas voulu me rencontrer sur place. Et pour cause ! Naïvement, je lui avais demandé si le spa se trouvait à côté du café. Elle avait dû comprendre à ce moment-là que je ne savais pas de quoi je parlais.

Nina était probablement une pute, ou une maquerelle, ou les deux à la fois. Et Anna avait certainement travaillé pour elle. Est-ce que c'était ça, le petit trafic qui gangrenait le Cedar Inn ?

14

– Tu ne dis rien, fit Landon. Tu crois que je suis à côté de la plaque ?

– Non, plutôt que tu as mis dans le mille, avouai-je. Cette Nina, à qui il fallait arracher les mots au téléphone. J'aurais dû comprendre plus tôt.

Je me levai et tournai en rond dans son séjour comme si ça pouvait m'aider à cogiter.

– Tu ne voyais pas les choses sous cet angle, voilà tout, affirma Landon. On te dit que c'est un spa et tu sais qu'une personne travaillant dans un institut a également travaillé là-bas. Ce n'est pas comme si le mot « bordel » avait dû te sauter aux yeux.

– C'est gentil de me faire croire que je ne suis pas complètement idiote. Donc, cette Anna serait tout simplement une call-girl de luxe qui fait de la retape à domicile, et le Paradise une mystification ?

– Pour le Paradise, je ne sais pas. Je sais seulement que dans certains salons on pratique le sexe en plus du massage. Peut-être qu'elle dirige une sorte de club porno.

– Bon sang, ça me rappelle un truc. Elle a employé une expression, oui… « On ne fait pas la totale. » Je croyais qu'elle parlait d'une ouverture sept jours sur sept, mais ça m'a tout l'air d'être de l'argot de racoleuse. Je me demande ce qu'elle voulait dire. Qu'il y a certains trucs qu'elles ne font pas, du genre fellation ?

– Je verrais plutôt des trucs plus hard. Bondage ou maso. Elle voulait juste te dire que ce n'était pas le genre de la maison.

– Quel rapport avec le Cedar Inn ? Si Nina est une pute et si elle a recommandé Anna, est-ce que ça veut dire qu'Anna se prostituait elle aussi ? Et Piper, dans tout ça ? Tu crois qu'il y a des professionnelles au Cedar Inn ?

– Tu as des raisons de penser que c'est le cas ?

– Tu veux dire en dehors du fait qu'Anna – et Piper – avaient une clientèle régulière qui se bousculait pour les voir ? Et qu'elles n'étaient pas vraiment douées question massage ? Ce genre de détails, c'est significatif, non ?

– Ta pauvre amie Danny, soupira Landon en secouant la tête.

– Je sais. Ça pourrait couler sa boîte, non ?

– Si ça vient à s'ébruiter, c'est certain.

Je me rassis et réfléchis à sa remarque.

– Ce serait étonnant, mais crois-tu que je sois la seule à savoir ? Les flics n'ont pas du tout l'air de flairer cette piste.

– À mon avis, même si c'était le cas, ils ne t'en informeraient pas.

– Ça pourrait quand même filtrer dans les questions qu'ils posent à Danny. Pour l'instant, ils ont George dans le collimateur.

– Bon, qu'est-ce que tu comptes faire de cette info ? me demanda-t-il. Tu veux en faire part à la police ?

Il but une gorgée de café et me regarda par-dessus le rebord de sa tasse.

– Je n'en sais rien. Je me demande si je ne vais pas la boucler pour l'instant.

– Allons, Bail...

– Écoute-moi. Je n'ai absolument aucune preuve. En fait, je ne peux même pas affirmer que ça se passait au Paradise. Alors, tant que je n'aurai pas cette preuve, tu comprends, je ne prendrai pas le risque de couler l'hôtel de Danny, peut-être même de foutre sa vie en l'air. Et puis, même si c'est vrai, ça n'a peut-être aucun rapport avec le crime. Dès que je serai sûre de quelque chose, j'en parlerai à Danny pour qu'elle foute à la porte Josh, Piper et toute la clique. Mais je ne vois pas l'intérêt de mettre les flics dans le coup pour l'instant.

– Je sais que tu adores me faire des frayeurs, mais il faut bien que je te demande comment tu comptes les avoir, ces fameuses preuves.

– Ne t'inquiète pas, je vais commencer par reprendre les dossiers du personnel. Et je ne me ferai pas passer pour une pute, si c'est ce qui te tracasse. Ça va, j'ai eu ma dose de sexe pour la semaine.

Je jetai un coup d'œil à ma montre. Il était midi passé.

– Oh, merde, je ne croyais pas qu'il était aussi tard. Je dois y aller.

Je l'embrassai sur la joue alors qu'il commençait à débarrasser les tasses et sortis en trombe de chez lui sans oublier d'emporter ma poubelle. Avant de tout fermer, je farfouillai pendant cinq minutes dans mon Rolodex préhistorique pour retrouver le numéro d'un flic des mœurs que j'avais eu l'occasion d'interviewer. Ce que je voulais, avant même de mettre le nez dans l'ordinateur de Danny pour passer au crible la liste des clients du spa, c'était confirmer la théorie de Landon sur le Paradise.

Je n'avais parlé qu'une fois à ce flic, il y avait de cela un an – c'était le frère d'un type de la Crime que je connaissais bien –, mais il s'était montré très généreux de son temps. J'espérais qu'il le serait autant aujourd'hui et que son numéro n'avait pas changé, parce que c'était le seul flic des mœurs que je connaissais à New York.

Dix minutes plus tard, j'étais au volant de ma Jeep avec mon baise-en-ville et ma glacière contenant la spécialité du jour : souris crevée en papillotes. Au premier feu rouge, je mis l'oreillette de mon portable et passai mon coup de fil. Bingo ! Le message annonçait : « Bonjour, c'est Barry, laissez-moi votre numéro et je vous rappellerai. » Je laissai donc un message lui rappelant qui j'étais, et disant qu'il fallait absolument que je lui pose quelques questions.

Cette fois, le trajet fut moins gonflant que le vendredi précédent. Pas de voiture en feu ni d'embouteillage monstre. Autre différence, moins drôle : je n'espérais pas me faire dorloter à l'arrivée. Non, je me sentais plutôt, là encore, comme Sigourney Weaver, mais dans *Alien, le retour*, quand elle revient sur la planète et qu'elle sait que le gros bloche plein de dents qui vous sort du bide, c'était de la gnognotte à côté de ce qu'elle va y trouver. Il y avait à Warren un meurtrier, peut-être un employé de l'hôtel, peut-être même le mari de Danny. Sans compter que le Cedar Inn, pour ne rien arranger, était peut-être une version moderne du One-Two-Two. Le top, ce serait que je découvre qu'on y pratiquait aussi la sorcellerie, avec mitonnage de langues de chiens et de fourrure de chauves-souris dans le jacuzzi !

Quand le Cedar Inn n'accaparait pas mes pensées, c'était Jack et l'inspecteur Jeffrey Beck qui le faisaient. L'idée de revoir Beck était loin de m'être indifférente. Qu'est-ce que ça signifiait concernant mes sentiments pour Jack ? Bien sûr, Jack m'attirait, et j'avais adoré faire l'amour avec lui, mais je ne lui faisais pas entièrement confiance. Il avait quand même sauté une vieille copine pendant l'été uniquement parce qu'il avait le blues. Alors oui, je n'avais peut-être pas été claire avec lui, mais de là à me mettre tout sur le dos... Quant à Beck, c'était surtout physique, pour moi en tout cas.

Je roulais depuis deux heures quand je me décidai à rappeler Barry, le flic des mœurs. Je n'aime pas me montrer collante, mais j'avais besoin de savoir, c'était plus fort que moi. Il était un peu plus de 15 heures quand je quittai l'autoroute du Massachusetts et tentai de l'appeler. Cette fois il décrocha.

– Désolée de vous harceler, lui dis-je, mais je suis sur un coup et j'aurais besoin d'informations. Je me disais que vous pourriez m'aider.

– Je peux essayer. Je n'ai pas pu vous rappeler, j'étais sur une arrestation.

Je lui résumai ma conversation téléphonique avec Nina et lui demandai s'il voyait du louche là-dedans.

– Elle a le vocabulaire d'une prostituée, déclara-t-il le plus tranquillement du monde. Le fait qu'elle précise qu'elle ne fait pas la totale, ça veut tout dire.

– Ça veut dire quoi ?

– Que dans son établissement, on ne travaille qu'à la main, si vous me permettez cette expression.

– De la prostitution light, vous voulez dire ? Et des types viennent pour ça ?

– Oui, c'est une véritable industrie. Cela s'appelle le massage amical. Les types aiment ça parce que c'est relaxant et qu'ils ont un petit bonus à la fin. Pour eux, ils ne vont pas aux putes et ils ne trompent pas leurs femmes. C'est juste un massage un peu plus complet, voilà tout.

– Où travaillent ces femmes ?

– En appartement, la plupart du temps. Une fois, j'ai vu un duplex avec une entrée à chaque étage. En haut, c'était pour les nouveaux clients, et en bas pour les habitués.

Comme ça, si un nouveau client se révèle être un flic, on peut bloquer l'accès aux autres filles et aux autres clients.

– Elles travaillent à plusieurs ?

– La plupart, oui, pour des raisons de sécurité.

– En un mot comme en cent, ce sont des putes.

Il émit une sorte de grognement.

– Elles ne voient pas ça comme ça. Dans leur esprit, elles restent des femmes au foyer, des profs ou des actrices qui veulent juste arrondir leurs fins de mois.

– Il y a de véritables masseuses dans le lot ?

– Ça peut arriver.

J'avais les neurones en surchauffe. Je commençais à sentir qu'il était pressé de raccrocher, mais je ne voulais pas le lâcher comme ça.

– Encore une question. Vous avez déjà entendu parler d'un établissement ayant pignon sur rue, mais qui ferait ça aussi ?

– Mouais. On a fait une descente l'année dernière. Un salon de massage tout ce qu'il y a d'installé, dans le West Side. Deux ou trois filles pratiquaient le massage amical, sans que la direction en sache rien. N'empêche qu'on leur a fait fermer boutique.

– Si le patron n'est pas au courant, comment les filles font-elles passer le mot ?

– Elles font ça tout en subtilité d'abord, dit-il en riant. Pendant le massage, la fille a un geste un peu plus suggestif, elle s'arrange pour que ses seins frôlent le client, sa main se rapproche. Si le type lui propose d'aller plus loin, elle répond un truc du genre : « Ah, c'est bien parce que c'est vous... » Ensuite, c'est le bouche à oreille, il en parle à un ami qui en parle à un autre, etc. Bon, il va vraiment falloir que je raccroche.

– Un dernier truc, juré. Côté fric, une fille peut demander combien dans un salon de massage réglo ?

– Pour chaque séance ? Ça peut commencer à cinquante dollars et aller jusqu'à cent – sans compter le petit cadeau. Ça fait des centaines de dollars par semaine... Bon, je dois vous quitter. Bonne chance.

Il raccrocha. Ouah, dans le genre éclairage lumineux, il m'avait gâtée... J'en restai baba. Au point que je faillis rater l'embranchement pour Warren.

La campagne était magnifique. En deux jours, les jaunes et les orange paraissaient avoir gagné en intensité, les rouges explosaient de toute part. En baissant la vitre pour goûter la température, je me rendis compte que c'était encore une superbe journée d'automne.

Même si j'avais un peu de mal à apprécier la splendeur automnale, après ce que m'avait appris Barry. Des massages amicaux... C'est probablement ce qui devait se pratiquer au Cedar Inn, oui ; voilà pourquoi les thérapeutes n'aimaient pas trop que Danny pointe son nez. Anna, Piper, et d'autres sûrement, se faisaient des centaines de dollars par semaine en échange de leurs petits « coups de main ». Si Josh était mouillé – et il y avait toutes les chances pour que ce fût le cas –, c'est qu'il en croquait. Il devait prendre son pourcentage sur chaque client, et comme Danny lui donnait en plus un intéressement sur les bénéfices, il palpait de tous les côtés. Je comprenais maintenant pourquoi les affaires du spa avaient connu un boum l'année passée.

Cela éclairait aussi d'un jour nouveau la mort de William Litchauer. Litchauer était un client régulier, et peut-être demandait-il un traitement de faveur à chaque séance. Un soir, le palpitant n'avait pas dû suivre, et il avait passé l'arme à gauche sur la table de massage. Après quoi il avait fallu le déposer ailleurs. Pourtant, le légiste aurait dû signaler tout cela dans son rapport, non ?

Je me posais une autre question : comment ces combines avaient-elles entraîné la mort d'Anna ? Elle était peut-être tombée sur un cinglé, qui l'avait tuée. Ou bien, si Josh était dans le coup, il lui avait peut-être fait sa fête après une dispute à propos de l'affaire ?

J'étais en train de penser plus que du mal de Josh quand je lui rentrai pratiquement dedans en descendant de ma Jeep, sur le parking de l'hôtel. Manifestement, il ne s'attendait pas à me voir, et la surprise le disputait à l'agacement sur son visage.

– Bonjour, Josh.

– Je croyais que vous étiez repartie à New York, me balança-t-il.

Il portait un pantalon noir moulant et une veste en cuir assortie. Vachement branché pour le coin.

– C'est ce que j'ai fait, mais comme mon planning s'est allégé, j'ai décidé de revenir donner un coup de main à Danny, surtout après ce qui s'est passé.

– Quelle chance elle a... Vous comptez ranger les serviettes dans la lingerie, ou vous contenter d'être une épaule pour pleurer ?

– Peut-être les deux, rétorquai-je, ignorant son sarcasme. J'ai entendu dire que le spa rouvrait demain, vous devez être soulagé.

– Oui. Maintenant, si vous voulez bien m'excuser, j'ai à faire.

Il passa à côté de moi et son bras heurta le mien comme s'il l'avait fait exprès. Je n'en menais pas large. Et si c'était lui qui m'avait envoyé la souris ? Peut-être qu'il me soupçonnait de mener mon enquête et voulait m'éloigner de Warren. En tout cas, il n'appréciait pas mon retour. Je le regardai grimper dans un cabriolet Saab couleur argent et démarrer.

Le hall était désert, Natalie bricolait à la réception et un haut-parleur balançait doucement un truc à la Chopin. De toute évidence, quelqu'un avait mis un CD pour égayer un peu les lieux, mais c'était un morceau triste à pleurer qui rendait la pièce encore plus sinistre.

Natalie m'informa que je trouverais Danny dans le jardin. Je laissai mon sac et ma glacière derrière le comptoir et la rejoignis. Danny, en poncho de laine couleur lavande, marchait tête baissée. Nous nous embrassâmes. On pouvait lire toute l'inquiétude du monde dans son regard.

– Donne-moi les dernières nouvelles.

Je la pris par le bras et nous empruntâmes le petit chemin.

– Il n'y a pas grand-chose de nouveau, soupira Danny. On a trouvé un avocat, George doit le voir aujourd'hui.

– Comment il prend tout ça ?

– Il est... je...

– Quoi ?

– Il est bizarre depuis toute cette histoire.

– Bizarre comment ? Comme un coupable ?

– Non, fit-elle en secouant la tête. Mais les nerfs à fleur de peau, comme s'il avait quelque chose à cacher.

– Tu as déjà pensé qu'il pouvait te tromper ?

Je n'étais pas fière de lui demander ça, mais il le fallait bien.

– Non, dit-elle très vite, pratiquement avant que je termine ma phrase.

– Bon, c'est sûrement cet interrogatoire qui doit le tracasser, rien d'autre. À mon avis, les flics vont laisser tomber, ils n'ont rien de solide.

J'expliquai à Danny que j'allais avoir besoin d'accéder aux dossiers informatiques des clients et à la liste de leurs rendez-vous. Elle n'y voyait aucun inconvénient. Je lui dis aussi que ce serait bien qu'elle puisse me faire visiter elle-même le spa dès qu'il rouvrirait. Je voulais aussi interroger Éric et lui demandai de m'organiser un rendez-vous avec lui, sous prétexte de boulot bien sûr.

– Pareil, je veux parler avec Piper, mais je la coincerai sans qu'elle s'y attende.

– Tu as intérêt à te dépêcher. Elle a donné sa dem'. Elle sera partie ce week-end.

– Intéressant.

Le meurtre d'Anna lui avait-il flanqué la frousse ? Possible. Elle craignait peut-être maintenant pour sa propre vie.

– Et la sœur d'Anna, elle est arrivée ?

– En fin de matinée, oui. Elle a rassemblé les affaires d'Anna et a pris toutes les dispositions pour le rapatriement du corps en Floride. En ce moment, elle est au poste de police, mais à son retour nous devons voir ensemble pour les affaires d'Anna dont elle ne veut pas.

– J'aimerais bien être là. Ève m'a raconté qu'Anna était perturbée par un truc qui lui est arrivé autrefois, je voudrais savoir si sa sœur est au courant. Tu n'as qu'à lui dire que je suis une collègue. Elle est descendue à l'hôtel ?

– Non, c'était trop dur pour elle. Elle rentre ce soir à Albany et reprend l'avion demain matin.

Nous étions arrivées au bout du jardin, où poussaient toutes sortes d'herbes aromatiques. La plupart des feuilles étaient déjà ratatinées par le froid.

Nous fîmes demi-tour et c'est là que je parlai à Danny de la souris.

– C'est ignoble ! s'écria-t-elle, horrifiée. Ma pauvre chérie !

– Vous en piégez, à l'hôtel ? À part ici, je ne vois pas où on pourrait trouver une souris crevée.

– Oui, on a posé des tapettes au sous-sol. C'est l'époque de l'année où elles se réfugient dans les maisons.

– Tu peux savoir par le gardien s'il manque des pièges ?

– Bien sûr. C'est pour ça que tu m'as demandé hier si je t'avais envoyé un colis ?

Je lui expliquai que son adresse était inscrite sur le paquet, sans doute pour que je l'ouvre sans hésiter.

Il commençait à faire nuit. Nous pressâmes le pas. Dix minutes plus tard, j'étais dans le bureau de Danny, seule devant son ordinateur.

C'était simple comme bonjour, ainsi qu'elle me l'avait dit l'autre jour. En face de chaque thérapeute, figuraient le nom de ses clients, les types de soins choisis, les dates. Danny me montra le petit symbole distinguant les clients de l'hôtel des visiteurs occasionnels. Inversement, taper le nom d'un client permettait de savoir qui l'avait reçu, pour quelle prestation et quel jour.

Je cliquai sur le nom d'Anna dans la liste puis ouvris le fichier correspondant. L'année passée à la même époque, au début de son contrat, elle avait eu de nombreux clients différents, surtout venant de l'hôtel. Elle était nouvelle, et on lui avait à l'évidence collé les clients qui ne réclamaient pas un thérapeute en particulier. Mais au fil des mois, non seulement ses rendez-vous étaient plus nombreux, mais elle avait « fidélisé » une clientèle, principalement masculine. Je notai qu'à la fin du mois de juillet elle avait fait un massage à Rich, le prof de tennis.

Je cliquai ensuite sur le nom de Piper, et trouvai les mêmes rendez-vous en pagaille, le même fan-club masculin. Les autres thérapeutes ne semblaient pas en reste non plus, notamment Cordelia. Je me demandai soudain ce qui s'était passé quand Lauren était partie s'installer à Hawaii. Anna et Piper avaient-elles récupéré ses clients ? Je croisai les recherches, et découvris que lesdits clients se répartissaient, pour ceux qui avaient continué de venir, entre divers thérapeutes, et pas seulement Anna ou Piper.

Au même instant, Danny apparut à la porte et m'annonça que le gérant de l'hôtel venait d'arriver avec la sœur d'Anna.

– Nous nous retrouvons au solarium, expliqua-t-elle. Tu pourrais te joindre à nous quelques minutes. Oh, à propos, je t'ai réservé un massage avec Éric demain à 11 heures. Il sait que tu veux lui parler.

– Très bien. J'arrive.

Je fermai les fichiers, éteignis l'ordinateur et me dirigeai quelques minutes plus tard vers le solarium. Danny était assise sur le canapé, et la sœur d'Anna avait pris un des fauteuils en osier. Sur la table basse, se trouvait un plateau avec une cafetière, des tasses et des petits gâteaux. Danny se leva pour m'accueillir, mais la sœur d'Anna ne bougea pas de son fauteuil.

– Connie Green, voici... euh, une collègue, Bailey Weggins, annonça-t-elle. Elle m'aide à passer ce cap difficile.

Connie se pencha légèrement en avant et me serra mollement la main. Je ne l'imaginais pas du tout comme cela. Elle avait une dizaine d'années de plus qu'Anna, et ça se voyait. Ses cheveux grisonnants étaient attachés avec un ruban noir, et elle portait un ensemble en rayonne bleu pastel, plus adapté à la Floride qu'au Massachusetts en automne.

– Toutes mes condoléances, dis-je, avant de m'asseoir à côté de Danny sur le canapé.

Je remarquai que deux tasses de café avaient été servies, mais que ni Danny ni Connie ne semblaient s'en soucier.

– Green, c'est votre nom de mariage ?

– Oui. Mon nom de jeune fille est Gianelli.

– Donc, Anna...

– A été mariée, oui. Quelques années. Elle a gardé le nom de Cole. Elle détestait son nom italien.

– Connie me parlait justement de sa visite à la police, reprit Danny. Ça a été très éprouvant pour elle.

– Vous avez rencontré l'inspecteur Beck ? demandai-je.

– Non, un autre inspecteur, répondit-elle sombrement. Mais j'ai entendu ce nom-là. Il était occupé, apparemment.

Où cela ? À quoi ? ne pus-je m'empêcher de me demander.

– La police vous a-t-elle dit où en était l'enquête ?

– Ils disent qu'ils y travaillent jour et nuit, mais je crois qu'ils ne savent rien, répondit Connie.

Elle secoua la tête, l'air frustré et désespéré à la fois.

– J'aurais dû me douter que quelque chose comme ça arriverait, ajouta-t-elle.

– Que voulez-vous dire ? demandai-je, surprise. Anna a-t-elle reçu des menaces ?

– Pas des menaces, répondit-elle en croisant mon regard pour la première fois.

Elle avait les mêmes yeux noirs qu'Anna.

– Comme je l'ai expliqué à la police, Anna m'a dit, il y a quelques mois, qu'elle croyait que quelqu'un la surveillait.

– La surveillait ? répéta Danny en se redressant sur le canapé. C'est la première fois que j'entends ça.

– Oui, d'après elle, quelqu'un l'observait par sa fenêtre le soir, confirma Connie. Un jour, elle a même eu l'impression d'être suivie en voiture.

– Quand était-ce ? voulut savoir Danny. Et pourquoi ne m'a-t-elle rien dit ?

– Cet été, en juillet je crois.

Connie se massa les tempes comme pour chasser une vilaine migraine.

– Je lui ai dit à l'époque de prévenir la police, mais Anna n'aimait pas qu'on lui dise quoi faire. Ça a duré quelques jours, et puis elle n'en a plus reparlé.

Le nom de Matt Litchauer me traversa immédiatement l'esprit. C'est à cette époque que son père avait été retrouvé mort au centre.

– Étiez-vous régulièrement en contact ? lui demandai-je.

Connie fronça les sourcils et secoua négativement la tête.

– Non, nous n'avons jamais été proches, dit-elle simplement. Mais nous avons commencé à nous parler un peu plus après la mort de notre mère l'année dernière.

Dehors, la nuit était tombée. Danny se leva pour allumer. L'éclairage accentua les cernes sous les yeux de Connie.

– Savez-vous si Anna voyait quelqu'un récemment ? demandai-je.

– Pas à ma connaissance, souffla-t-elle. Elle m'a parlé de quelqu'un, il y a quelque temps... Ici, au spa. Mais ça n'a pas duré.

– Le nom de Rich Wyler vous dit-il quelque chose ? Il donne des cours de tennis ici, à l'hôtel. Le bruit court qu'Anna l'aurait fréquenté.

– Non, jamais entendu ce nom.

– Et le mari d'Anna ? continuai-je. Est-ce qu'il nourrissait de la rancœur à son égard ? Y a-t-il une possibilité qu'il soit responsable de tout ça ?

– Je n'arrive pas à l'imaginer. Ils se sont rencontrés en dernière année de lycée. Il y a une éternité maintenant qu'ils ne se voient plus. Non, ce ne peut être qu'un monstre qui a fait ça.

Elle baissa la tête, soutenant son front du bout des doigts. Mais je savais que je n'aurais peut-être plus l'occasion de lui parler.

– Où avez-vous grandi, toutes les deux ? demandai-je.

Elle releva la tête, hésita une seconde avant de répondre.

– À Wallingford, dans le Connecticut.

– Mais... ce n'est qu'à quelques heures d'ici, s'étonna Danny.

– Quelque chose d'important remontant à cette période ? risquai-je. Je veux dire, un événement du passé a-t-il pu rattraper Anna, d'une manière ou d'une autre ?

Son hésitation me fit penser à ce que m'avait dit Ève à propos des blessures du passé enfouies au plus secret de soi.

– Non, je ne vois pas, répondit-elle.

Mais je savais qu'elle mentait.

15

Cependant je ne pouvais rien faire. Sa sœur était morte, et je ne me voyais pas m'acharner sur elle, ni la supplier pour qu'elle me dise ce qu'elle savait. J'allais devoir découvrir la vérité toute seule.

Connie jeta un coup d'œil à sa montre, et feignit – peut-être – de n'avoir pas vu passer l'heure. Elle expliqua qu'elle devait repartir pour Albany. Elle était épuisée et devait prendre un avion à la première heure le lendemain.

Elle se leva pour partir, et Danny la raccompagna. Je restai seule dans le solarium, assise sur le canapé, à réfléchir en contemplant la nuit derrière les grandes baies vitrées. J'avais réalisé suffisamment d'interviews et lu assez d'articles sur le langage corporel pour savoir que Connie n'avait pas dit tout ce qu'elle savait. Bien sûr, elle ne me devait rien, mais si Anna avait vécu autrefois un événement traumatisant, je devais découvrir lequel.

En attendant, je comptais rendre une petite visite surprise à Piper le lendemain pour la cuisiner au sujet d'Anna. Quant au passé de celle-ci, j'allais peut-être devoir, pour l'exhumer, faire un saut à Wallingford. Après dix minutes de cogitation sévère, je rejoignis Danny. Elle se tenait sur la dernière marche du perron de l'hôtel, un jeu de clés de voiture à la main, son poncho serré autour d'elle, le regard perdu dans la froide nuit automnale.

– Elle est partie ? dis-je en arrivant à côté d'elle.

– Oui.

Je tournai la tête vers la porte ouverte de l'hôtel pour m'assurer que personne ne nous écoutait. Natalie était à la réception, en pleine conversation téléphonique.

– Anna ne t'avait donc jamais parlé de cette histoire de surveillance et de filature ? demandai-je à Danny.

– Non. Pas un mot.

– Je me demande si ce n'était pas cette brute de Matt Litchauer, risquai-je. Si vraiment elle en a parlé à la police, ils vont peut-être oublier George un moment.

– Oh, je l'espère. Ça me fait penser qu'il faut que je repasse chez moi. J'ai besoin de savoir comment s'est déroulée la rencontre avec l'avocat. Ça m'ennuie de t'abandonner comme ça, Bailey. Une autre fois, je t'aurais invitée à dîner. Tu n'as même pas vu notre maison.

– Ne t'inquiète pas, dis-je. Je vais dîner tranquillement ici.

– C'est bien à cause de ça que je culpabilise. On ne sert pas à dîner en semaine.

– Ça ne me gêne pas de sortir, tu sais. Tu as un endroit à me conseiller ? En dehors de la Bridge Street Tavern, évidemment.

Je récupérai ma clé et mes affaires à la réception puis montai dans ma chambre, celle que j'avais déjà occupée durant le week-end. L'hôtel s'était pas mal vidé, et les couloirs étaient plutôt déserts, pour ne pas dire sinistres par endroits. Je savais que j'allais devoir surveiller mes arrières au cours des prochains jours, être très prudente. La souris était un simple avertissement.

Je pris une douche rapide, enfilai un pantalon noir, un tee-shirt blanc et un pull à col en V en cachemire puis redescendis, ma veste en jean sur les épaules. Danny m'avait indiqué deux bons restaurants dans le secteur. Je dis bonsoir à Natalie et sortis sur le perron. Je laissai mes yeux s'habituer quelques secondes à l'obscurité et, alors que j'allais descendre les marches, une voiture noire s'arrêta juste devant. Je vis Jeffrey Beck en descendre, et je sentis mon cœur s'emballer.

Il ne cacha pas sa surprise de me voir là.

– Vous n'êtes donc pas partie ? bredouilla-t-il.

– Je suis revenue, dis-je. Danny avait besoin de moi.

Je le rejoignis en bas des marches.

– Mme Hubner est-elle là ? demanda-t-il.

– Elle est rentrée chez elle. Pourquoi ? Que se passe-t-il ?

– Je voulais juste discuter avec elle des mesures de sécurité avant la réouverture du spa. Et où allez-vous comme ça, à cette heure ?

– On m'a indiqué un restaurant italien sur la Route 11. Chez Leo, je crois.

– Vous y allez seule ?

– Oui. C'est interdit par la loi à Warren ?

– Non, ça risque d'être une première chez Leo, c'est tout, répliqua-t-il avec un petit sourire en coin. Permettez-moi de vous accompagner. Je tiens à vous éviter les ennuis. Montez.

Il m'ouvrit la portière côté passager, comme s'il était exclu que je refuse. Qu'est-ce qu'il avait en tête, au juste ? Est-ce qu'il voulait vraiment dîner avec moi, ou simplement me soutirer des infos sur Danny et George ?

– Je ne mords pas, précisa-t-il en me voyant hésiter.

– Non, ce n'est pas ça, dis-je. J'ai quelque chose à vous montrer. Vous voulez bien m'attendre une minute ?

Je remontai dans ma chambre et redescendis avec la glacière. Beck était déjà au volant. Il m'ouvrit la portière de l'intérieur. Sa voiture sentait le cuir neuf et le café.

– Vous m'emmenez en pique-nique ? dit-il en voyant la glacière.

– Non. Et ce n'est pas pour une greffe de rein non plus.

Je pris une longue inspiration, et lui racontai tout à propos du paquet et de la souris. Pendant tout mon récit, son visage marqua une expression de surprise allant crescendo.

– Il y avait un mot ? demanda-t-il.

– Non, rien.

– D'après vous, qui a envoyé ce paquet, et pourquoi ?

Gaffe, Bailey...

– Eh bien, j'ai découvert le corps. Alors, peut-être que c'est le meurtrier d'Anna. Peut-être qu'il croit que j'ai vu quelque chose, et qu'il veut me menacer.

Beck réfléchit une seconde.

– J'aimerais déposer ça au poste avant d'aller dîner, d'accord ? Oui, dit-il, il y a des chances pour que ce soit le meurtrier. Et vous, mademoiselle Weggins, il va falloir que vous soyez très prudente.

– Une escorte policière pour la soirée, que demander de mieux ? fanfaronnai-je.

Il se montra peu loquace durant le trajet, mais ça m'allait très bien. L'arrêt au poste lui prit une dizaine de minutes. Il me laissa dans la voiture avec la radio. Je commençai à me détendre, à être moins nerveuse à l'idée d'être avec lui, du moins jusqu'à ce qu'il reprenne le volant. Aussitôt, mon pauvre cœur se remit à battre la chamade.

Chez Leo était un resto italien à l'ancienne, avec nappe à carreaux rouges et blancs, fantômes de mafiosi, et Venise et ses gondoles en peinture. La moitié des tables était occupée, mais la plupart des dîneurs en étaient déjà au dessert. Le proprio salua Beck d'un petit signe de tête amical, et nous conduisit jusqu'à une table tranquille dans le fond.

Je commandai un verre de chianti, et Beck demanda la même chose. J'imaginai qu'il avait son holster sur lui, parce qu'il n'ôta pas sa veste.

– Vous venez souvent ici ? lui demandai-je.

Super question, Bailey. Vraiment originale.

– De temps en temps, répondit-il.

Bon, d'accord.

Il précisa :

– On y mange bien. Et ce n'est pas loin.

Mieux, beaucoup mieux.

– Alors, c'est quoi le *deal* entre vous et Mme Hubner ? demanda-t-il. Je croyais que ça concernait le boulot ?

– C'est le cas, dis-je. Mais nous sommes avant tout de vieilles amies. Je ne voulais pas la laisser seule cette semaine. Et puis, je voulais aussi vous montrer cette souris.

Il me fixa de ses yeux bleu nuit, comme s'il sondait le degré de sincérité de mes réponses.

– Elle a de la chance de vous avoir comme amie, dit-il, avec une expression indéchiffrable cette fois.

– C'est moi qui ai de la chance de la connaître, répliquai-je. Je dois vous dire que j'ai été choquée d'apprendre que vous interrogiez George. Quelle raison aurait-il eue de tuer Anna ?

Je savais qu'il ne me dirait rien, mais je voulais voir s'il était doué pour les pirouettes.

– Vous savez que je n'ai pas le droit de discuter de cette affaire avec vous, dit-il.

– J'en déduis que vous m'avez escortée ici pour le seul plaisir de ma compagnie ?

– Je vous l'ai dit, je voulais vous éviter des ennuis, répliqua-t-il avec un petit sourire. C'est mon job.

Il but une longue gorgée de vin, sans cesser de me fixer par-dessus le bord de son verre.

– Très bien, je n'essaierai pas de discuter de cette affaire avec vous. Mais il y a quand même une chose qu'il me semble important de mentionner. Le fils de William Litchauer, Matt. Je lui ai parlé. Mémorable expérience. C'est un homme en colère. La sœur d'Anna nous a raconté, à Danny et à moi, qu'Anna était persuadée d'avoir été suivie l'été dernier, exactement à l'époque où le père de Litchauer a été retrouvé mort au centre de relaxation. Vous ne croyez pas que ça fait de lui un suspect ? Il a peut-être voulu venger la mort de son père.

Je vis Beck froncer imperceptiblement les sourcils tandis que je parlais, et je crus qu'il allait gentiment me conseiller de me mêler de mes affaires. Mais non.

– Écoutez, dit-il en tenant son couteau levé, puisque vous avez la bonté de bien vouloir faire profiter de vos réflexions avisées notre pauvre département de police, je vais moi aussi partager avec vous une info concernant cette affaire. Après quoi nous commanderons à dîner et n'en parlerons plus. Matt Litchauer a un alibi en béton. Il se trouvait à la Bridge Street Tavern le soir du crime, et vingt témoins jurent qu'il n'a pas quitté les lieux.

Bien sûr, je brûlais d'avoir des détails, mais il avait été clair et je ne voulais pas le fâcher.

Un serveur vint prendre notre commande et, sans regarder le menu, Beck choisit une côte de veau. Je me décidai pour le poulet aux champignons.

– Comment avez-vous fait pour vous libérer aussi vite professionnellement ? me demanda-t-il en se renversant contre le dossier de sa chaise.

– Je travaille en free-lance, dis-je. Pour plusieurs magazines.

Il savait déjà que je donnais dans le fait divers criminel.

– Et vous ? demandai-je. Comment êtes-vous devenu flic ? Ne me dites pas que c'est une tradition familiale.

– Non, répondit-il avec un sourire. Mon père, croyez-le ou non, était banquier. Mes parents ont été effondrés quand ils ont su ce que je voulais faire.

– D'où êtes-vous ?

– Chicago.

– Du centre ?

– Non, de la banlieue.

– Et comment le fils d'un banquier finit-il dans les forces de police ?

– Je voulais faire mon droit après la fac pour devenir criminaliste. J'ai passé un été dans un cabinet juridique, et j'ai détesté ça. Je me suis rendu compte alors que ce qui me fascinait, c'était la police.

La fac, le droit criminel... J'étais bien obligée de réviser l'image que j'avais de lui.

– Et comment avez-vous atterri à Warren ? lui demandai-je encore.

– J'ai passé des vacances dans la région. La ville de Warren n'est pas si petite. Alors, j'admets que question drogues et guerre des gangs, c'est pas Los Angeles. C'est vrai que nos interventions se bornent le plus souvent à déloger de son bar habituel le pilier de comptoir que Bobonne veut voir rentrer illico à la maison, mais il y a ici un mélange de gens intéressant.

– Je suis du nombre ?

– Oui. Je dirais que vous entrez dans la catégorie touristes. Et aussi que vous êtes pleine de surprises.

– Je pourrais vous retourner le compliment.

– Ah oui ? Qu'est-ce que j'ai de surprenant ?

– En premier lieu, vous vivez seul. On s'attend plutôt à ce qu'un type dans votre genre soit marié.

– Un type dans mon genre ?

– Brillant, séduisant.

– Je pourrais faire la même remarque vous concernant.

– J'ai été mariée, avouai-je. Un désastre. Vous avez déjà essayé ? Le mariage, je veux dire.

– Non, jamais. J'aimerais bien. Un jour. Je crois que je ne suis pas encore prêt.

Le serveur apporta nos plats, et Beck commanda un autre verre de vin. Pour ma part, j'évitai. J'étais suffisamment à cran comme ça. Je sentis qu'il ne tenait pas à continuer sur le terrain personnel, et pendant le dîner je l'interrogeai sur les affaires de meurtre qu'il avait connues dans la région. Il m'en décrivit plusieurs, dont une impliquant une fille de dix-neuf ans qui avait décapité sa mère. J'avais du mal à le regarder pendant qu'il parlait. C'était trop intense, presque dangereux.

Au moment du café, il jeta un coup d'œil à sa montre.

– Bon, je ferais mieux de vous ramener à l'hôtel, dit-il, ou ils vont appeler la police.

J'offris de payer la moitié de l'addition, mais il secoua la tête comme si j'étais complètement folle.

Nous restâmes silencieux durant presque tout le trajet de retour. J'avais l'impression d'avoir quinze ans et de vivre mon premier rendez-vous.

– Je vais attendre que vous soyez rentrée, dit-il en arrêtant la voiture devant l'hôtel.

– Merci. Et merci pour le dîner.

– Vous voyez, je ne mords pas.

– Dommage.

Oh, Bailey, Bailey... Un verre de vin, et voilà.

Il se pencha, glissa sa main sur ma nuque et m'attira vers lui pour m'embrasser. Je sentis sa langue et le goût du vin dans ma bouche un bref instant, puis il s'écarta doucement.

– Bonsoir, dit-il, d'une voix plus profonde.

Je ne dis rien. Je regardai ses yeux puis descendis de voiture. Il attendit que j'aie refermé la porte d'entrée pour démarrer. À la réception, je reconnus le vieux type déjà aperçu durant le week-end. Il était au téléphone. Pour le reste, tout était silencieux. Je pris l'escalier et grimpai les marches deux par deux, ma clé à la main. Arrivée sur mon palier, j'entendis le plancher craquer. Je me retournai rapidement. Rien.

Une fois dans ma chambre, je m'enfermai à double tour, hors d'haleine. Je me sentais comme quelqu'un qui vient de voler à l'étalage une paire de boucles d'oreilles en diamants : coupable et grisée à la fois.

Grisée, parce que j'avais adoré ce baiser. Et coupable à cause de Jack. J'avais accepté de lui donner une chance, promis de le voir samedi soir, et voilà que je prenais du bon temps avec Beck. Mais en même temps, je ne devais rien à Jack question fidélité. Du bon temps, il n'avait pas hésité à s'en payer cet été, et rien ne me garantissait qu'il ne recommencerait pas.

J'ôtai mes chaussures, me déshabillai et fouillai dans mon sac à la recherche d'une chemise de nuit. Je n'avais déballé un peu plus tôt que ce qui pouvait se froisser. Je sentis finalement la chemise de nuit sous mes doigts. Et je remarquai que les trois paires de chaussettes que j'avais laissées roulées au fond du sac étaient maintenant défaites et dispersées. Bizarre. J'étais pourtant certaine de ne pas les avoir laissées ainsi avant de sortir. Je m'étais même fait la réflexion que j'avais oublié d'en emporter de plus chaudes. Quelqu'un avait fouillé dans mes affaires.

16

Je me retournai vers le lit pour voir si la femme de chambre avait rabattu les draps. Non. J'inspirai profondément et fouillai mon sac à fond pour m'assurer qu'il n'y manquait rien. Non plus. Je vérifiai ensuite la penderie. Tout avait l'air normal, si ce n'est que le rabat d'une poche de veste était de travers, contrairement à mon souvenir. Heureusement, j'avais glissé mon cahier contenant mes notes dans mon fourre-tout avant de sortir.

Assise sur le bord du lit, je me repassai le moment où j'étais remontée chercher la glacière. Je m'étais dépêchée de la prendre et de redescendre, mais je me souvenais très bien avoir verrouillé la porte en partant. Autrement dit, le fouineur possédait la clé de la chambre. Le nom de Josh me traversa immédiatement l'esprit. Ainsi que celui d'Éric. En fait, n'importe qui travaillant à l'hôtel pouvait être entré.

Je pris une chaise en rotin et la calai contre la porte. Je savais que personne ne pouvait entrer avec le verrou et la chaîne de sûreté, mais je voulais avoir l'esprit tranquille. Dehors, le vent mugissait dans la nuit. J'éteignis partout, à part dans la salle de bains, puis me glissai sous les draps. Là, l'esprit en roue libre, je pensai à Beck, au baiser, à la souris et à tout le reste.

Le lendemain à 8 heures, je décidai d'aller rendre ma petite visite à Piper. J'avais mis au point ma stratégie avant de m'endormir : 1) je devais la voir avant qu'elle ne quitte sa chambre et ne disparaisse pour la journée, voire définitivement ; 2) je devais la convaincre que je ne trahirais pas sa confiance.

Il faisait froid dehors, et une fine pellicule de givre recouvrait le jardin. Je n'avais pas le souvenir qu'il faisait aussi froid quand Beck m'avait raccompagnée quelques heures plus tôt, mais peut-être étais-je alors immunisée grâce à notre baiser.

En faisant le tour de l'hôtel, j'aperçus la silhouette d'un homme qui rejoignait d'un pas leste la porte de derrière, les mains fourrées dans les poches de sa veste. Il me fallut quelques secondes pour reconnaître George.

Il s'arrêta net en me voyant puis me fit signe de la main et pressa le pas à travers la pelouse dans ma direction. Quand il fut suffisamment près, je remarquai qu'il avait l'air pâle et épuisé, comme s'il n'avait pas dormi depuis deux jours. Mais ses cheveux teints, d'un noir de jais, brillaient au soleil.

– Bonjour, dit-il en me tendant une main à nouveau moite, en dépit du froid. Danny m'a dit que vous étiez revenue pour l'aider.

– Oui, dès que j'ai pu. Ce doit être une période difficile pour vous.

– La police fait fausse route, vous savez – même si je ne suis pas censé dire un mot de tout cela. Mon avocat m'a conseillé de ne parler à personne.

– Je comprends, dis-je.

– Vous comprenez sans doute aussi quelle tension cela crée entre Danny et moi.

Danny n'avait pas utilisé ce mot-là.

– Elle vous soutient à cent pour cent, dis-je.

– Elle l'a toujours fait, mais je... je ne sais pas ce que Danny a pu vous dire au juste, mais notre relation a eu des hauts et des bas. Je n'ai fait qu'une bêtise, une seule fois, mais j'ai assuré Danny que cela ne se reproduirait plus, et je suis un homme de parole. Vous devez l'en convaincre. Je n'ai rien fait de mal.

J'étais sidérée par la révélation, mais je m'efforçais de n'en rien montrer.

– Ce n'est pas mon rôle, George.

– Vous pourriez m'aider, insista-t-il en attrapant mon bras d'un air désespéré. Danny vous fait confiance.

– C'est à vous de lui parler, George.

– Quand ? Elle m'évite.

Une porte claqua du côté des dépendances et George tourna aussitôt la tête, cherchant d'où venait le bruit. Sa main tenait toujours mon bras. Je me dégageai de son étreinte.

– Vous ne m'aimez pas, n'est-ce pas ? reprit-il. J'ai l'impression que vous êtes jalouse de moi, parce que je suis plus proche que vous de Danny.

Sans me laisser le temps de répliquer, il tourna les talons et pressa le pas jusqu'à la petite porte qu'il ouvrit avec sa clé avant de s'engouffrer dans l'hôtel.

J'étais si stupéfaite, si incrédule que je restai un moment immobile, là, au milieu du chemin, cherchant à comprendre ce qui venait de se passer. George avait tout du type paumé, complètement aux abois, capable de passer de la confession à l'accusation de jalousie sans reprendre son souffle. Il m'avait quand même avoué avoir trompé Danny...

Je me remis en marche et me dirigeai vers la grange. Tout était aussi tranquille par là qu'à l'hôtel. Dans l'entrée, je repérai un interphone, avec entre autres le nom de Piper sur le panneau. Je sonnai. Pas de réponse. J'essayai encore. Cette fois, une voix endormie demanda d'un ton morne :

– Qu'est-ce que c'est ?

– Piper, c'est Bailey Weggins. J'ai besoin de vous parler. C'est très important.

– Ça ne peut pas attendre ? Je ne suis même pas habillée.

– Non, ça ne peut pas attendre.

– Je vous ouvre.

Une sonnette actionna la gâche électrique de la porte, que je franchis. Soudain, je m'avisai que je ne savais même pas où se trouvait sa chambre. Oh, mais si... Je me souvins l'avoir vue descendre l'escalier quand j'étais passée pendant le week-end. Je grimpai jusqu'au premier étage. Il y avait cinq portes sur le palier. Je restai là une minute à me demander laquelle était la sienne jusqu'à ce qu'elle ouvre tranquillement, vêtue d'un kimono rouge.

C'était une grande chambre, avec un lit simple, une commode, une petite table avec une chaise, et une kitchenette. Des piles de vêtements et de cintres en métal jonchaient le sol, au milieu de livres et de papiers de toutes sortes, et deux sacs de marin étaient ouverts sur le lit, signe qu'elle n'allait pas tarder à faire son paquetage.

– J'imagine que ça a quelque chose à voir avec Anna, lança-t-elle sans même prendre la peine de dire bonjour.

– Oui, dis-je. Je suis désolée de vous déranger aussi tôt, mais c'est urgent.

Elle s'approcha de la table et mit en marche un mixer contenant ce qui semblait être un mélange de fruits, de yaourt et de glace. L'opération ne prit que quelques secondes. Elle versa ensuite le mélange rosâtre dans un grand verre et en but une longue gorgée.

– Bon, dites-moi de quoi il s'agit, reprit-elle en léchant un trait de mousse sur ses lèvres.

– J'ai découvert ce qui se passait au spa, dis-je.

– Je vous demande pardon ?

Le ton était incrédule et insolent à la fois.

– J'ai dit : je sais ce que vous faisiez au spa, vous, Anna et cette autre thérapeute qui est partie.

Maintenant, j'avais toute son attention.

– Je n'ai aucune idée de ce…

– Je parle des « massages amicaux ». Je sais que ça se pratique ici. Mais je n'ai pas l'intention de prévenir la police.

– Non ? fit-elle, à la fois en colère et effrayée. Et pourquoi ?

– Parce que ça ruinerait les affaires de Danny si la police débarquait ici et arrêtait tout le monde. Et je ne veux pas que Danny l'apprenne – du moins, pour l'instant. Ce que je veux, c'est l'aider et découvrir qui a tué Anna. Alors voilà la question que je me pose : le meurtrier peut-il être un des anciens clients d'Anna ? Vous voyez bien sûr de quel genre de client je veux parler.

Elle soupira et pressa la paume de ses mains contre ses tempes, comme si sa tête allait exploser.

– Je ne crois pas qu'il y ait eu quelqu'un comme ça, dit-elle.

Elle baissa les bras et s'assit sur le lit.

– Pourquoi pas ?

– Parce qu'il n'y a jamais eu aucun problème. Jamais. On n'a pas eu de types bizarres.

– Anna avait-elle eu de nouveaux clients récemment ? demandai-je.

– Non. Pas depuis des semaines.

– Et Josh ? Il n'y a pas eu de problèmes avec lui ces temps-ci ? Il n'a pas exigé une part plus importante des bénefs ? Anna aurait refusé. Le ton serait monté.

Elle parut étonnée, mais je n'étais pas sûre de comprendre pourquoi.

– Il y avait un problème avec Josh, c'est ça ? insistai-je.

– Josh n'était pas au courant, répondit-elle.

– Quoi ? Josh ne sait rien ?

– Oh, maintenant, si, précisa-t-elle avec un drôle de sourire. Il a découvert ce qui se passait il y a environ deux mois. Inutile de préciser qu'il a été fumasse quand il a su.

– J'avoue que j'ai du mal à croire qu'il ne savait rien, dis-je. Comment est-ce possible ?

Piper se releva, slaloma entre les jonchées de vêtements jusqu'à la table et remplit son verre avec le fond du mixer. Elle but d'un trait puis reposa le verre d'un air distrait.

– Josh a travaillé comme un fou cette année pour développer le spa, expliqua-t-elle. Du coup, il ne cessait d'aller et venir. Il était là sans être là. Et puis il n'y a pas si longtemps que nos petites pratiques ont commencé.

– Dites-moi quand exactement ?

– Écoutez, comment je peux savoir si je dois vous faire confiance ?

– Si j'avais voulu mettre les flics dans le coup, ce serait eux qui auraient débarqué ce matin et pas moi .

– D'accord. Ça a commencé quand Anna est arrivée, reprit-elle d'un ton las. Elle avait déjà fait ça, et elle trouvait que c'était un bon moyen de se faire un peu plus de fric. Je l'avais rencontrée à l'époque où j'habitais le New Jersey, et où je prenais quelques boulots en free-lance à Manhattan. Au début, j'ai cru que c'était une mauvaise idée de faire ça ici, mais on était très mal payées. Et puis, quel mal y avait-il ? Dans certains pays, c'est aussi banal que de faire un massage classique.

– Vous n'aviez pas peur qu'on découvre le pot aux roses ?

– Eh bien, Anna, en tout cas, n'avait pas peur, dit-elle avec un petit sourire en coin. Le risque, elle aimait ça. Moi, je m'inquiétais souvent. Mais on s'efforçait d'être discrètes. Nous n'étions que trois dans le coup. On ne voulait pas être plus.

– Comment Josh a-t-il appris la vérité ?

– Il a commencé à mettre le nez dans les carnets de rendez-vous l'été dernier. Et il a fait le rapprochement.

– C'était après la mort de William Litchauer ? demandai-je.

Elle hésita, ratissa du bout des doigts son épaisse tignasse rousse.

– Ouais, dit-elle finalement en s'asseyant sur la chaise à côté de la table. Anna a fait son massage à ce gros cul. Quand il est mort et que la police a commencé à farfouiller dans le coin, elle a eu la frousse. C'est à ce moment-là que Josh a eu la puce à l'oreille. En voyant le nombre de types qui prenaient régulièrement rendez-vous avec elle, il a compris.

– Et Litchauer ? Il était venu pour un massage amical ?

– Oui, mais il n'était même pas dans la cabine quand il a eu son attaque. Il était dans le vestiaire des hommes. Ce type, c'était une bombe à retardement ambulante, et s'il n'était pas mort ici, il serait mort le lendemain en tondant sa pelouse.

– Revenons à Josh, dis-je. Vous dites qu'il a été furieux quand il a tout découvert.

– Ouais, et ce n'est rien de le dire !

– Vous mettiez en péril tout le travail qu'il avait accompli, c'est ce qu'il n'a pas dû digérer.

– Bien sûr. N'empêche que si le spa marchait aussi bien, c'était beaucoup grâce aux petits extras fournis ici, comme c'est grâce à nous qu'il a pu s'acheter un nouveau cabriolet.

– Je vois pourquoi il a évité d'ébruiter l'affaire. Mais pourquoi ne vous a-t-il pas tout simplement virées toutes les trois ?

– Ça aurait trop attiré l'attention, répondit-elle. Tout le monde à l'hôtel aurait voulu comprendre pourquoi on nous remerciait alors qu'on se décarcassait au boulot. Et même si Josh avait réussi à trouver une histoire qui tienne debout,

Danny aurait commencé à mettre son nez dans les affaires du centre.

– Alors quoi, il vous a demandé de laisser tomber ?

– Oui, mais en douceur. Nous devions donner notre démission toutes les trois à plusieurs mois d'intervalle. Il a menacé de nous balancer aux flics si nous ne faisions pas comme il avait décidé.

– Et Lauren a été la première, c'est ça ? C'est pour ça qu'elle est partie à Hawaii ?

– Oui. Anna était censée partir à la fin du mois, et moi en décembre. Sauf qu'il y a quinze jours, elle m'a demandé si je ne voulais pas permuter avec elle. Elle m'a dit qu'elle avait besoin de plus de temps pour trouver un autre boulot.

– Vous croyez que Josh a pu tuer Anna ?

– C'est pour ça que j'accepte de vous raconter cette histoire. S'il devait m'arriver quelque chose dans les prochaines quarante-huit heures, vous pourrez balancer aux flics tout ce que vous savez sur lui. J'ai une trouille bleue chaque fois que je le vois depuis la mort d'Anna. En même temps, quand j'y réfléchis sérieusement, je ne vois pas quelle raison il aurait eue de la tuer. Il sait qu'un truc pareil ne peut qu'attirer l'attention sur le spa, et c'est justement ce qu'il essayait d'éviter. À moins qu'il ne soit du genre Jekyll et Hyde, ce qui ne me surprendrait pas.

– Le soir du meurtre, vous sembliez distraite quand vous m'avez massée. Qu'aviez-vous ?

– Quoi ? Je ne sais pas. Je suis juste nerveuse depuis que Josh a tout découvert.

– Est-il possible que quelqu'un d'autre soit au courant ?

– Non, bien sûr que non. Vous croyez qu'on serait encore là si Danny savait quoi que ce soit ? Cordelia m'a raconté, il y a environ cinq ou six mois, qu'un type lui avait suggéré de « finir » le massage. Elle voulait savoir ce que je faisais dans ce genre de situation. J'ai pris l'air horrifié, et je lui ai dit que ça ne m'était pas encore arrivé, mais que je ne me gênerais pas pour paraître scandalisée et demander au type de ne plus jamais remettre les pieds au Cedar Inn.

– Je ne pensais pas à Cordelia, mais plutôt à Éric, dis-je. Il en pinçait pour Anna. Qu'aurait-il fait s'il avait découvert qu'elle se livrait à ce genre d'exercice ?

– Je n'y ai jamais réfléchi. Je ne sais pas. On était discrètes. À moins que Josh ne lui ait parlé. Ils sont plutôt copains.

– Pourquoi Anna et Éric ont-ils cessé de se voir ?

– Éric n'a jamais vraiment intéressé Anna, répondit-elle en accompagnant sa phrase d'un geste de déni. Ce n'était pas son type d'homme. Anna aimait les hommes de caractère. Au début, elle l'a trouvé... disons exotique. Mais il était trop gentil avec elle. En fait, il est un peu vieux jeu.

– Donc, il aurait sûrement été furax d'apprendre ce qu'elle faisait.

– J'imagine.

– Il était toujours mordu ?

– Je crois. Depuis un mois et demi, il traîne partout des airs de chien battu. Cordelia a bien essayé de le distraire avec ses méga-loloches, mais il ne semble pas plus intéressé que ça.

– Et le prof de tennis ? J'ai entendu dire qu'il tournait autour d'Anna.

– Lui ? Ce type est un sombre connard.

– Mais Anna a-t-elle pu sortir avec lui ?

– J'en doute. Elle ne l'aimait pas. Son contrat lui donne droit à des massages gratuits, et j'ai entendu Anna dire à la réceptionniste qu'elle ne voulait plus qu'on lui recolle ce type dans les pattes.

– Anna a-t-elle jamais mélangé boulot et plaisir ? Elle n'aurait pas couché avec Josh, par hasard ?

J'avais tendance à croire ce que m'avait dit Ève à propos de la sexualité de Josh, mais je n'en étais pas sûre à cent pour cent.

– Oh, allons, dit-elle. Il est clair que Josh file de la jaquette, même s'il fait mystère de sa vie privée.

– Et George, le mari de Danny ?

– George ? Vous croyez qu'Anna serait sortie avec lui ? Écoutez, je sais que vous ne l'avez pas connue, que vous l'avez seulement vue, euh... Bref, c'était une fille très séduisante. Elle n'avait aucune raison de s'intéresser à George. Je sais qu'il l'a appelée plusieurs fois pour un projet qu'il avait, mais ça l'a rendue dingue.

– En tout cas, pas de nouveau petit copain, vous en êtes certaine ?

– Pas à ma connaissance. Comme je vous l'ai dit l'autre jour, Anna et moi n'étions pas vraiment proches. Elle a parfaitement pu avoir une aventure sans m'en parler. Elle ne se confiait pas à propos de sa vie privée. Écoutez, je vous ai tout dit. J'ai à faire maintenant. Je veux quitter cet hôtel demain.

– Où comptez-vous aller ? lui demandai-je.

– Le plus loin possible.

Elle se leva à nouveau, pour m'encourager à partir. Je lui dis au revoir. Elle me regarda d'un air morose enjamber un tas de soutien-gorges et de petites culottes, et je claquai la porte derrière moi.

Pendant que je regagnais l'hôtel d'un pas tranquille, un million de pensées se bousculèrent dans mon esprit. Piper venait donc de confirmer mes soupçons. Le spa avait bien été le théâtre, ou plutôt le cadre secret, de pratiques « amicales ». J'étais catastrophée pour Danny. L'autre information importante, c'est qu'Anna avait cherché à repousser la date de son départ. Pourquoi ? Peut-être avait-elle décidé de payer d'audace et de ne pas céder au petit chantage de

Josh, sachant que s'il la balançait aux flics cela retomberait sur le spa. Et il l'avait tuée pour cette raison. Mais là encore, c'est le spa qui en aurait pâti, donc son travail. Alors, c'était peu probable.

Par ailleurs, depuis que George m'avait confié avoir trompé Danny, je repensais à ce qu'elle m'avait dit la veille. Quand je lui avais demandé si elle avait des raisons de ne pas faire confiance à George, elle s'était empressée de me répondre par la négative. Alors quoi ? Était-elle tout simplement gênée d'admettre que son mari avait eu une aventure ? Je me promis d'en avoir le cœur net.

17

Je m'arrêtai au bureau de Danny, mais elle n'y était pas. Le réceptionniste du matin leva le nez de son journal et, avec une moue perplexe, me dit qu'il n'avait aucune idée de l'endroit où elle pouvait être.

La petite discussion que je voulais avoir avec elle devrait attendre un peu. Je prévins le réceptionniste que j'allais utiliser le bureau de Danny, et il approuva d'un hochement de tête distrait. Avant tout, je me connectai à un service Internet qui m'indiqua le meilleur chemin pour se rendre de Warren à Wallingford, dans le Connecticut. Il fallait compter environ deux heures et demie de route. Un peu plus long que je ne m'y attendais. Je décidai plus ou moins de m'y rendre le lendemain, en partant très tôt pour être rentrée en milieu d'après-midi.

Toute la difficulté serait de dénicher l'info dont j'avais besoin. La famille d'Anna avait quitté depuis longtemps Wallingford, et il n'allait pas être facile de découvrir où elle avait vécu pour pouvoir interroger d'anciens voisins. Il y avait une chance pour que l'événement ayant traumatisé Anna ait laissé des traces dans la presse locale. Le problème était que je ne savais pas à quel moment il avait eu lieu. Quant aux dossiers de la police, si Anna avait fait quelque chose d'illégal, elle était mineure à l'époque et il n'y en aurait plus trace.

Le plus logique était de commencer par l'école. Anna avait un peu plus de trente-cinq ans ; autrement dit, il me faudrait trouver quelqu'un de sa génération, ou un prof qui l'avait connue. Je décidai d'appeler la mairie pour savoir s'il y avait une école catholique à Wallingford. Anna étant d'origine italienne, il y avait des chances pour qu'elle ait été scolarisée dans une école privée plutôt que publique. Il n'y en avait pas. J'appelai le lycée public. J'eus une femme en ligne, à la voix agréable, peut-être une assistante du principal.

– Bonjour, je m'appelle Bailey Weggins, et j'écris pour le magazine de l'Association des enseignants du Connecticut, dis-je. Nous établissons actuellement, pour notre prochain dossier, une liste d'enseignants ayant plus de vingt ans de métier et appartenant à différents types de système scolaire. J'aimerais y inclure un enseignant de votre lycée. Avez-vous quelqu'un qui correspondrait au profil ?

– Plus de vingt ans d'enseignement ? Oui, nous avons beaucoup d'enseignants dans ce cas.

– Formidable. Je recherche tout particulièrement... Comment dire cela ? Des personnes qui jugent positivement leur expérience, et très engagées dans ce qu'elles font. Avez-vous un nom à me suggérer ?

– Eh bien, peut-être Anne Haggerty, notre professeur de math. On lui a décerné de nombreuses récompenses. Et Don Schwenk. Il connaît tout et s'exprime à merveille.

Elle me cita encore quelques noms. Je les notai tous, avec la matière enseignée.

– Un conseiller d'orientation, peut-être ? risquai-je, sachant qu'ils étaient plus faciles à joindre dans la journée parce qu'ils n'enseignaient pas.

– Bob Kass. Oh oui, il est ici depuis trente ans, je crois. Voulez-vous que je vous passe quelqu'un ?

– Pas aujourd'hui, répondis-je.

Je lui expliquai que j'en étais encore à réunir des noms. Je rappellerais la semaine suivante pour prendre rendez-vous. Je la remerciai chaleureusement, et raccrochai.

Il me restait dix minutes avant mon massage avec Éric. J'en profitai pour consulter ma messagerie vocale à New York. Rien d'important. Juste un message de Jack, disant qu'il avait hâte d'être à samedi soir.

Il régnait un grand calme au salon, contrairement au week-end. Apparemment, j'étais même la seule cliente. À l'accueil, une femme à l'accent d'Europe de l'Est vérifia mon nom sur son planning et me dit de me mettre en peignoir. Je ne voyais ni Josh ni personne d'autre dans les parages.

J'étais assise depuis dix minutes dans la salle d'attente lorsque Éric apparut et me serra la main. Il me conduisit dans la petite salle où Cordelia m'avait déjà massée. Il y avait beaucoup moins de cartons contre les murs. Apparemment, la situation était en passe de redevenir normale maintenant que la réouverture du spa était programmée.

– Connaissez-vous le massage *Shirodhara* ? me demanda-t-il comme nous nous tenions face à face dans la pâle lumière ambiante.

Il arborait toujours la même placidité, le même calme surnaturel qui vous donnait envie de hurler « Attention, le monstre ! » juste pour voir comment il réagirait.

– *Shirodhara* ? m'exclamai-je. Non, je ne savais même pas que j'allais avoir ça.

– Danny a dû vouloir vous faire la surprise, dit-il avec un sourire en demi-teinte. C'est un soin à base de racines indiennes. Vous êtes allongée sur le dos, et je vous masse légèrement le devant du corps et le cuir chevelu. Ensuite, je verse un filet d'huile parfumée au milieu de votre front, autrement dit sur votre troisième œil. C'est très relaxant.

– Mon troisième œil ?

– Oui, la fenêtre de votre esprit.

– C'est bon à savoir. Vous m'expliquerez peut-être ça plus en détail lorsque nous parlerons ensuite.

J'eus droit à tout ce qu'il avait décrit, et même en mieux. Lorsqu'il me massa le cuir chevelu, je dus prendre sur moi pour ne pas me mettre à grogner de plaisir. Le filet d'huile sur le front me procura une sensation curieuse qui me plongea bientôt dans un sommeil catatonique, jusqu'à ce que je me réveille soit totalement détendue, soit programmée pour assassiner le nouveau Président.

Éric se tenait à côté de moi.

– C'était... intéressant, commentai-je en rajustant ma serviette autour de moi.

– Ravi que ça vous ait plu, dit-il, impassible.

Il me suggéra de me rhabiller et proposa d'aller m'attendre dans le couloir. Je remis mon peignoir, encore toute brillante d'huile, et essuyai mes cheveux gras et luisants avec une serviette. Puis je sortis dans le couloir. Éric était là, adossé contre le mur. Nous choisîmes une minuscule salle derrière l'accueil pour aller discuter puis nous nous assîmes l'un en face de l'autre, de part et d'autre d'un petit bureau en métal. C'était un peu déconcertant. J'avais l'impression de réaliser un entretien, mais... en peignoir.

– Si j'ai bien compris, vous vous réinstallez au spa dans la journée ? commençai-je d'un ton dégagé, après que nous eûmes parlé massage et techniques de relaxation.

– Oui, cet après-midi.

– Ça vous effraie ?

– Que voulez-vous dire ?

– Eh bien... retourner travailler là où quelqu'un a été tué.

Il me fixa longuement, avec un regard impressionnant.

– Ça ne sera pas agréable, répondit-il finalement. Mais en même temps, c'est mieux que de continuer ici, dans ces conditions.

– Je sais que vous m'avez dit l'autre jour que vous n'étiez pas proche d'Anna. Pourtant vous êtes bien sorti avec elle, non ?

Pour la première fois, je pus lire une émotion sur son visage. Je sentis qu'il cogitait à cent à l'heure et cherchait à deviner où je voulais en venir.

– On s'est vu, mais... très peu de temps, répondit-il.

Nouveau masque impassible.

– Désolée d'être indiscrète. Mais le fait de l'avoir découverte dans cette salle, ça a été difficile pour moi, et en même temps j'ai envie d'en savoir plus sur elle. J'ai entendu dire que... que c'était une femme compliquée.

– Pas vraiment, corrigea-t-il froidement. En fait, elle était même très facile, une fois qu'on la connaissait.

Les mots n'avaient l'air de rien, mais le ton glacial, lui, était significatif, semblant suggérer que ce qu'il avait découvert la concernant n'avait rien de réjouissant.

– Une idée de ce qui a pu se passer l'autre soir ? lui demandai-je.

– Pas la moindre.

– Est-ce qu'elle voyait quelqu'un d'autre ?

– Je ne sais pas. Puis-je répondre...

À cet instant, la porte du bureau s'ouvrit. Je tournai la tête et reconnus Cordelia. Le sourire qu'elle adressait à Éric se transforma en expression de surprise lorsqu'elle me vit, et elle fronça imperceptiblement les sourcils.

– Pardon, dit-elle, plutôt à Éric qu'à moi. Je croyais que tu étais seul. Est-ce que tu veux aller déjeuner à L'Enclume, Éric ?

– Merci, mais j'ai encore un peu de rangement à faire.

– Bon. Une autre fois, fit-elle.

Elle referma la porte un tout petit peu trop fort derrière elle. Piper avait raison : Cordelia en pinçait pour Éric.

– Bon, je ferais mieux d'y aller maintenant, dit-il pour couper court à d'autres questions. J'ai une brochure sur le massage *Shirodhara*. Je la laisserai à votre intention à la réception.

– Merci, c'est très gentil, dis-je.

Je me levai en même temps que lui. Il me fit signe de passer la première. Cordelia s'était évaporée, tout comme la fille qui travaillait à l'accueil.

Je remontai dans ma chambre, pris une douche puis redescendis au bureau de Danny. J'étais frustrée. Éric ne m'avait rien appris de nouveau. Une seule chose était claire : il n'était pas le président du Fan Club Anna Cole.

En arrivant au bureau de Danny, je vis deux employés en veste blanche en sortir. Ni l'un ni l'autre ne me prêta la moindre attention.

– Tout va bien ? demandai-je à Danny comme ils s'éloignaient dans le couloir.

– On se plaint en cuisine, répondit-elle en souriant d'un air fataliste. Mais après tout ce qui s'est passé, je préfère ça, ça ne m'inquiète pas.

– Des nouvelles pour les pièges à souris ?

Le responsable de l'entretien venait justement de l'appeler. Apparemment, il manquait bien un piège. Il s'était dit qu'une souris piégée par la queue ou par une patte l'avait probablement emporté en le traînant derrière elle.

Je m'apprêtais à aborder le sujet de George et de la révélation qu'il m'avait faite. Mais avant que j'aie eu le temps de me lancer, Danny me prit par le bras :

– J'allais justement aller te chercher, dit-elle. C'est le moment idéal si tu veux que je te fasse visiter le spa. Le premier rendez-vous est à 15 heures, et le personnel est toujours au salon. Quant à Josh, il y a passé la matinée, mais il vient de sortir déjeuner.

– Parfait, approuvai-je.

La question de George devrait rester encore un moment en suspens.

Je suivis Danny jusqu'à la réception. Puis nous traversâmes le hall d'entrée et empruntâmes le couloir menant à l'entrée du spa, là où je m'étais trouvée le soir du meurtre et où j'avais entendu le bruit sourd à l'intérieur. Danny sortit ses clés. Les serrures avaient été changées. Elle eut un peu de mal à ouvrir puis nous entrâmes. Aussitôt, une impression de déjà vu s'empara de mon esprit, et je sentis une peur sourde monter en moi. Ça n'allait pas être drôle du tout.

– J'ai besoin que tu me fasses faire un petit tour des lieux, Danny, dis-je. Commençons par la salle dans laquelle j'ai découvert le corps.

– Piper m'a dit que c'était la salle 4, précisa Danny.

Elle me précéda dans les couloirs. Nous passâmes devant la salle où j'avais oublié ma montre ce soir-là, et continuâmes jusqu'à la salle où Piper avait découvert Anna. L'odeur de thé vert avait disparu.

Lorsque nous poussâmes la porte de la salle 4, je sentis mon estomac se nouer. Et je restai plantée là, dans l'entrée, à côté de Danny, à fixer le sol carrelé.

– Je n'arrive pas à croire qu'elle soit morte, murmura Danny.

– Peux-tu me montrer la salle où elle a fait son dernier massage ? lui demandai-je.

– Oui, c'est par là.

Nous revînmes sur nos pas. La salle se trouvait à l'autre bout du couloir, sur la gauche. Tout était étrangement calme. On n'entendait absolument rien, en dehors d'un bruit d'eau, quelque part dans le spa. Nous empruntâmes un petit couloir à gauche, où se trouvaient trois salles de soins. Danny me désigna la porte du milieu.

– C'est là, dit-elle. La salle 8.

– Je me demande pourquoi on a retrouvé Anna dans la 4, dis-je. Elle avait, nous le savons, quitté cette salle pour raccompagner sa dernière cliente. Alors, peut-être est-elle repartie de l'autre côté pour nettoyer ou ranger quelque chose, et a-t-elle été surprise à ce moment-là puis traînée jusqu'à la 8. Ça signifie que son agresseur devait avoir une clé, puisque toutes les portes étaient fermées et qu'il n'y a pas eu d'effraction.

Danny m'écoutait sans mot dire, l'air douloureux. Je me demandais si elle pensait à George, tandis que je lui traçais les grandes lignes de mon scénario.

– Autre possibilité, continuai-je de raisonner : elle a laissé entrer la personne. Il a frappé à la porte et elle a ouvert. Peut-être quelqu'un qui travaillait ici – comme Éric – et qui lui aurait dit avoir oublié quelque chose, ou qu'il voulait lui parler. Ou encore un client qui, comme moi, aurait prétexté avoir oublié quelque chose. Enfin, autre possibilité, à laquelle je ne crois pas : quelqu'un qui aurait eu un rendez-vous ce jour-là serait resté caché jusqu'au départ de tout le monde, excepté Anna. J'imagine que la police a examiné la liste des clients de la journée.

– Oui, je la leur ai donnée, dit Danny.

Je lui demandai de me montrer rapidement les autres pièces avant le retour de Josh. Je voulais voir aussi la porte de derrière, ainsi que le placard dans lequel était rangé le papier Mylar.

– Mais avant tout, j'aimerais que tu me montres le vestiaire des femmes, dis-je.

– Bien sûr. Il se trouve juste derrière l'accueil.

Je venais de me souvenir de la remarque de Babs Hollingswood, disant qu'elle avait trouvé Anna assise dans le vestiaire. J'avais toujours trouvé ce détail curieux, sans parvenir à imaginer ce qu'elle faisait là au juste.

Il faisait totalement noir à l'intérieur, et Danny alluma immédiatement. Je n'avais passé là que quelques minutes le vendredi soir. Il y avait une sorte d'antichambre communiquant avec une pièce plus grande. Les vestiaires en bois couvraient trois des murs. Devant le quatrième, se trouvait le comptoir où Babs avait vu Anna assise. Un troisième espace adjacent contenait les cabines et les douches. Je me tournai vers le comptoir. Un grand miroir était fixé au mur derrière, et des tabourets étaient glissés en dessous. Sur le comptoir se trouvaient divers articles de toilette : brosses, peignes, lotions.

Et soudain, je compris ce qu'Anna faisait là vendredi soir. Elle avait dû se servir du miroir pour se repeigner et se pomponner. Parce qu'elle attendait quelqu'un.

18

– Bailey, est-ce que ça va ? me demanda Danny d'un air inquiet.

– Oui, je suis juste en train de réfléchir, dis-je. Est-ce que le vestiaire du personnel est équipé d'un miroir ?

– Non, je ne crois pas. Du moins, pas comme celui-ci, si c'est ce que tu veux dire. Je crois que les filles en gardent des petits dans leurs casiers. Je peux te montrer si tu veux. Le vestiaire se trouve à côté de la porte de derrière.

– Oui, montre-moi, tu veux ?

– Bailey, dis-moi à quoi tu penses, je t'en prie.

– C'est seulement une hypothèse, mais je crois qu'Anna attendait quelqu'un ici vendredi soir. J'ai parlé ce week-end avec sa dernière cliente, et elle m'a raconté qu'avant de remonter dans sa chambre le soir du meurtre elle avait trouvé Anna assise dans le vestiaire. Je viens de me rendre compte qu'elle se trouvait exactement à cet endroit. Et si elle s'est repeignée ou remaquillée comme je le crois, ce n'était sûrement pas pour rentrer directement se coucher.

– Les thérapeutes ne sont pas censés utiliser ce vestiaire, précisa Danny. Ils viennent tout au plus y ramasser les serviettes qui traînent, ce genre de choses.

– Oui, c'était l'heure de fermeture. Anna s'est dit qu'il n'y avait plus personne, et elle a voulu utiliser ce miroir. Elle avait échangé ses horaires avec Piper, mais c'était au début de la semaine. La situation a dû changer au dernier moment. Quelqu'un l'a peut-être appelée pour la voir. Elle a accepté, mais comme elle avait la responsabilité de fermer le spa, elle a été obligée de prévoir un rendez-vous vers 22 h 15, 22 h 30.

– Tu as une idée de qui cela pouvait être ?

– J'ai essayé de découvrir si elle avait une liaison récemment, mais je n'ai rien trouvé. Pourtant, je suis sûre que c'est le cas. C'est sûrement pour ça qu'elle a largué Éric.

J'omis de mentionner ce que Piper m'avait raconté ce matin-là, à savoir qu'Anna avait voulu échanger avec elle également le moment de démissionner du Cedar Inn, peut-être justement parce que quelqu'un venait d'entrer dans sa vie.

– Et tu crois que cette personne a pu la tuer ?

– C'est une possibilité, dis-je.

– Nous devrions en informer la police, tu ne crois pas ? suggéra aussitôt Danny. Cela pourrait aider à disculper George.

– Pas encore. Il n'y a pas assez de preuves. Les flics vont se moquer de ma petite théorie, et ça s'arrêtera là. De plus, Beck risque d'être furieux s'il apprend que je fourre mon nez dans cette enquête. Laisse-moi continuer de mener ça à ma manière.

– Très bien, acquiesça sans enthousiasme Danny. Dépêchons-nous de terminer cette visite avant le retour de Josh.

Nous empruntâmes un autre couloir en nous dirigeant vers l'arrière du bâtiment. Nous passâmes devant la salle prévue pour les fameux bains *sento*, puis devant une salle équipée d'une table de massage, et de ce qui semblait être une grosse pomme de douche chromée sur le mur.

– À quoi sert cette salle ? demandai-je.

– C'est l'une des deux salles dans lesquelles nous faisons les soins par enveloppement. La douche sert pour ôter le mélange boueux à base d'algue une fois le soin terminé.

– Tu veux dire le soin avec le papier Mylar ?

– Oui.

– Est-ce qu'on enveloppe vraiment tout le corps ?

– Non, pas exactement, répondit Danny. Tu t'allonges sur le papier, et on rabat le papier sur toi.

Nous arrivâmes à l'arrière du bâtiment. Le vestiaire du personnel se trouvait juste à droite de la petite porte, mais il n'y avait pas grand-chose à voir. C'était une toute petite pièce, avec une rangée de casiers, un minuscule évier surmonté d'un miroir à main et un petit banc en bois. Il n'était pas difficile de comprendre pourquoi Anna avait préféré utiliser le vestiaire des clients, surtout si elle voulait se maquiller.

J'examinai rapidement la petite porte. Elle était équipée d'une chaîne de sûreté et de deux verrous, dont un flambant neuf en laiton. Je demandai à Danny si la chaîne était récente. Non, m'expliqua-t-elle, elle était en place depuis la construction du bâtiment. Donc, si quelqu'un s'était introduit dans le centre à l'aide d'une clé vendredi soir, il avait dû utiliser l'une des deux autres entrées.

– Un dernier arrêt, Danny, dis-je. Montre-moi où est rangé le Mylar.

Nous retournâmes à l'avant du bâtiment. Au bout du couloir où Anna avait été tuée, Danny ouvrit la porte d'un réduit et me montra une énorme boîte de feuilles d'aluminium dont l'emballage était encore intact.

– C'est sous cette forme que nous le recevons, m'expliqua-t-elle. Chaque feuille est longue d'environ deux mètres. D'après Josh, il y avait ici une boîte à moitié utilisée, mais la police l'a confisquée.

– Et l'adhésif ? Il est aussi rangé ici ?

– Là-haut, répondit-elle en me montrant une étagère sur laquelle se trouvaient deux boîtes non ouvertes. Mais, Bailey, si Anna avait vraiment rendez-vous avec son meurtrier ce soir-là, comment aurait-il su pour le réduit, et pour le Mylar ?

– Eh bien, c'est peut-être un familier des lieux. Quoique... Le réduit se trouve juste à côté de la salle dans laquelle Anna a été tuée. Il cherchait peut-être simplement à couvrir le corps, et quand il a ouvert le réduit à la recherche d'une couverture, il est tombé là-dessus.

– Très bien, mais pourquoi l'a-t-il enveloppée de cette manière ? C'est tellement affreux.

– Je n'en sais rien, avouai-je. J'en ai parlé avec une profileuse de la Criminelle. Elle pense que ce n'est pas un hasard. D'après elle, ça signifie sûrement quelque chose pour le tueur. Écoute, Danny, je sais que ça a l'air dingue, mais puisque le spa rouvre tout à l'heure, j'aimerais qu'on me fasse ce soin avec la boue et le Mylar.

– Quoi ? Après ce qui est arrivé ? Oh, Bailey...

– Il me viendra peut-être une nouvelle idée. Le fait d'être ici aujourd'hui m'a déjà beaucoup ai...

Soudain une porte claqua, et nous sursautâmes toutes les deux. Nous entendîmes des bruits de pas et un froissement de sacs en plastique. De toute évidence, Josh était de retour.

Rapidement, je refermai la porte du réduit. Et j'allais suggérer à Danny de repartir vers l'accueil lorsque Josh apparut dans le couloir. Il portait un jean noir et une chemise blanche impeccable. Ses cheveux étaient légèrement humides et peignés en arrière, un peu comme s'il s'était lavé les mains et, sans les essuyer, les avait passées dans ses cheveux.

– Que se passe-t-il ? demanda-t-il en me désignant du regard, comme s'il exigeait une explication.

– Je voulais tout vérifier une dernière fois avant l'arrivée du personnel, s'empressa de répondre Danny. À propos, Bailey adorerait essayer un de nos soins par enveloppement. Peut-on arranger ça ?

– Un enveloppement ? Mon Dieu, voilà qui est aventureux ! Malheureusement, Hildaco est absente aujourd'hui.

– Et demain ?

– Je lui ai donné sa semaine, compte tenu qu'il était difficile de faire des enveloppements au salon. Mais... Cordelia pourrait s'en charger. Elle en fait quelquefois pour aider.

Je m'attendais à ce qu'il mette son veto à n'importe laquelle de mes requêtes, mais il avait l'air limite enthousiaste sur ce coup-là. À croire qu'il se réjouissait à l'avance de l'inconfort que j'allais certainement ressentir au cours du soin.

– Cordelia, ça me va très bien, dis-je.

– Bon, nous ferions mieux de retourner au bureau, enchaîna Danny. Josh, bonne chance pour tout à l'heure. Je passerai vous voir plus tard.

Nous avions tourné les talons lorsque Josh demanda :

– Bailey, pourriez-vous rester un moment, s'il vous plaît ? Il y a plusieurs choses que j'aimerais ajouter à propos de ce dont nous avons parlé l'autre jour.

Danny me jeta un regard inquiet, mais j'acceptai de rester, bien sûr. Je ne courais aucun danger puisque Danny savait qu'il était avec moi.

– Bon, et si vous me disiez à quel jeu vous jouez au juste ? me demanda-t-il aussitôt que Danny fut sortie.

– Je ne vois pas de quoi vous voulez parler, dis-je.

– Ah non ? Eh bien, il se trouve que j'ai fait des recherches concernant les œuvres complètes de Bailey Weggins, qui tiennent en tout et pour tout en deux articles liés au voyage, dont un trek en Équateur. On est loin du monde de la relaxation, non ?

– L'Équateur, ça date de l'année dernière. J'ai couvert les centres de remise en forme avant cela.

– Je vais vous dire ce que j'ai trouvé, moi : un million d'articles sur les tueurs en série nouvelle génération. C'est ça, votre créneau, n'est-ce pas ?

– Il m'arrive aussi, effectivement, d'écrire des articles sur des sujets criminels.

– Vous débarquez ici, sous prétexte d'aider Danny à je ne sais trop quoi, et comme par hasard on se retrouve avec un cadavre sur les bras.

– Quoi ! Vous croyez que j'ai tué Anna ?

– Je me demande ce que vous êtes venue faire ici exactement. Et pourquoi vous êtes revenue.

– En fait, ça ne vous regarde pas, mais je vais tout de même vous le dire, ou plutôt vous le redire : je suis venue aider Danny, c'est aussi simple que ça. Parce qu'elle est dans le pétrin, et qu'elle a besoin de tous ses amis, du moins de tous ceux en qui elle peut avoir confiance.

– Qu'est-ce que ça signifie ? grogna-t-il.

– Rien d'autre que ce que j'ai dit. Danny a besoin d'avoir auprès d'elle quelqu'un en qui elle a toute confiance. Alors oui, j'écris des histoires criminelles, et vous seriez surpris du nombre de monstruosités commises en ce monde. Et maintenant, puisque j'imagine que vous n'avez rien à me proposer qui puisse aider Danny, excusez-moi.

Là-dessus, je tournai les talons et, ignorant le regard furibard qu'il me lançait, le plantai là et rejoignis l'hôtel. Pourtant, dès que je fus dans le hall, je regrettai ma réaction. Tout ce que j'avais réussi à faire, c'était de le rendre aussi fumasse qu'un taureau chargeant dans les rues de Pampelune. Il savait quel genre d'article j'écrivais. Il savait que j'aimais bien fouiner. Et maintenant, il savait que je le soupçonnais.

Je voulus rattraper Danny, mais j'avais l'estomac dans les talons, et je savais qu'il n'y avait que deux moyens d'avoir quelque chose à manger : appeler le service d'étage ou aller déjeuner quelque part. Je choisis la première option. Je remontai dans ma chambre et commandai à manger, avant de me décider à rappeler Jack qui m'avait laissé un message.

– Tiens, tiens, tu es en vie, dit-il.

Il n'y avait aucun reproche dans sa voix, juste de la curiosité.

– Oui, en vie et en vadrouille, dis-je. C'est pour ça que tu as eu du mal à me joindre.

– Tu es sur une histoire ?

– Oui. Enfin, pas vraiment. Disons qu'il y a eu un crime. Je voulais tout te raconter lundi soir, mais... tu ne m'en as pas laissé le temps.

– Raconte-moi.

Et je lui révélai l'histoire dans ses grandes lignes. J'évitai les détails du genre poursuite dans les bois, souris en papillotes, chambre fouillée... Et surtout le baiser avec un représentant des forces de l'ordre.

– Ça m'a l'air plutôt dangereux, ton histoire, dit-il lorsque j'eus terminé.

– Je ne pouvais pas dire non à Danny, tentai-je d'expliquer. Mais ne t'inquiète pas, je suis prudente.

– C'est ce que tu disais aussi au printemps dernier, et regarde ce qui est arrivé. Tu as failli te faire tuer.

– Jack, à t'entendre, j'ai l'impression d'avoir dix ans.

– Désolé, mais je m'inquiète pour toi.

L'espace d'une seconde, j'eus envie de répliquer : « Comme tu t'inquiétais l'été dernier ? »

– J'apprécie, dis-je.

– Samedi soir, ça tient toujours ?

– Bien sûr. J'espère rentrer à New York samedi matin au plus tard. J'ai hâte de te revoir.

Je raccrochai, et remarquai en même temps que le voyant des messages clignotait. Il faisait si clair dans la pièce que je n'en avais rien vu d'abord. C'était un message de Beck, qui me demandait de le rappeler.

J'appelai le poste.

– Police de Warren, répondit un homme d'une voix brusque.

Je demandai Beck et attendis, un peu tendue. *Du calme, Bailey.*

Il prit l'appel.

– C'est Bailey... je vous rappelle, dis-je.

– Tout va bien à l'hôtel ?

– Apparemment. Du nouveau pour la souris ?

– Pas encore, dit-il. Écoutez, je me demandais si vous seriez libre un peu plus tard.

– Plus tard ? C'est-à-dire ? J'ai encore quelque chose à faire cet après-midi.

– Bien plus tard. Je travaille ce soir. Peut-être que ça vous dirait de prendre un verre ensuite ?

– Bien sûr, je...

– Parfait. Je vous retrouve devant l'hôtel, à... mettons 21 heures.

Mon cœur se remit à battre la breloque. J'allais le revoir. Peut-être l'embrasser à nouveau. Peut-être même plus. J'éprouvai soudain un vague sentiment de culpabilité. Je venais d'avoir Jack en ligne, on s'était promis de se voir ce week-end, et voilà que je fantasmais sur Beck.

Mon panier-repas arriva, et je décidai d'aller manger dans le jardin. Je le glissai dans mon fourre-tout avec mon cahier d'apprentie Sherlock et descendis. Je m'arrêtai en passant au bureau de Danny. Elle était au téléphone. Je la laissai finir sa conversation.

– Qu'est-ce que Josh voulait ? me demanda-t-elle après avoir raccroché.

– Je crois qu'il me soupçonne de jouer les flics amateurs, et ça le met en rogne.

– Il a appelé, il y a quelques minutes pour dire qu'il t'avait programmée pour un enveloppement. Nous fermons le centre à 19 heures ce soir, mais Cordelia peut le faire à 18 heures. Tu tiens vraiment à tenter l'expérience, Bailey ?

Je lui assurai que oui. Puis je me dis qu'il était temps d'aborder la question de l'infidélité avouée de George. À mon air, Danny comprit tout de suite que quelque chose me tracassait.

– Qu'y a-t-il, chérie ? demanda-t-elle.

– Il y a une chose dont j'aimerais discuter avec toi, Danny. Quand je t'ai demandé hier si tu avais jamais eu des raisons de douter de George, tu m'as fait une drôle de réponse. Je me demandais si...

– Comment ça, une drôle de réponse ? J'avoue que je ne te suis pas, Bailey.

– Eh bien, je me demandais s'il n'y avait pas eu des problèmes par le passé.

Je n'osai pas mentionner ce que George m'avait raconté, de peur de créer entre eux de nouveaux problèmes.

– Bailey, je croyais que si quelqu'un montrerait du respect pour ma vie privée, ce serait bien toi.

Depuis toutes ces années que je la connaissais, Danny n'avait jamais été ouvertement fâchée contre moi – jusqu'à maintenant. Je me sentis rougir d'embarras.

– Danny, pardonne-moi si je t'ai offensée. J'ai juste cru qu'il y avait quelque chose dont tu voulais me parler sans savoir comment.

Elle détourna le regard, et il y eut un silence pesant.

– Non, il n'y a rien, finit-elle par dire, toujours sans me regarder. Maintenant, si tu veux bien m'excuser, j'ai encore du travail.

Je quittai son bureau comme un chien surpris en train de ronger une paire de chaussures. Et voilà, pensai-je, j'avais réussi à me mettre tout le monde à dos, y compris Danny. *Oh, Bailey, ça t'étonne ? Avec toutes ces questions...* La seule personne qui ne semblait pas braquée contre moi, c'était Beck, et encore parce qu'il ignorait ce que je savais, ou plutôt ce que je lui taisais.

Je sortis avec mon fourre-tout et allai m'asseoir sur un banc dans le jardin. Il faisait un peu meilleur maintenant, quoique encore frisquet. Ce n'était peut-être pas le moment idéal pour un pique-nique, mais j'avais vraiment besoin de prendre l'air.

Tout en mangeant mon sandwich, je pensais à mon voyage à Wallingford. Maintenant que j'avais toutes les raisons de croire qu'Anna attendait quelqu'un le soir de sa mort, aller fouiller dans son passé là-bas semblait une perte de temps et d'énergie. Mais je ne voulais négliger aucune piste.

Je restai un moment à profiter du soleil et de l'air vif, avant de regagner ma chambre. Puis ce fut l'heure de mon soin par « enveloppement », et j'arrivai au spa avec dix minutes d'avance, en passant par l'entrée principale, côté parking.

Il n'y avait personne à la réception, excepté une femme que je n'avais jamais vue. Elle me demanda si je préférais un peignoir en tissu éponge ou un gaufré, avant de me conduire par le sombre couloir jusqu'aux vestiaires.

Le vestiaire des femmes était désert, mais je pouvais entendre couler une douche, ce qui signifiait qu'il y avait au moins une autre cliente sur place. J'étais en avance et je pris le temps de me déshabiller, de plier mes vêtements et de les placer dans un casier. L'eau continuait de couler, mais je ne vis personne sortir de la douche.

Comme la réceptionniste ne venait pas me chercher, je me dirigeai seule vers la salle de détente, incapable de ne pas penser à Anna vendredi soir, seule, terrorisée, face à son meurtrier. J'attendis une dizaine de minutes dans la salle, pas détendue du tout, sans autre compagnie que le gargouillis continu de l'eau sur les pierres dans la fontaine. Puis Cordelia arriva. Elle se montra aimable mais distante. *Qu'y a-t-il chez moi qui lui déplaît ?* me demandai-je.

Elle me conduisit dans la petite salle que Danny m'avait montrée, avec la douche, en tout cas une salle identique ; difficile à dire avec tous ces couloirs. Une bougie brûlait dans un coin, et de la musique passait en sourdine un truc new age bien planant. Cordelia me laissa me déshabiller pendant qu'elle attendait dans le couloir, et je m'allongeai sur le dos puis me couvris avec le drap comme elle me l'avait conseillé. La vue du papier Mylar sous une pile de serviettes et de draps me retourna l'estomac. Cordelia frappa à la porte quelques minutes plus tard, et je lui dis qu'elle pouvait entrer.

– Avez-vous déjà fait un enveloppement ? me demanda-t-elle en repliant le haut du drap et en le lissant doucement.

– Non, jamais.

Elle m'expliqua alors les différentes étapes : massage léger exfoliant puis enveloppement complet style cocon avec un mélange boueux à base d'algue, froid à l'application, puis de plus en plus chaud, le tout accompagné d'un massage du cuir chevelu.

– Ensuite, vous vous reposerez en gardant une serviette froide sur les yeux. Si vous éprouvez quoi que ce soit de désagréable, dites-le-moi.

Ainsi, après avoir été frictionnée sur tout le corps avec un baume au parfum d'eucalyptus, puis rincée à la douche, je dus me rallonger, cette fois directement sur le papier Mylar. Cordelia commença alors à m'enduire du mélange à base d'algue, une gadoue qui reniflait méchamment, genre siphon d'évier. Et quoique la sensation fût d'abord rafraîchissante (pas à l'odeur, au contact), dès que Cordelia replia la feuille de Mylar, je ne tardai pas en effet à commencer à cuire façon papillote de sole aux épinards thermostat 8.

– Les algues sont un purifiant naturel, commenta Cordelia en réduisant le variateur d'intensité lumineuse. Elles débarrassent le corps des toxines qui l'empoisonnent.

Elle commença à me masser le crâne, tout en fermeté et en rythme. J'étais étonnée par la force qu'elle semblait avoir dans les mains. Des mains d'homme, aussi puissantes, semblait-il, que celles d'Éric. Je m'y abandonnai totalement, emmaillotée dans ma fange primordiale, crapoteuse à souhait.

Après quelques minutes, Cordelia s'écarta et je l'entendis rincer puis essorer quelque chose. Et elle plaça délicatement sur mes yeux une petite serviette froide.

– Maintenant, détendez-vous. Je reviens tout de suite. Je dois aller chercher quelques fournitures. Vous allez adorer les sensations sur votre peau quand ce sera fini.

Je me sentais un peu claustro dans ma gangue futuriste de momie frankensteinienne, surtout à cause du souvenir d'Anna. Pour me calmer, j'inspirai profondément et commençai à compter à rebours depuis 100.

Cordelia revint quelques minutes plus tard. Je l'entendis se glisser sans un bruit dans la salle. À travers la serviette, je vis la pièce s'assombrir complètement, et je compris qu'elle avait éteint la lumière. Puis elle couvrit mon corps avec une autre serviette... Non, c'était plus lourd, une couverture peut-être.

J'ouvris la bouche pour lui dire que c'était trop chaud quand j'entendis quelqu'un souffler, comme pour éteindre une bougie.

– Que se passe-t-il ? demandai-je.

Soudain, une autre serviette tomba sur mon visage, et j'entendis un bruit, comme du scotch que l'on déroule. Puis je sentis quelqu'un exercer une pression sur mes joues, mon nez, mon front.

J'éprouvai une brusque montée de panique. Je pouvais à peine respirer.

19

J'essayai de crier sous la serviette, mais je parvenais à peine à bouger les lèvres. J'entendis le bruit assourdi de la porte qui se refermait. Je n'arrivais pas à reprendre mon souffle, et mon cœur cognait violemment dans ma poitrine, comme s'il allait exploser.

Terrorisée, j'essayai de relever la tête, mais elle était bloquée. *Ne panique pas, ne panique pas.* Je me concentrai sur la couverture posée sur moi. Elle pesait une tonne, comme ces toiles plastifiées qui bâchent les piscines. J'essayai de gigoter dans mon cocon pour libérer mes bras. Je parvins à en tirer un puis l'autre, jusqu'à réussir à glisser les deux mains hors du Mylar. Là, je donnai des coups dans la couverture, de plus en plus fort, jusqu'à ce qu'elle glisse sur le sol.

Au bord de l'asphyxie, j'attrapai aussitôt la serviette sur mon visage et essayai de l'arracher, mais elle était prise sous une gangue de ruban adhésif enroulé autour de la table. J'agitai la tête à droite et à gauche pour distendre l'adhésif et diminuer la pression de la serviette ; je parvins finalement à me dégager par en dessous. Je pris une brusque goulée d'air, et je sentis mes poumons me brûler.

La pièce était plongée dans une obscurité totale. Durant une seconde, terrifiée, je crus entendre quelqu'un respirer à côté de moi avant de me rendre compte que c'était mon propre souffle. Je glissai au bas de la table et, pieds nus, cherchai à tâtons l'interrupteur. Ne le trouvant pas, je cherchai la porte. Dès que je sentis la poignée, j'ouvris, paniquée, couverte de boue de la tête aux pieds. Cordelia, l'air choqué, accourut aussitôt.

– Que se passe-t-il ? s'écria-t-elle. Je ne vous ai laissée qu'une minute.

– Ce qui se passe ? criai-je, presque hystérique. C'est à moi de vous le demander ! Quelqu'un m'a scotché une serviette sur le visage. J'ai failli étouffer.

– Je... Comment ça, sur le visage ? Je vous ai seulement mis une serviette froide sur les yeux.

– Eh bien, quelqu'un s'est introduit dans la salle pendant votre absence. Tenez, regardez.

Je rentrai dans la salle, et elle me suivit. Elle alluma la lumière et tourna le variateur au maximum. Une grosse couverture blanche traînait sur le sol. Au niveau de la tête de la table de massage, il y avait une serviette autour de laquelle on avait fait deux tours avec un ruban adhésif qui passait sous la table.

– Je... je n'ai jamais mis ça sur vous, bredouilla-t-elle.

– Quelqu'un l'a fait, en tout cas. Il faut que je sorte d'ici.

– Laissez-moi vous rincer d'abord, dit Cordelia d'une voix exagérément inquiète.

– Non, merci, dis-je. Je ne resterai pas une seconde de plus dans cette pièce.

Je décrochai mon peignoir de la patère sur la porte, l'enfilai et fonçai droit au vestiaire. Un instant, je songeai à y prendre une douche, mais je voulais quitter le spa au plus vite. Je récupérai mes affaires dans mon casier, les fourrai en vrac sous mon bras et sortis. Josh attendait dans le couloir, avec Cordelia.

– Que s'est-il passé, exactement ? demanda-t-il d'une voix tendue, mais maintenue au niveau du murmure pour ne pas alerter d'autres clients.

– Quelqu'un est entré dans la salle pendant le soin, et a essayé de m'étouffer avec une serviette.

– L'enveloppement peut être éprouvant. Il arrive que l'on ait une... une sorte de réaction claustrophobique.

– Oh, je vous en prie, dis-je. Pourquoi pas un trip LSD ?

Je tournai les talons pour partir.

– Vous n'allez pas sortir comme ça, n'est-ce pas ?

– Ne vous inquiétez pas, dis-je. Je prendrai l'escalier de service.

Mon cœur battait encore la chamade quand je regagnai ma chambre. Je tournai le verrou, mis la chaîne de sûreté et poussai une table contre la porte, avant d'aller ôter mon peignoir dans la salle de bains. J'entrai ensuite dans la douche, fis couler l'eau et regardai la boue d'algue se liquéfier et disparaître de mon corps.

Je me sentis un peu plus calme en sortant de la douche, mais j'étais encore loin du détachement zen. J'enfilais un peignoir propre quand j'entendis cogner à la porte. Je sursautai.

– Qui est là ? criai-je.

– Bailey, c'est moi. Danny.

J'ôtai la table du passage, déverrouillai la porte et ouvris. Danny était là, immobile, ses yeux gris agrandis par l'angoisse.

– Est-ce que ça va ? Que s'est-il passé ?

– Qu'est-ce qu'ils t'ont dit ? lui demandai-je en l'invitant à entrer, avant de refermer la porte derrière elle.

J'étais curieuse de savoir si Josh et sa clique soutenaient déjà la théorie de la « crise de claustrophobie ».

– Josh m'a appelée et m'a dit que tu pensais que quelqu'un était entré et avait posé une serviette sur ton visage, que tu as d'abord pensé que c'était Cordelia.

– Pas « posé une serviette sur mon visage », mais tenté de m'étouffer avec une serviette. C'est différent.

Je lui narrai brièvement les faits.

– Tu crois qu'il pouvait s'agir de Cordelia ?

– Je n'en sais rien. Je ne vois pas pourquoi elle ferait ça. Il semble qu'elle ne m'aime pas beaucoup, mais de là à vouloir me tuer…

– Je trouve vraiment bizarre qu'elle ait quitté la salle, admit Danny. Les thérapeutes sont censés rester avec les clients justement au cas où quelque chose n'irait pas. Cordelia ne fait pas souvent d'enveloppement, mais elle devrait connaître la procédure correcte.

– Elle a dit qu'elle devait aller chercher des fournitures. Quelqu'un a pu s'introduire dans la salle pendant son absence.

– Bailey, je crois sincèrement que tu ferais mieux de partir.

– Je n'ai pas l'intention de partir.

– Je serais plus tranquille. Je ne veux pas qu'il t'arrive quelque chose.

– Il est clair que je gêne, mais je te promets d'être extrêmement prudente. De plus, j'ai prévu d'aller à Wallingford demain. Je ne serai pratiquement pas à l'hôtel de la journée.

Elle m'attrapa les bras et les serra doucement, et quand elle s'écarta je sentis quelque chose d'humide sur ma main. Je baissai les yeux et aperçus une petite tache gris foncé, et une autre sur sa manche.

– Qu'est-ce que c'est ? demandai-je.

– De la boue, j'imagine, répondit-elle en inspectant la tache, tenant le bout de sa manche entre ses doigts. Je reviens de la salle de soin où tu te trouvais. Josh et Cordelia m'ont appelée là-bas. J'ai dû me tacher.

Elle me dit au revoir, après m'avoir conseillé d'appeler le service d'étage et de commander quelque chose de nourrissant. Mais je n'avais pas faim. J'enfilai un jean et un col montant, grignotai une pomme ramassée dans la corbeille à fruits sur la table basse et, après avoir appelé la réception pour être réveillée à 20 h 30, je m'allongeai sur le canapé. Je savais que je risquais de regretter ce petit somme, mais j'étais trop flapie pour garder les yeux ouverts.

À 20 h 50, j'attendais devant l'hôtel. Je m'étais aspergé le visage d'eau froide pour me requinquer, et je m'étais maquillée – un peu de brillant à lèvres, de blush et de mascara.

Beck se pointa à 21 h 01. Sans quitter le volant, il m'ouvrit la portière côté passager en me gratifiant d'un de ces sourires mi-sourire mi-grimace dont il avait le secret. Il portait un pantalon noir, une chemise en jean et une veste sport. Comme je savais qu'il n'était pas un fan du papotage en voiture, je me renversai confortablement sur le siège et regardai défiler le paysage de nuit.

Je fus tentée de lui raconter ce qui venait de m'arriver, mais je savais que lui balancer mon histoire ne ferait que confirmer que je fourrais mon nez là où il ne fallait pas, et que quelqu'un voulait me voir déguerpir. Alors je ne dis rien. Nous passâmes devant Chez Leo, continuâmes le long d'une route de campagne, et Beck arrêta finalement la voiture devant un petit bar-restaurant en rondins de bois, le Trading Post.

À l'intérieur, l'atmosphère était assez semblable à celle de la Bridge Street Tavern, sauf qu'ici la salle était plus petite et bien plus déserte, étant donné que c'était un jour de semaine. Nous nous installâmes au bar. Je commandai une bière. Beck demanda un Jameson sans glace.

– Voilà le genre de bar qui ferait un tabac en plein New York, dis-je.

– New York ne manque pourtant pas de bars.

– Des bars, oui, mais pas de l'abreuvoir authentique, qui fleure bon la sciure et le tord-boyau.

– Connaisseuse, hein ?

– Nostalgique, peut-être. Vous avez vécu à New York ? lui demandai-je.

– Il y a longtemps. Écoutez, je voulais vous parler à propos d'hier soir.

Je sentis mes joues s'empourprer. Au ton de sa voix, je compris qu'en fait de balade ce soir, c'est moi qu'il allait envoyer balader. Ça sentait le largage en plein vol, de nuit et sans parachute.

– Okay, fut tout ce que je trouvai à dire.

– J'ai apprécié de dîner avec vous, commença Beck. Mais j'ai franchi certaines limites, et je n'aurais pas dû.

– Vous voulez dire par rapport au règlement ? En tant que flic ? Ce n'est pas comme si j'avais été témoin de quelque chose.

– Non, mais votre témoignage permet de situer l'heure de la mort. S'il y a un procès, vous aurez peut-être à témoigner. De plus, vous êtes une amie de Mme Hubner. Et, comme vous le savez, nous avons interrogé son mari. Je dois être très prudent dans cette affaire.

– Je comprends, dis-je calmement. J'apprécie votre franchise.

Et c'était vrai qu'au fond je préférais mille fois cela aux bobards d'un Jack donnant dans le carambolage nostalgique à Pittsburgh, avec l'ancienne pisseuse des années ado, la petite voisine « si appréciée par maman ». N'empêche, être débarquée comme ça, dans un bar...

Il y eut un silence, un moment d'embarras, et puis il se lança dans une histoire de bagarre qui avait eu lieu ici, au Trading Post, pratiquement le premier jour où il était devenu flic, et qui lui avait valu un mémorable œil au beurre noir.

Je terminai ma bière sans traîner, imaginant que, m'ayant invitée ce soir pour me dire qu'il préférait ne plus sortir avec moi, il n'avait sûrement pas l'intention de prendre racine à ce comptoir. Du coup, moins d'une demi-heure plus tard, nous rejoignîmes la voiture sur le parking.

Il faisait nuit noire, et le ciel était constellé de milliards d'étoiles. Beck fit le tour de la voiture pour ouvrir ma portière puis s'arrêta.

– Écoutez, je suis navré pour tout cela, dit-il. Quand cette affaire sera réglée, peut-être nos chemins se croiseront-ils à nouveau.

Je le regardai, surprise.

– En fait, si tout se passe bien, peut-être vous réinviterai-je Chez Leo, ajouta-t-il en souriant.

– Rien ne me ferait plus plaisir, dis-je.

– Vraiment ?

Même dans l'obscurité, je pouvais le voir me fixer intensément.

– Vraiment, lui assurai-je, sans rien trouver de mieux à dire. Et puis, ne vous sentez pas embarrassé à cause de ce qui est arrivé. Ce n'était qu'un baiser. Je ne le dirai à personne si vous ne dites rien non plus.

À ma grande stupeur, il se pencha et m'embrassa à nouveau, durement. Il se pressa contre moi, et je sentis son érection contre mon ventre. Nos langues se mêlèrent, et sa main droite glissa à l'intérieur de ma veste en jean et serra mon sein si fort que cela me fit mal. Puis il s'écarta, presque aussi vite qu'il m'avait embrassé.

– Marché conclu, dit-il.

Nous rentrâmes en silence, hormis un commentaire qu'il fit sur les conducteurs du Massachusetts, et quand nous arrivâmes à l'hôtel il me dit bonsoir et se pencha pour m'ouvrir la portière. Pas de baiser cette fois. Mais, comme l'autre soir, il attendit que je sois rentrée dans l'hôtel pour partir.

Je regagnai ma chambre sans traîner et m'enfermai selon la procédure habituelle : verrou, chaîne de sûreté, table poussée contre la porte. Après ce qui m'était arrivé un peu plus tôt au spa, un rien suffisait à réveiller mes angoisses. Je tentai de les apaiser en pensant à Beck, et à ce nouveau baiser qu'il m'avait donné en suggérant que notre histoire pourrait trouver un prolongement dans l'avenir. J'aurais voulu que ce baiser ne s'arrête pas. J'aurais voulu aller plus loin. Et pourtant, je ne savais pas si j'attendais autre chose de Beck.

Je me réveillai le lendemain matin à 7 h 30. Je me préparai un café à la bouilloire électrique et enfilai mon pantalon et mon pull à col montant noirs. Il n'y avait personne à la réception quand je descendis, bien que j'entendisse de la musique venant du couloir où se trouvait le bureau de Danny. J'allai voir qui était là. Et j'aperçus Natalie qui rangeait des papiers sur le bureau de Danny, sur fond de vocalises de Céline Dion. Lorsqu'elle me vit, elle sursauta, ou plutôt bondit littéralement sur place.

– Oh, mon Dieu, vous m'avez fait peur ! s'exclama-t-elle en déglutissant avec peine.

– Désolée. J'ai entendu de la musique, et je me suis demandé qui était là si tôt.

– J'avais du classement à faire, alors j'ai mis de la musique. J'avoue que j'ai un peu la frousse toute seule ici.

– Vous arrivez plus tard, d'habitude. Où est le type du matin ?

– Il a pris sa matinée. Je le remplace exceptionnellement, et puis je reviens dans la soirée.

– Ce doit être difficile pour vous. Il faut s'occuper de tant de choses ici.

– Mes parents veulent que je démissionne, expliqua-t-elle d'un air inquiet. Ils sont terrifiés dès que je pars travailler. Mais Danny s'est arrangée pour que je ne travaille que jusqu'à 20 heures, au lieu de minuit.

– Je suis certaine que la police arrêtera le coupable et que vous aurez à nouveau l'esprit tranquille.

– Espérons-le, parce que rien ne tourne plus tout à fait rond depuis que ce type est mort ici il y a deux mois.

– Vous pensez que les deux incidents sont liés ?

– Non, je n'ai pas dit ça. C'est juste que c'était affreux quand il est mort. La police est restée ici durant plusieurs semaines à poser tout un tas de questions, et il y avait tous ces journalistes et la famille du type qui était bouleversée. Et maintenant, la mort d'Anna…

– Vous la connaissiez ?

– Non. Enfin, de vue. On ne se parlait pas. C'est à peine si elle m'a adressé deux mots tout le temps où elle était ici.

– Vous ne sauriez pas par hasard si elle sortait avec quelqu'un récemment ? Je veux dire, l'avez-vous déjà vue avec un type ?

Elle baissa les yeux, comme si parler d'Anna la mettait mal à l'aise.

– Je sais qu'elle est sortie avec Éric, mais il y a déjà longtemps. Depuis, je l'ai toujours vue seule. Je ne crois pas qu'elle ait été du genre à se fixer.

Avant de partir, je lui demandai une carte de la Nouvelle-Angleterre. Tout ce qu'elle avait, c'était la carte qui traînait dans le bureau, mais elle proposa de me la prêter.

Je pris l'autoroute du Massachusetts, mais cette fois en direction de l'est, sur cinquante kilomètres environ, puis la 1-91, et finalement l'US-5. Quand je ne fus plus qu'à une vingtaine de kilomètres de Wallingford, je m'arrêtai sur une aire de repos, ressortis mes notes concernant les profs du lycée public de la ville et rappelai. Je tombai apparemment sur la même interlocutrice que la veille.

– Bob Kass, dis-je en essayant de prendre un ton dégagé, comme si Bob et moi étions copains depuis des lustres.

– Bob n'est pas là aujourd'hui.

Chiotte !

– Vous plaisantez ? Il m'a demandé de le rappeler ce matin.

– Il est malade.

Bon, et maintenant ? Je ne pouvais pas lui demander, là, tout de suite, de me passer un des profs de ma liste. Elle soupçonnerait forcément un micmac. Je mis fin à l'appel et repris la route jusqu'à Wallingford.

C'était une ville de taille moyenne, une ville ouvrière, avec une banlieue industrielle et un centre-ville tournant au ralenti. Je m'y arrêtai, allai prendre un café et un bagel puis rappelai le lycée. J'essayai de déguiser ma voix, et cette fois je demandai la prof de math.

– Elle est en cours actuellement. Puis-je prendre un message ?

– Quel est le meilleur moment pour la joindre ?

– Je dirais : à l'heure du déjeuner. Elle sera sûrement en salle des professeurs à ce moment-là. Je peux vous renseigner ?

– Euh, non. Merci.

J'appelai tout de même les renseignements et demandai les coordonnées du dénommé Bob Kass à Wallingford. Il y avait un Robert Kass et un B. Kass. Je choisis la première option.

Je sus que j'avais mis dans le mille dès que j'entendis mon correspondant me répondre comme s'il avait un torchon enfoncé dans le nez.

– Bob Kass ?

– Lui-même, nasilla-t-il.

– Pardon de vous importuner chez vous alors que vous êtes malade, mais il s'agit d'une affaire urgente. Je m'appelle Bailey Weggins, et je ne sais pas si vous en avez entendu parler, mais une ancienne élève de l'école, Anna Gianelli, a été assassinée alors qu'elle travaillait dans l'établissement d'une de mes amies à Warren, dans le Massachusetts. Mon amie veut absolument découvrir qui l'a tuée, mais la police fait du surplace dans cette affaire. Je suis journaliste et j'essaie de l'aider. Nous avons appris qu'Anna avait connu des difficultés par le passé, et nous nous efforçons d'en apprendre le plus possible à ce sujet parce qu'il se pourrait qu'il y ait un lien avec sa mort. J'espérais que je pourrais vous parler.

Il y eut un long silence. Je priai le ciel qu'il ne m'envoie pas bouler.

– Non, je ne savais pas, répondit-il finalement. C'est terrible. Comment a-t-elle été assassinée ? Quand ?

– Elle a été étranglée. Il y a quelques jours. Vous la connaissiez, alors ?

– Pas très bien. Mais je me souviens d'elle.

– Vous serait-il possible de m'accorder un moment ? J'ai fait plus de deux heures de route pour essayer d'avoir des informations.

– Je suis malade comme un chien. Mais si vous venez jusqu'ici, je vous accorderai quelques minutes.

– C'est très gentil à vous, merci. Savez-vous s'il s'est produit quelque chose, un incident particulier dans son passé ?

– Oui, répondit-il. Il y a eu quelque chose.

20

Quoi qu'il ait pu arriver à Anna Gianelli Cole, c'était suffisamment marquant pour qu'un homme qui l'avait à peine connue s'en souvienne vingt ans plus tard.

Kass habitait un ancien lotissement des années 1960 au charme suranné, près du centre de Wallingford. Il m'accueillit en pantalon et chemise écossaise, mais je le soupçonnais de s'être changé après avoir reçu mon appel. Il portait encore beau pour la cinquantaine, avec ses cheveux blond-roux et ses yeux noisette. Il avait un vieux chien, un golden retriever, au museau blanchi par l'âge.

– Merci d'avoir accepté de me recevoir, dis-je comme il m'invitait à entrer. Surtout alors que vous êtes malade.

– Bah, c'est un simple coup de froid comme on en attrape au début de l'automne, mais c'est pénible. Venez, allons nous asseoir. Vous venez probablement de fournir à mes voisins un sujet de conversation pour la journée. Ça ne m'étonnerait pas qu'il y en ait un qui appelle ma femme à son travail en ce moment même.

La maison sentait la soupe de poulet et le Vicks VapoRub. Kass me précéda jusqu'à une grande pièce à vivre équipée d'une cheminée en brique, et meublée notamment d'un canapé en cuir vert et de deux fauteuils inclinables assortis. Des photos de famille trônaient sur le manteau de la cheminée, et derrière les baies vitrées coulissantes on apercevait une terrasse en séquoia bordant une piscine couverte pour l'hiver. Kass me désigna l'un des fauteuils. À peine fus-je assise que le chien vint fourrer son museau juste entre mes jambes.

– Skald, viens ici, commanda-t-il. Allez, viens.

Une quinte de toux lui déchira la gorge, cependant que le chien, sans enthousiasme, allait s'asseoir à ses pieds.

– Je n'arrive pas à croire qu'Anna a été tuée, dit-il lorsque sa toux fut calmée. Est-ce qu'on tient un suspect ?

– Personne n'a encore été arrêté. Ce qui inquiète mon amie, la propriétaire de l'hôtel qui employait Anna, c'est que la police ne semble pas faire preuve de beaucoup d'imagination, ni de ténacité d'ailleurs, dans cette affaire.

– L'hôtel, vous dites ?

– Oui. Anna travaillait comme masseuse chez mon amie, qui tient un hôtel doublé d'un spa à Warren. La presse locale a, bien entendu, couvert ce meurtre, mais le fait qu'Anna travaillait sous le nom de Cole, son nom de mariage, explique sans doute que vous n'en ayez pas entendu parler ici.

– Pour autant que je le sache, elle n'a pas de famille en ville. Une raison de moins d'apprendre ce qui lui est arrivé. Elle n'a pas terminé ses études secondaires ici.

– Au téléphone, vous m'avez dit qu'un incident grave avait marqué son passé.

– Oui, confirma-t-il. En deux mots, elle faisait du baby-sitting, un après-midi, pour une famille nommée Ballard, et la petite fille dont elle avait la garde s'est noyée dans la piscine.

Je fus moins choquée par l'horreur de la révélation que stupéfaite par le fait lui-même, parce que je n'avais pas imaginé une seconde une histoire pareille. Kass se tut un instant, le temps de me laisser digérer l'info.

– Pouvez-vous me donner… plus de détails ? demandai-je.

– C'était à la fin de l'été, si mes souvenirs sont bons. La mère était sortie pour la journée. Elle était veuve, soit dit en passant, quoique encore jeune. Je crois qu'Anna avait déjà gardé son enfant plusieurs fois auparavant, et que la mère avait confiance en elle. Anna devait avoir seize ans à l'époque. La gamine, trois ou quatre ans. Elle savait nager, un peu, mais elle est tombée du côté où la piscine est assez profonde, et apparemment elle a paniqué.

Il regarda du côté de sa propre piscine.

– Nous avons attendu que notre fils cadet ait sept ans avant d'acheter la nôtre, à cause de cette histoire. Il suffit de quelques secondes d'inattention…

– Que s'est-il passé avec Anna ? Est-ce qu'elle a… été distraite ?

– Ç'a été ça le plus curieux, dit-il. Elle a changé sa version des faits. D'abord, elle a dit qu'elle avait couché la petite dans sa chambre pour qu'elle fasse une sieste, et qu'elle était allée dans le séjour passer un coup de fil. La petite, a-t-elle expliqué, avait dû sortir de sa chambre. Mais la police a vérifié le relevé téléphonique, ou a dit qu'elle allait le faire, et alors Anna a changé sa version. Elle a dit qu'en fait elle s'était endormie sur le canapé, mais qu'elle avait eu trop honte de l'avouer plus tôt. Au bout du compte, la manière dont le drame est arrivé n'était pas le plus important. La famille était anéantie, surtout les autres gosses.

– Combien y en avait-il ?

– Deux frères… aînés. Carson, qui avait seize ans à l'époque, et l'autre… Harold, je crois, qui allait entrer au lycée. Il devait avoir treize ou quatorze ans.

– Et Anna, comment a-t-elle réagi ?

Kass prit quelques secondes pour se moucher, en cacardant comme une oie sauvage traversant le ciel d'automne.

– Je crois qu'elle a été très secouée, mais, ne la connaissant pas bien, je ne puis répondre avec certitude. Manifestement, sa famille a très mal vécu ce drame : ils ont déménagé quelques mois plus tard. En revanche, je connaissais très bien les Ballard, en particulier le fils aîné, Carson. C'était un gamin brillant, un petit génie des maths, il voulait faire de la recherche. Mais quand il a repris l'école à l'automne, ses notes se sont effondrées.

– Il était perturbé à ce point ?

– Oui, les deux garçons l'étaient. Mais pas seulement par la mort de leur petite sœur. La mère a sombré dans la dépression après le drame.

J'essayai d'imaginer ce que cela avait pu être pour les deux garçons de perdre d'abord un père puis une sœur.

– C'est terrible, dis-je. Savez-vous où sont les garçons aujourd'hui ?

– Ils ne vivent plus ici, c'est tout ce que je sais. Ils ont quitté la ville eux aussi, environ un an plus tard, pour se rapprocher de leur famille du côté maternel. J'ai entendu dire que leur mère s'était remariée. Carson a abandonné ses rêves de recherche, mais je crois qu'il a fini pilote en Californie, ou quelque chose comme ça. Mais vous ne pensez pas qu'il puisse y avoir un lien avec la mort d'Anna, n'est-ce pas ?

– Pas nécessairement. Je me borne à soulever toutes les pierres. Revenons une seconde à l'incident, voulez-vous ? Anna a-t-elle été soupçonnée d'avoir agi par malveillance ?

Il parut surpris puis secoua négativement la tête.

– Seigneur ! non, je ne crois pas que cela m'ait jamais traversé l'esprit, pas plus qu'à personne d'ailleurs. Il est vrai que c'était l'époque où les nounous ne mettaient pas encore le feu à la maison de leurs employeurs. C'est une possibilité, j'imagine, mais à l'époque la mort de la petite a été entièrement attribuée à la négligence.

– Mais pourquoi Anna a-t-elle changé son histoire ?

– On a cru alors – sans en avoir la preuve, pour autant que je le sache – qu'il y avait un garçon avec elle. Et qu'ils étaient occupés, si vous voyez ce que je veux dire. Anna avait la réputation d'être plutôt en avance côté garçons. Aujourd'hui, on parle de pouvoir de séduction adolescent, mais à cette époque-là elle était considérée comme... une fille facile.

Il se mit à tousser gras et à éructer en même temps, avec bruit de goulot et tout le tremblement, au point de déclencher chez moi le vieux réflexe nauséeux où-sont-les-vécés-que-j'évacue-le-couloir.

– Bon, je ferais mieux de vous laisser récupérer tranquillement, dis-je en me tenant discrètement l'estomac. Je me demandais seulement si vous saviez dans quelle ville Anna avait déménagé.

– Milford. Ma femme l'a croisée là-bas environ un an après.

– J'ai entendu dire qu'elle s'était mariée jeune. Savez-vous si son mari est du coin ?

– Aucune idée.

Je formulai une dernière requête. Tandis que nous parlions, j'avais remarqué les albums de promotion du lycée sur les étagères entourant la cheminée. Je lui demandai s'il n'y aurait pas une photo d'Anna dans l'un d'entre eux. Il se leva, en tira un volume, feuilleta durant quelques secondes les pages couvertes de photos de lycéens, puis s'arrêta et m'en montra une d'Anna. Elle ressemblait beaucoup à la photo que m'avait montrée Danny, jolie, sensuelle, ses cheveux noirs lui tombant sur les épaules. Elle souriait à l'objectif. La photo avait été prise avant la noyade, et son visage exprimait toute l'insouciance du monde.

– Et Carson Ballard ? demandai-je. Vous l'auriez aussi en photo ?

Kass examina les photos de groupe et tomba sur une légende au bas d'une page précisant que Carson T. Ballard était absent le jour où la photo avait été prise.

Il referma l'album, comme si cette petite précision résumait à elle seule tout ce qu'il avait essayé de me dire. Je le remerciai, et il me raccompagna à la porte. Skald, le retriever, nous emboîta le pas et, avec l'enthousiasme d'un chien des douanes flairant de la colombine, fit plusieurs nouvelles incursions dans mon entrejambe. Avant de partir, je demandai à Kass où se trouvait Milford exactement. À une vingtaine de minutes de route vers l'est, répondit-il.

J'avais hâte de prendre le chemin du retour. Mais, avant cela, je décidai de faire un crochet par Milford, plus intriguée que jamais par tout ce que je venais d'apprendre. Selon la sœur d'Anna, elle avait épousé un type rencontré en dernière année d'étude. En m'arrêtant au lycée de Milford, je pourrais peut-être trouver un Cole dans les albums de promotion, et essayer plus tard de remonter sa piste ainsi que celle des Ballard. Connie avait dit qu'Anna n'était plus en contact avec son mari depuis des années, mais ce type m'intriguait, et je n'arrêtais pas de me demander s'il n'avait pas un lien avec sa mort.

J'eus moins de difficulté que je ne m'y attendais à accéder à la bibliothèque de l'école. Je montrai à une responsable à l'accueil ma carte de journaliste à *Gloss*, et lui expliquai que j'avais besoin de consulter les albums de promotion pour un portrait que je faisais d'un ancien étudiant. Elle prévint aussitôt la bibliothécaire.

La moitié des tables de la bibliothèque étaient occupées par des étudiants. Plutôt bavards et remuants pour le cadre. Je m'installai dans le coin où étaient rangés les albums de promos, et trouvai assez facilement l'année où Anna avait été scolarisée ici. J'allai droit aux photos individuelles. Là, voilà, c'était elle. Cette fois, elle avait l'air sombre ; on était loin des photos des années précédentes. Les mêmes yeux noirs, les mêmes lèvres sensuelles, mais avec un petit côté garce cette fois. Elle avait l'air d'une fille qui a effeuillé la marguerite... à tout bout de champ.

Je cherchai ensuite le nom de Cole en remontant les trois années précédentes, mais je ne trouvai personne de ce nom. J'allais refermer le dernier album lorsque... j'en eus le souffle coupé.

J'avais failli ne pas le reconnaître, à cause des cheveux. C'était Rich Wyler. Et même si j'avais eu le moindre doute, la légende sous la photo précisait : « Tennis – 1, 2, 3, 4 (capitaine) ». Il avait obtenu son diplôme et quitté le lycée avant l'arrivée d'Anna, mais il avait très bien pu la rencontrer en ville. Il l'avait de toute évidence reconnue quand il avait commencé à travailler à l'hôtel. Danny disait l'avoir vu « tourner autour d'elle ». Peut-être essayait-il justement de renouer. Mais Anna ne l'aimait pas, avait dit Piper. L'avait-il menacée, d'une manière ou d'une autre ? Pourquoi n'avait-il pas admis la connaître ?

Je pris quelques notes rapides puis rejoignis ma Jeep. Je mourais de faim, mais je n'avais pas le temps d'aller tranquillement déjeuner. Aussi m'arrêtai-je dans un Burger King avant de quitter la ville et, tout en dévorant mon Junior Whopper, je repris la direction de l'autoroute.

J'avais une fois de plus la matière grise au bord du court-circuit. J'étais venue chercher des infos sur Anna, et j'avais l'impression d'être tombée sur un filon. Pourtant, rien ne prouvait que le drame tragique ayant marqué le passé d'Anna soit lié à sa mort. Si, comme je le soupçonnais, elle avait bien eu rendez-vous avec quelqu'un le soir de sa mort, cela n'avait peut-être rien à voir avec les années Wallingford. Il me restait encore à remonter la piste des frères Ballard, afin de pouvoir les effacer de mon écran radar. Mais la question qui me turlupinait, et ce qu'il me fallait découvrir absolument, c'était : qui Anna voyait-elle récemment ?

Il me fallut presque deux fois plus de temps qu'à l'aller pour rejoindre Warren. Dès que j'eus regagné ma chambre, et après m'être assurée que personne n'avait fouillé dans mes affaires, je téléphonai à l'une des documentalistes de *Gloss*. Je savais qu'elle avait accès à un service spécial lui permettant de suivre la piste des gens qui, à un moment ou à un autre de leur vie, avaient contracté un emprunt. Je lui expliquai rapidement que je cherchais les coordonnées des dénommés Carson T. Ballard, âgé d'environ trente-huit ans et résidant peut-être en Californie, et Harold Ballard, âgé d'environ trente-six ans et habitant Dieu sait où. Je lui dis qu'il me fallait absolument ces infos avant la fin de la journée, et que j'attendais son appel.

J'appelai ensuite la réception et demandai à Natalie à quel moment je pourrais joindre Rich à l'hôtel.

– Vous voulez prendre une autre leçon ? demanda-t-elle.

– Non, juste lui parler. Je pensais profiter de la fin d'un cours.

– Il était là ce matin, mais je crois qu'il en a terminé pour aujourd'hui. Laissez-moi vérifier... Attendez, non. Il a un autre cours à 16 h 30. Vous pouvez le voir soit avant, soit après.

– Merci. À propos, Danny est dans le coin ?

– Je crois qu'elle a passé presque toute la journée au spa. Mais elle devrait repasser par ici un peu plus tard.

– Voulez-vous lui dire que je suis rentrée et que j'aimerais la voir quand elle aura un moment ? Dites-lui que j'ai du nouveau.

Le plus important était maintenant que je voie Piper. Elle devait partir ce week-end, et j'espérais qu'elle n'avait pas anticipé son départ. J'appelai le spa, en priant pour que ce ne soit pas Josh qui réponde. Un type décrocha et me dit que Piper ne travaillait plus pour le Cedar Inn. Je me changeai, enfilai un jean et fonçai à l'ancienne grange.

En sonnant à l'interphone, j'eus un mauvais pressentiment. Je cherchai à apercevoir quelqu'un derrière la porte vitrée donnant accès aux appartements. Je sonnai une fois, puis deux, puis trois. Pas de réponse.

J'allais partir quand j'entendis un bruit derrière moi. Cordelia, surgie de nulle part, poussa la porte d'entrée. Elle portait un pantalon extensible et un top moulant spécial méga-loloches. Avec son rouge à lèvres flashy et ses cheveux blonds, elle ressemblait dangereusement à Anna Nicole Smith. Elle écarquilla les yeux en me voyant.

– Je peux vous aider ? demanda-t-elle, sur la défensive.

– Je suis venue voir Piper, dis-je.

– Je crois qu'elle est partie. Je veux dire, définitivement. Je l'ai vue charger sa voiture après déjeuner. Elle a démissionné, vous savez.

– Okay, merci.

Quelle idiote ! J'aurais dû passer la voir avant de partir pour Wallingford.

– Écoutez, j'espère que vous ne me tenez pas pour responsable de ce qui est arrivé hier soir, reprit Cordelia d'une voix traînante.

– Qui, d'après vous, dois-je tenir pour responsable ?

– Je n'en ai aucune idée. Si ça peut vous consoler, Danny m'a passé un savon pour vous avoir laissée toute seule.

Au lieu de retourner à l'hôtel, je fis le tour du bâtiment pour rejoindre le parking, au cas – peu probable – où Piper terminerait de charger sa voiture. Je ne la vis nulle part. Mais je repérai, en longeant une rangée de voitures, une Coccinelle Volkswagen jaune avec, entassés sur la banquette arrière, des vêtements de toutes sortes, des sacs à provisions et plusieurs sacs de marin.

Je retournai au pas de course jusqu'à l'entrée principale de l'hôtel, et demandai à Natalie si elle savait où était Piper.

– Cordelia dit qu'elle est partie, mais je crois avoir vu sa voiture sur le parking, expliquai-je.

– Elle est ici, à l'hôtel, dit Natalie. Elle s'est arrangée avec Danny pour avoir une chambre d'amis.

– Laquelle ? Il faut que je lui parle.

– La 27. C'est au dernier étage.

Je montai jusqu'à la chambre et cognai à la porte. Je reconnus la voix de Piper lorsqu'elle demanda :

– Qui est là ?

– C'est Bailey.

Je l'entendis soupirer derrière la porte. Lorsqu'elle m'ouvrit, elle avait l'air agacée.

– À quoi vous jouez, au juste ? fit-elle. Vous ne pouvez pas me laisser tranquille ?

Elle portait un jean et un petit haut en jersey vert pomme, et ses cheveux roux dénoués lui tombaient sur les épaules.

– C'est important. Ça ne prendra qu'une minute.

– Très bien, mais pas plus longtemps.

Elle s'écarta pour me laisser entrer, et jeta un regard dans le couloir avant de refermer la porte. La petite chambre, aux murs jaune et blanc, était située sous les combles. Je remarquai que le dessus-de-lit était froissé et que Piper était pieds nus. Elle devait se reposer avant mon arrivée.

– Comment se fait-il que vous partiez aujourd'hui ?

– Au cas où vous ne seriez pas au courant, il y a un tueur dans les parages, répondit-elle en croisant les bras sur sa poitrine. Et il se trouve qu'il a un penchant pour les masseuses.

– Mais vous ne deviez partir que ce week-end. Pourquoi avancer votre départ ?

Elle se détourna, fixa un point imaginaire dans le vide, puis secoua la tête.

– Cet endroit me flanque la frousse. Et je n'aime pas la manière dont Josh se conduit envers moi depuis quelques jours.

– Quoi, il vous en fait baver ?

– Non. Au contraire. Il serait plutôt mielleux. Je ne sais pas s'il a peur que j'avoue aux flics ce qu'Anna et moi faisions au spa, ou s'il pense que je le soupçonne d'avoir tué Anna, mais il essaie de me convaincre qu'il est le type le plus sympa du monde.

– Vous pensez que c'est lui le meurtrier ?

– Je vous l'ai dit, bordel ! Je ne sais pas qui a tué Anna. Je n'en ai pas la moindre idée.

Elle exhala un long soupir tremblant.

– D'accord, calmez-vous. J'essaie seulement d'aider Danny. Il y a encore une chose que je dois vous demander.

– Oh, bon Dieu... Quoi encore ?

– Je pense qu'Anna attendait quelqu'un vendredi soir, qu'elle avait un rendez-vous, un rendez-vous qu'elle a décidé après avoir changé vos horaires avec les siens. Et je crois que cette personne qu'elle devait voir est également son meurtrier.

Soudain, alors qu'elle s'apprêtait, d'un geste, à rejeter mon hypothèse, elle se figea, comme si elle venait de recevoir une fléchette tranquillisante.

– Elle... Elle ne m'a rien dit, fit-elle doucement.

– Mais vous étiez en train de penser à quelque chose, n'est-ce pas ?

Lentement, elle alla s'asseoir au bord du lit. Elle hésita, puis :

– Le haut qu'elle portait, dit-elle.

– Quoi ? Qu'est-ce que vous voulez dire ?

– Ça vient seulement de m'apparaître. Elle portait un nouveau top ce jour-là. Je l'ai vue se changer et l'enfiler dans les vestiaires. Un top à bretelles vieux rose, vraiment sexy.

Je me souviens maintenant que je m'étais fait sur le coup la réflexion qu'elle avait peut-être un rencart, mais comme elle m'avait assuré un peu plus tôt qu'elle ne sortait pas ce soir-là, je n'y ai plus pensé.

– Vous voulez dire que c'était une tenue un peu trop sexy pour quelqu'un qui n'a pas de projet de sortie ?

– En général, quand elle comptait rentrer directement à la grange après le boulot, elle gardait son uniforme.

– D'accord, dis-je. Elle a un rendez-vous ce soir-là au spa. Maintenant, la question, c'est : avec qui ? Je sais bien qu'elle ne vous faisait pas de confidences, mais réfléchissez bien : êtes-vous certaine de ne penser à personne en particulier ? Certaine que vous ne voyez rien, pas un indice susceptible de nous mettre sur une piste ?

Elle réfléchit, sourcils froncés, puis :

– Non, je ne vois vraiment pas, dit-elle. La seule chose, c'est que je comprends mieux maintenant, si elle voyait quelqu'un, pourquoi elle m'a demandé de démissionner la première.

– C'est exactement ce que j'ai pensé, confirmai-je. Se peut-il qu'elle ait recommencé à voir Éric ?

– Non. Je crois que je m'en serais rendu compte. Il avait toujours son air de chien battu.

– Et le mari de Danny ?

– Quoi ? Non, je vous ai déjà dit ce que je pensais de cette théorie. Vous avez vu ce type ? Anna, ce qu'elle aimait, c'était les abdos d'acier et les épaules à la Rambo, si vous voyez ce que je veux dire.

– Je vois. Écoutez, je vous fiche la paix maintenant. J'apprécie votre aide. Si jamais un détail devait vous revenir dans les heures ou les jours qui viennent, je vous serais reconnaissante de m'appeler ici, à l'hôtel.

– Ouais, okay. D'après vous, je n'ai rien à craindre de Josh ?

– J'aimerais pouvoir vous répondre.

Je l'entendis verrouiller sa porte à double tour dès que je fus sortie. Il était presque 17 heures. Je décidai de regagner ma chambre pour vérifier si je n'avais pas un message de *Gloss* à propos de cette recherche que j'avais demandée. Je descendis l'escalier jusqu'au premier, le bruit de mes pas étouffés par l'épais tapis qui couvrait les marches. En tournant dans le couloir, j'aperçus une silhouette en manteau sombre devant ma porte. Je m'arrêtai net, et vis la personne se tourner vers moi.

C'était Danny. Et elle pleurait.

21

– Danny, qu'y a-t-il ? m'écriai-je en accourant vers elle.

– Pouvons-nous entrer ? murmura-t-elle d'une voix tremblante. Je ne veux pas qu'on m'entende.

La précaution avait quelque chose d'ironique tant il régnait un silence total dans le couloir, comme si l'hôtel avait fermé pour la saison, mais je cherchai ma clé dans mon sac et ouvris la porte. Pendant que j'allumais la lumière, Danny tenta de sécher ses yeux avec un mouchoir.

– Viens, assieds-toi ici, lui dis-je en la prenant par le bras et en la guidant jusqu'au canapé. Raconte-moi ce qui se passe.

– C'est George, dit-elle, les larmes roulant à nouveau sur ses joues. Bailey, j'en suis venue à me demander sérieusement s'il ne l'a pas fait. S'il n'a pas tué Anna.

J'en restai baba.

– Pourquoi ? Que s'est-il passé ?

– J'ai parlé à l'avocat. George s'est montré si évasif ces derniers temps, je le soupçonne de ne pas tout me dire. L'avocat m'a confié qu'il avait passé des dizaines de coups de fil à Anna, sur son mobile comme à son appartement, alors qu'il a essayé de me faire croire qu'il n'y en a eu que quelques-uns pour discuter de cette histoire de clientèle d'hommes d'affaires.

– C'est bizarre. Piper m'a dit que George avait appelé Anna plusieurs fois, mais s'il l'avait vraiment harcelée, je pense qu'elle me l'aurait dit.

– La plupart du temps, il ne lui a même pas parlé. Certains de ces appels ont été passés pendant les heures de travail d'Anna, et il a dû raccrocher aussitôt. C'est comme s'il avait appelé juste pour entendre sa voix sur son répondeur.

– Il aurait fait une fixation sur elle ? Est-ce que cela te semble possible ?

Elle baissa la tête puis leva ses deux poings serrés devant sa bouche. Il se passa au moins trente secondes avant qu'elle réussisse à poursuivre.

– Je t'ai rabrouée hier quand tu m'as interrogée sur George, et je n'aurais pas dû. Mais je refusais l'idée que... que tu puisses être au courant. Juste avant que George et moi venions nous installer dans l'Est, je l'ai soupçonné d'avoir une liaison avec une voisine. J'avais trouvé des photographies d'elle dans son bureau. Il a nié, mais c'était évident qu'il y avait quelque chose, il n'aurait pas gardé ces photos autrement. Cette femme était plus jeune que moi, plus séduisante, et je suis allée chez elle pour lui parler. Oh, sans animosité. Je n'ai jamais pensé que la colère aidait à résoudre quoi que ce soit. Je lui ai demandé de le laisser tranquille, pour le bien de mon mariage. Elle a nié en bloc, disant qu'elle l'avait surpris en train de l'observer, et qu'elle pensait qu'il était obsédé, qu'il avait fait une fixation sur elle. À l'époque, j'ai pensé qu'elle cherchait à noyer le poisson. Peu après cela, George m'a avoué qu'il avait passé du temps avec cette femme mais qu'il n'y avait rien eu de sexuel, et il m'a juré que cela ne se reproduirait plus jamais. Je me disais qu'il avait dû se passer plus de choses qu'il ne voulait bien l'avouer, mais je voulais surtout sauver notre mariage, alors j'ai laissé courir. Maintenant, avec tout ce qui vient de se passer, je me demande si cette femme ne m'a pas dit la vérité ce jour-là. Sur les photographies, elle ne regardait pas l'objectif, et elles étaient prises d'assez loin. Je crois que George a pris ces photos sans qu'elle en sache rien. Il était obsédé par elle, tout comme il a dû l'être par Anna.

– L'as-tu interrogé sur ses appels à Anna ?

– Oui, je lui ai demandé des explications juste après avoir parlé à l'avocat. Il était mal à l'aise, tout comme la première fois. Il m'a servi cette histoire de clientèle d'hommes d'affaires, mais ça ne tenait toujours pas debout. Alors, je lui ai demandé de partir, de prendre une chambre dans un motel et de rester loin de moi, loin du Cedar Inn. Je ne veux plus qu'il m'approche.

– Oh, Danny, je ne sais pas ce que je peux dire pour te réconforter. George semble avoir un problème, mais cela ne signifie pas qu'il a tué Anna.

Elle se leva et se mit à faire les cent pas dans la chambre.

– Je sais que ça peut paraître terrible, mais quelle différence cela fait-il ? Je ne peux pas rester mariée avec lui, quoi qu'il en soit.

– Écoute, Danny, ça fait une différence. Il est toujours ton mari, et s'il est arrêté et accusé de meurtre, cela peut être catastrophique pour toi et tes affaires. Quant à moi, je n'ai pas l'intention de renoncer à prouver que ce n'est pas George le coupable. À propos, j'ai découvert des informations fascinantes aujourd'hui.

Elle s'arrêta de marcher.

– Quoi ?

Je l'encourageai à se rasseoir et lui racontai tout ce que j'avais appris à Wallingford à propos d'Anna. Je lui parlai également de Rich et du fait qu'il avait connu Anna quand ils étaient plus jeunes.

– Je n'en reviens pas de tout ce que tu me racontes, dit-elle, un pli inquiet barrant son front pâle. Tu crois que la mort d'Anna pourrait être un acte de vengeance ?

– Ce n'est qu'une hypothèse, il faut encore la mettre à l'épreuve. J'essaie de savoir ce que sont devenus les deux frères.

– Mais Rich, qu'est-ce qu'il vient faire dans tout cela ?

– Je n'en suis pas sûre. Sa présence ici pourrait n'être qu'une coïncidence.

– Ne devrais-tu pas raconter ce que tu sais à la police ?

– S'ils tentent d'arrêter George, je le ferai. Mais jusque-là, je préfère attendre d'avoir du concret. Autrement, je risque d'être renvoyée à New York avec une bonne fessée pour avoir voulu jouer les détectives amateurs.

– À propos, quand dois-tu rentrer à New York ?

– Demain, répondis-je en pensant à Jack. J'ai quelque chose demain soir que... que je ne veux pas manquer. Mais je ne lâche pas pour autant. Je sens que la vérité est là, à portée de main.

Évidemment, je ne parlai toujours pas à Danny de la partie la plus juteuse de l'histoire, les massages « amicaux », mais je me promis de le faire dès que possible : ce n'était tout simplement pas le moment, alors qu'elle était encore bouleversée par cette histoire avec George.

Je jetai un coup d'œil à ma montre. Il fallait que je sache pourquoi la documentaliste de *Gloss* ne m'avait toujours pas rappelée, et je ne voulais pas manquer Rich. J'expliquai à Danny que j'avais encore plusieurs détails à vérifier et lui proposai de nous retrouver un peu plus tard. Elle suggéra que nous dînions ensemble à 20 heures, puisque nous étions vendredi et que la salle à manger rouvrait pour le week-end.

Dès qu'elle fut partie, je téléphonai à *Gloss*. Pas de réponse. Si mon informatrice avait déjà levé le camp, je me promis de lui tordre de cou à la première heure lundi matin.

Mais juste au moment où j'allais sortir, elle rappela sur mon mobile.

– Désolée, dit-elle. J'ai eu un problème d'ordinateur. J'ai trouvé un des types que vous cherchez, mais pas l'autre.

– Je vous écoute.

– Très bien. Il y a un Carson Ballard à Irvine, en Californie. À un an près, sa date de naissance correspond à celle que vous m'avez donnée, mais je pense que c'est notre type. Sur tout le territoire, je n'ai trouvé aucun autre Carson Ballard qui corresponde au profil.

Je notai sur un petit bloc son nom et son numéro.

– Pour l'autre, Harold, je n'ai pu remonter qu'à un seul type, mais il est... centenaire, ou pas loin.

Je la remerciai infiniment pour ses efforts, mais je n'en avais pas encore fini. Il me restait un nom que je voulais qu'elle vérifie, et j'espérais avoir l'info dans l'heure. Je l'entendis grogner de mécontentement.

Dès que j'eus raccroché, j'essayai le numéro de Carson Ballard. Je tombai sur un répondeur mais ne laissai pas de message.

Puis je sortis de l'hôtel et rejoignis le court de tennis. Rich devait en principe terminer sa dernière leçon de la journée. Je le trouvai effectivement sur le court, seul, en train de ramasser à la hâte quelques balles. J'allais devoir lui mettre la pression pour découvrir ses liens véritables avec Anna, et ce qu'il savait de son passé. Il était possible qu'il soit le tueur, et je n'en menais pas large à l'idée de le rencontrer seule. Heureusement, je repérai un des jardiniers derrière le court, qui rassemblait des feuilles mortes avec un souffleur thermique.

Levant les yeux, Rich m'aperçut, mais il ne réagit pas et continua son travail. Tout en approchant, je le vis se diriger vers un petit abri de jardin, qu'il ouvrit pour y ranger du matériel.

– Laissez-moi deviner, dit-il d'un ton sarcastique quand j'arrivai à sa hauteur. Vous appréciez mes leçons et vous voulez en prendre une autre, même sous la pluie.

– Non, répondis-je, je me demandais seulement pourquoi vous m'aviez menti.

– Vous voulez dire à propos de votre revers ?

– Quand vous m'avez dit ne connaître Anna que de vue.

Le matériel rangé, il cadenassa la porte de l'abri, puis il se tourna vers moi. Je sentis au même moment une grosse goutte de pluie tomber sur mon nez.

– Qui prétend que ce n'est pas vrai ?

– Moi. Je sais que vous étiez dans le même lycée qu'elle, à Milford.

– Et alors ? fit-il, la mine hargneuse maintenant. Pourquoi est-ce que je vous devrais une explication ?

– Je me demande seulement pourquoi vous avez pris la peine de me mentir.

– Qu'est-ce que vous êtes au juste, hein ? dit-il en s'avançant un peu trop près. Une petite fouineuse, mais encore ? Vous travaillez pour la police, c'est ça ? Vous essayez de les aider à résoudre cette affaire ?

Je me penchai en arrière pour que son visage ne touche pas le mien. Il pleuvait à verse maintenant. Je cherchai du regard le jardinier derrière le court, mais il n'était plus là.

– Non, je ne travaille pour personne, me défendis-je. Quelqu'un m'a dit que vous aviez connu Anna il y a longtemps, c'est tout.

– Ah oui ? Et qui ça ?

Ses yeux verts semblaient me mettre au défi.

– L'une des thérapeutes, mentis-je.

– Oui, je connaissais Anna, mais encore une fois : et alors ? Elle a été mariée avec un de mes amis de Camden, Tommy Cole. Leur mariage a duré un quart d'heure.

– Et vous êtes tombé sur elle ici par hasard ?

– Exactement. Je vois que vous réfléchissez un peu mieux que vous ne frappez la balle.

L'idée qu'il avait pu rencontrer Anna par hasard au Cedar Inn n'avait rien de si invraisemblable. Mais pourquoi était-il autant sur la défensive ?

– Où est ce type aujourd'hui, ce Tommy ? lui demandai-je.

– Qu'est-ce que ça peut vous faire, hein ?

– Simple curiosité. J'ai découvert le corps d'Anna. Je veux savoir ce qui lui est arrivé.

– Tommy est toujours en Allemagne. Dans l'armée. Il y a des années qu'il est là-bas. Maintenant, si vous voulez bien m'excuser, je commence à être trempé.

Il tira une casquette de base-ball de la poche arrière de son short et la vissa sur son crâne chauve.

– Une dernière chose, dis-je. J'ai entendu dire qu'Anna avait eu des problèmes autrefois. Savez-vous quelque chose là-dessus ?

– Le seul problème qu'elle ait jamais eu, c'est d'être incapable de garder sa culotte en présence d'un homme.

Là-dessus, il se mit à courir et me laissa plantée, sous la pluie, au milieu du court. Je le regardai disparaître derrière le bâtiment principal pour rejoindre le parking. Puis je me mis à courir à mon tour. J'arrivai à l'hôtel hors d'haleine et trempée comme une soupe.

Là, après m'être barricadée dans ma chambre, je rappelai la documentaliste de *Gloss* pour lui dire de laisser tomber les recherches concernant l'autre nom que je lui avais donné. Je me débarrassai de mes vêtements trempés dans la salle de bains, passai un peignoir puis m'étendis sur le lit avec mon cahier de Sherlock et mon crayon pour y noter l'essentiel des conversations que j'avais eues avec Piper, Danny et Rich.

Puis, reprenant ces notes et celles prises les jours précédents, je ne pus m'empêcher d'être frappée par le fait qu'une période y revenait constamment : l'été dernier. William Litchauer était mort à cette époque. C'est à ce moment-là aussi qu'Anna avait eu l'impression d'être suivie. Rich avait commencé à travailler en free-lance pour le Cedar Inn également à cette période. Josh avait appris cet été-là à quelles pratiques clandestines se livraient Anna et les autres filles. J'avais le sentiment que tous ces renvois à la saison estivale pointaient quelque chose, mais je ne voyais pas quoi. J'avais dis à Danny que j'étais à deux doigts de découvrir la vérité, et je le pensais plus que jamais.

Mais il était presque sept heures du soir, je ne voyais plus quelle piste suivre, et surtout j'étais complètement flapie après cette journée. Bercée par le crépitement de la pluie contre la fenêtre, je fis un petit somme. Je savais que je le regretterais, car tout en pensant à mon voyage de ce matin, à ma conversation avec Rich et au reste, je sentis un léger picotement dans ma gorge. Bob Kass m'avait sûrement refilé la saloperie microbienne qui l'avait cloué chez lui.

Quand je me réveillai une heure plus tard, je me sentis bien plus mal. Je trouvai deux comprimés d'Advil dans mon sac et les avalai avant de passer la seule robe que j'avais emportée, une robe fourreau noire légère à col en V. C'était un poil trop habillé, mais je ne supportais plus mon pantalon noir. En quittant la chambre, j'emportai un petit châle noir et mon cahier Sherlock dans mon sac, par sécurité.

Je ne savais pas si je devais retrouver Danny à son bureau ou directement dans la salle à manger, mais, comme je m'arrêtais dans l'escalier pour boucler la lanière de ma chaussure, j'entendis sa voix dans le hall. Et puis une autre voix, que je reconnus aussitôt : celle de Beck.

Je descendis lentement, en m'efforçant de saisir leur conversation. Je ne distinguais pas les mots, mais le ton était houleux.

– Tout va bien ? demandai-je en arrivant dans le hall.

Ils tournèrent tous les deux la tête dans ma direction, Danny habillée en lavande, et Beck qui la dominait dans son imperméable noir humide. Le salon avait l'air désert, mais de la musique et un murmure de conversations venaient de la salle à manger.

– L'inspecteur Beck cherche George, annonça Danny.

Elle tentait de paraître calme, mais sa nervosité était évidente.

– Je viens de lui expliquer que George et moi n'habitons plus ensemble pour le moment, et que je n'ai aucune idée de l'endroit où il se trouve. Mais l'inspecteur Beck semble croire que je lui cache quelque chose.

– Ce n'est pas du tout ce que j'ai dit, madame Hubner, se défendit Beck en la regardant à nouveau. Je vous ai seulement demandé si vous aviez une idée de l'endroit où il se trouve.

– Et je vous réponds que je n'en ai aucune, répliqua sèchement Danny.

Je m'approchai d'eux, mes talons claquant sur le sol carrelé. Du coin de l'œil, je vis à la réception Natalie qui farfouillait dans ses papiers pour paraître occupée.

– Vous comptez vraiment arrêter George ? demandai-je à Beck. Danny doit-elle prévenir son avocat ?

– Nous voulons juste lui poser quelques questions supplémentaires, répondit Beck.

Je tentai d'accrocher son regard, mais c'est à Danny qu'il s'adressait, pas à moi. Et je trouvais cela à la fois agaçant et vexant.

– N'y a-t-il pas d'autres pistes à suivre dans cette affaire ? bredouillai-je. Piper dit que le soir du meurtre, Anna était habillée comme si elle avait un rendez-vous.

– Tiens donc ! fit-il, en me regardant cette fois.

Je m'étonnai d'avoir dit cela, mais il paraissait encore plus surpris que moi.

– Oui, dis-je, incapable de m'arrêter maintenant. Et... et cet été, Anna a eu l'impression que quelqu'un la suivait. Ça devrait intéresser la police, non ?

Là-dessus, je tournai les talons, rouge comme une pivoine, pour me rendre à la salle à manger. Natalie avait feint de ne pas s'intéresser à la conversation, mais je vis sa tête refaire surface derrière le comptoir. Elle paraissait surprise, inquiète même, et j'eus l'impression qu'elle cherchait à capter le regard de Danny.

– Dois-je vous envoyer un chèque pour votre consultation, mademoiselle Weggins ? persifla Beck.

Je me tournai vers lui pour voir son expression. Il avait l'air vraiment furieux.

– C'était une simple suggestion, dis-je.

Il m'ignora et se tourna vers Danny.

– Si vous voyez votre mari ou s'il vous appelle, demandez-lui de me contacter au poste.

Au même instant, la porte d'entrée s'ouvrit brusquement, et nous tournâmes simultanément la tête tous les trois, comme s'il arrivait Dieu sait quoi. Mais c'était seulement le réceptionniste de nuit. Il nous regarda d'un air penaud, conscient d'arriver à un mauvais moment.

– Euh, je suis désolé, je suis un peu en retard, dit-il à Natalie. Le temps d'ôter ces vêtements mouillés, et vous pourrez partir.

Il passa à côté de nous et disparut derrière la réception.

Sans ajouter un mot, Beck tourna les talons, traversa le hall et sortit en contenant manifestement sa colère.

Danny laissa échapper un profond soupir dès qu'il fut parti, et se tourna vers la jeune réceptionniste :

– Natalie, je suis désolée que vous ayez dû assister à cela, lui dit-elle.

– Ce n'est pas grave, assura Natalie.

Mais elle avait vraiment un drôle d'air, comme si ce qu'elle venait d'entendre l'avait réellement perturbée.

Danny et moi rejoignîmes la salle à manger. Dès que nous entrâmes, j'eus l'impression de pénétrer dans un autre monde. Il y avait des chandeliers sur les tables et un bon feu ronronnait dans la cheminée sur fond de musique classique. Nous commandâmes du vin – cabernet pour moi, chardonnay pour Danny – et pendant une heure nous nous efforçâmes d'oublier tout le reste.

Le repas fut délicieux. Il était un peu plus de 21 heures lorsque Danny me proposa de prendre un dernier brandy au salon avant d'aller nous coucher. En repassant par le hall, nous aperçûmes une femme en imperméable bleu à la réception. Nous la vîmes secouer la tête avec agacement, comme si la réponse que venait sans doute de lui faire le réceptionniste ne la satisfaisait pas.

– Tout va bien, Earl ? demanda Danny.

– Cette dame attend Piper, et je fais de mon mieux pour la trouver, mais je n'y arrive pas, expliqua-t-il.

Elle avait à peu près l'âge de Piper, trente-cinq ans environ. C'était une jolie femme. Ses cheveux exagérément tirés en arrière donnaient à son regard un air perpétuellement surpris. Elle se tourna vers Danny, ayant compris que c'était la responsable.

– Je m'appelle Lacey Cox, je suis une amie de Piper, annonça-t-elle. J'ai de l'argent à lui remettre, et je ne veux pas partir avant de l'avoir fait. Je suis un peu en retard, mais elle a dit qu'elle m'attendrait.

– Quel est le numéro de sa chambre, Earl ? demanda Danny.

– Elle m'a parlé de la chambre 27, dit Lacey, sans laisser le temps à Earl de répondre. Il a essayé mais ça ne répond pas.

– Je lui ai parlé tout à l'heure, dis-je. Je sais qu'elle voulait partir au plus tôt. Peut-être qu'elle n'a pas pu attendre.

– Il s'agit de quatre cents dollars, fit valoir Lacey. Elle ne serait pas partie sans.

– Et la grange ? suggérai-je. Elle y est peut-être retournée pour récupérer quelque chose.

– Le garçon d'étage est allé vérifier, expliqua Earl. Elle n'y est pas.

Danny et moi échangeâmes un regard inquiet, et je sentis un petit frisson me glacer l'échine.

– Je sais où est sa voiture, dis-je. Le mieux serait peut-être que j'aille vérifier si elle est toujours là.

J'attrapai un des parapluies prêtés aux clients de l'hôtel dans l'entrée et sortis. La pluie avait presque cessé et, sans prendre la peine d'ouvrir le parapluie, je courus jusqu'à l'endroit où j'avais repéré la Coccinelle. J'éprouvai une désagréable impression de déjà vu. Une semaine plus tôt, presque à la même heure, je me trouvais déjà sur ce parking, la peur au ventre.

La voiture de Piper était toujours garée au même endroit. C'était mauvais signe. Je retournai en courant jusqu'à l'hôtel. Danny se balançait nerveusement d'un pied sur l'autre.

– La voiture est toujours là, dis-je. Essayons de rappeler sa chambre.

Earl décrocha le téléphone et rappela, tandis que Lacey faisait cliqueter ses ongles rouges sur le comptoir.

– Toujours pas de réponse, dit-il.

Danny proposa que je monte avec elle jusqu'à la chambre au cas où Piper dormirait et n'aurait pas entendu sonner le téléphone.

– Je peux venir avec vous ? demanda Lacey.

– Pourquoi ne pas attendre ici ? suggérai-je. Si Piper est là, nous vous prévenons tout de suite.

– Je n'aime pas ça, Bailey, murmura Danny tandis que nous montions l'escalier. Je n'aime pas ça du tout.

– Non, il y a quelque chose qui cloche, dis-je. Tu as la clé ?

Je frappai à la porte quatre ou cinq fois tout en appelant Piper. Pas de réponse. Je m'écartai et laissai Danny ouvrir. Nous poussâmes la porte ensemble.

Il fallut quelques secondes à Danny pour trouver l'interrupteur, pendant que je retenais mon souffle. Quand les deux lampes de chevet s'allumèrent simultanément, nous vîmes que la chambre était vide. Il n'y avait même aucun signe que Piper eût jamais été là. Aucune de ses affaires ne traînait nulle part, et le dessus-de-lit n'avait pas un pli.

– Tu es certaine que c'était cette chambre ? me demanda Danny.

– Je crois... la quatrième à gauche. Toutes les chambres ont la même déco ?

– Non, elles sont toutes différentes.

– Alors c'est bien cette chambre, confirmai-je. Écoute, elle en a peut-être eu assez de rester ici. Peut-être qu'elle se balade quelque part dans l'hôtel. On devrait aller voir dans la salle de sport ou dans le solarium. Tu vois un autre endroit ?

– Non, à part le salon, et la petite pièce contiguë à la salle à manger. On y joue aux cartes en principe, mais personne ne l'utilise jamais.

– Procédons étage par étage. Veux-tu que nous nous séparions, ou que nous restions ensemble ?

– Je ne crois pas que j'aurai la force de rester toute seule, avoua Danny.

Nous vérifiâmes d'abord l'étage du dessous, où se trouvait ma suite, mais nous ne vîmes personne excepté un couple rentrant dans sa chambre au bout du couloir. Puis le rez-de-chaussée. Nous jetâmes un coup d'œil dans toutes les pièces, la salle à manger, la salle de jeux et le salon, le solarium, et même le sous-sol où se trouvait la salle de sport. Piper n'était nulle part.

– Danny, dis-je finalement. Je commence à être réellement inquiète. Sa voiture est ici, donc elle n'a pas quitté l'hôtel. Je crois que nous devrions aller voir au centre de relaxation.

– Au spa ? Pourquoi ?

– Je ne sais pas. Peut-être a-t-elle oublié quelque chose dans les vestiaires. De plus, c'est le seul endroit où nous ne sommes pas allées.

J'évitai de rappeler que c'était là que le premier meurtre avait été commis, et que si le meurtrier s'en était pris cette fois à Piper, il risquait de l'y avoir emmenée.

Nous passâmes par l'entrée communiquant avec l'hôtel. L'endroit m'avait déjà glacé le sang dans la journée, mais ce soir je le trouvai encore plus terrifiant. Pratiquement accrochées l'une à l'autre, Danny et moi inspectâmes chaque couloir tout en appelant Piper. Mais elle n'était nulle part.

– Et maintenant ? demanda Danny.

– Je ne sais pas. Peut-être devrions-nous essayer la grange. Je sais que le garçon d'étage y est déjà allé, mais elle pouvait être dans une autre chambre, pour faire ses adieux à quelqu'un. Si nous ne la trouvons pas là-bas, nous appellerons la police.

Danny suggéra de ressortir par l'entrée principale du centre pour gagner du temps. Là, avant d'ouvrir la porte, elle se précipita vers l'accueil, fouilla sous le comptoir et récupéra une torche électrique dans un tiroir.

– Le chemin est éclairé, dit-elle, mais je me sentirai mieux avec ça.

Nous sortîmes du centre et longeâmes le parking en direction de la grange.

– Donne-moi la torche une seconde, demandai-je à Danny. Je voudrais jeter un coup d'œil dans la voiture de Piper.

Nous traversâmes le parking jusqu'à la Coccinelle. Je dirigeai le faisceau de la lampe vers l'habitacle qui débordait de sacs et d'objets de toutes sortes, mais je ne vis rien de particulier. Reculant d'un pas, je balayai plusieurs fois le parking avec le faisceau de la lampe, puis les arbres et le petit amas rocheux qui se dressaient en bordure. Juste à côté des rochers, sur le revêtement bitumeux, je repérai un éparpillement de feuilles mortes.

– Attends, dis-je à Danny. Je veux vérifier quelque chose.

Je me dirigeai vers l'extrémité du parking et les rochers, et Danny m'emboîta le pas. Ce n'étaient que des feuilles mortes, mais il y en avait plus ici que partout ailleurs.

Je dirigeai le faisceau de la lampe directement dans les bois et à la base des rochers. Là, je remarquai qu'une partie du tapis de feuilles mortes avait été récemment balayé. Je regardai Danny.

– Ne bouge pas d'ici, d'accord ? Je veux juste jeter un coup d'œil par là-bas.

– Non, je viens avec toi.

Nous enjambâmes la limite goudronnée du parking et, dirigeant la lampe devant nous, je nous guidai lentement derrière les rochers, mes talons hauts s'enfonçant dans la terre détrempée. Et soudain, je repérai un morceau de tissu marron clair à quelques mètres devant nous. J'avais eu beau essayer de me préparer au pire, je restai sous le choc.

C'était Piper. Elle gisait sur le ventre dans un imperméable chamois, le corps à moitié recouvert de feuilles mortes, ses longs cheveux roux dégoulinants lui couvrant une partie du visage.

22

Danny mit un temps infini à comprendre la signification de ce qu'elle voyait. Elle fixait le corps d'un air hagard, comme si elle assemblait mentalement les pièces d'un puzzle.

– Oh, mon Dieu, dit-elle finalement en serrant mon bras si fort qu'elle me fit mal. C'est...

– Oui, dis-je d'une voix rauque. C'est Piper.

Danny voulut avancer vers le cadavre, mais je l'en empêchai.

– Danny, l'implorai-je, nous ne devons pas approcher davantage. Il ne faut rien toucher.

Le vendredi précédent, je n'avais eu d'autre choix que de fiche la pagaille sur le lieu du crime, mais cette fois c'était différent.

– Mais... et si elle était encore en vie ?

– Nous devons appeler le 911, et laisser les secours faire leur boulot.

Je résistai à l'envie d'aller lui prendre le pouls, mais à en juger par la position du corps et la drôle d'inclinaison de la tête, elle était sûrement morte. Et il était clair que quelqu'un l'avait tuée, et avait tenté de camoufler son corps à la va-vite.

Nous regagnâmes l'hôtel au pas de course. Danny ne parlait plus, j'entendais seulement sa respiration tremblante. Dans ma petite robe et mon châle léger, je ne sentais même plus le froid ; tout ce que j'éprouvais maintenant, c'était de la peur. Et de la culpabilité. J'aurais dû parler à Beck des « massages amicaux ». Piper ne serait peut-être pas morte si je l'avais fait.

Earl et Lacey n'avaient pas bougé. Sans explication, Danny s'empara du téléphone à la réception et appela les secours. Elle commença par bredouiller une explication incohérente, jusqu'à ce qu'apparemment son correspondant lui demande de se calmer et de répéter lentement. J'offris de le faire à sa place, mais elle prit une longue inspiration et expliqua posément qu'elle venait de découvrir le cadavre d'une employée sur sa propriété. Lorsqu'elle raccrocha, Earl resta figé sur place, bouche bée. Lacey explosa :

– Oh, nom de Dieu de merde ! hurla-t-elle. C'est Piper, n'est-ce pas ? J'aurais dû me douter que ça arriverait. Elle était terrifiée. Oh, mon Dieu...

– Essayez de vous calmer, je vous en prie, dis-je. Crier n'arrangera rien.

– Earl, voulez-vous aller vérifier dans la salle à manger s'il y a encore quelqu'un ? lui demanda Danny.

– Il faut regrouper le personnel, dis-je. Personne ne doit quitter l'hôtel.

Je pris Danny à l'écart et lui proposai d'attendre dehors l'arrivée de l'ambulance et de la police, afin de pouvoir les diriger. Je lui demandai de rester à l'intérieur pendant ce temps, et de garder un œil sur les employés.

– Très bien, dit-elle.

Cette fois, l'ambulance arriva avant les flics. Le chauffeur pila devant l'hôtel et abaissa sa vitre. Je lui expliquai en deux mots ce qui était arrivé, puis me mis à courir devant la voiture pour leur indiquer où se trouvait le corps. Parvenue au bout du parking, je pointai l'endroit avec le faisceau de la torche. J'attendis quelques minutes, et j'entendis l'un des deux auxiliaires médicaux annoncer qu'elle était morte.

Je retournai alors à l'hôtel. Une douzaine d'employés s'étaient rassemblés dans le hall, l'air terrifié. Pendant que Danny s'efforçait de les réconforter, je guettai par la fenêtre l'arrivée des flics.

Deux voitures de police arrivèrent peu après. Apparemment, Beck n'était pas du voyage. La voiture de patrouille traversa le parking pour rejoindre l'ambulance ; deux inspecteurs que j'avais déjà aperçus le vendredi précédent descendirent de l'autre voiture. Ils grimpèrent les marches, entrèrent dans l'hôtel et, reconnaissant Danny, s'adressèrent directement à elle. Elle leur expliqua rapidement la disparition de Piper, puis la découverte de son corps près du parking. L'un des inspecteurs jeta un coup d'œil dans le salon et suggéra que nous attendions tous à l'intérieur, le temps que nous puissions être interrogés. Danny fut appelée dehors moins de deux minutes plus tard. Je restai avec Earl, Lacey et la douzaine d'employés de l'hôtel que je ne connaissais pas, à essayer de me réchauffer devant les flammes de la cheminée.

Puis nous commençâmes à voir arriver dans le salon d'autres personnes : cinq ou six clients de l'hôtel en robe de chambre et pyjama, l'air soit paniqué, soit totalement désorienté. Bientôt, je commençai à m'inquiéter pour Danny, mais quand je m'approchai de la porte coulissante et essayai de passer la tête à l'extérieur, un flic en uniforme posté devant me demanda de refermer et de rester à l'intérieur.

Danny revint une dizaine de minutes plus tard. Malgré le choc, elle paraissait tenir le coup.

– Ils vont fouiller l'hôtel, chambre par chambre, et demander à tout le monde de descendre au salon, m'expliqua-t-elle dans un murmure. Ils vont aussi essayer de retrouver tous ceux qui ont mangé au restaurant.

– Y a-t-il des clients arrivés ce soir qui étaient déjà ici le week-end dernier ?

– Non, à part toi, répondit-elle avec un sourire attristé.

– Beck va probablement m'arrêter quand il va s'en rendre compte, dis-je.

– Il est ici, à propos. Il m'a demandé où tu étais. Je pense qu'il ne va pas tarder à t'interroger.

Cette seule pensée me rendait nerveuse. Et pas seulement à cause du petit accrochage que nous avions eu, lui et moi, un peu plus tôt dans le hall. Je venais de découvrir un nouveau cadavre, et j'allais devoir avouer tout ce que j'avais découvert jusque-là concernant Anna, y compris les « massages amicaux ». Je préférais ne pas même imaginer les retombées de tels aveux.

Soudain, la porte coulissante s'ouvrit derrière nous, et nous nous retournâmes pour voir qui arrivait. Nous échangeâmes un regard sidéré.

C'était Piper, saine et sauve, ses cheveux roux flamboyants ramenés en queue de cheval. Nous nous précipitâmes vers elle.

– Com... comment avez-vous... ? bredouilla Danny, totalement désorientée. Attendez, qu'est-ce qui se passe ?

– Je n'en ai aucune idée, dit Piper, l'air à la fois effrayé et désarçonné. La police a cogné à la porte de ma chambre et m'a demandé de descendre. Que se passe-t-il ?

– Alors, ce n'était pas vous... dans le... ?

– Mais dans quelle chambre étiez-vous ? lui demandai-je. Nous sommes montées vous chercher dans la 27, mais il n'y avait personne.

Lacey poussa soudain un cri en apercevant son amie. Elle accourut immédiatement.

– Mon Dieu, Piper, ils ont dit que tu étais morte, s'écria-t-elle en arrivant près d'elle. Cet endroit est complètement dingue.

– Quoi ? fit Piper, incrédule. Enfin, quelqu'un va-t-il m'expliquer ce qui se passe ?

– Oui, bien sûr, dis-je, mais avant cela, une seule question : où étiez-vous durant tout ce temps ?

– J'ai pris une autre chambre. Natalie m'a demandé de changer, parce que celle que j'occupais faisait partie d'une suite et qu'elle devait absolument être libre demain au cas où un nouveau client débarquerait. Et puis je me suis endormie.

Dès qu'elle prononça le nom de Natalie, je compris ce qui passait. Je me tournai vers Danny, toujours incrédule.

– Danny, dis-je en la prenant à part. Danny, regarde-moi.

– Bailey, tu comprends quelque chose à tout ça ?

– Danny, murmurai-je, en m'efforçant de ne pas montrer à quel point j'étais bouleversée. Je sais que c'est dur à entendre, mais je crois que c'est Natalie qui est là-bas.

– Quoi ? Oh, mon Dieu, non !

– C'est pourtant elle, malheureusement. J'ai cru que c'était Piper à cause des cheveux roux et parce qu'elle était introuvable. Mais Natalie avait bien un imperméable chamois, n'est-ce pas ?

– Oui… oui.

Je vis des larmes brouiller ses yeux.

– Nous ferions mieux de prévenir la police. Encore qu'ils ont probablement découvert son identité maintenant s'ils l'ont fouillée.

Comme nous allions sortir, Piper m'agrippa le bras.

– Allez-vous me dire ce qui se passe ? demanda-t-elle.

– Quelqu'un a été tué, dis-je. Nous avons cru que c'était vous parce qu'on ne vous trouvait pas. Je suis ravie que vous n'ayez rien.

La nouvelle parut la terrifier, et elle se mit à me poser tout un tas de questions, mais je lui expliquai que Danny et moi devions parler à la police.

Après que j'eus persuadé le flic de garde que nous avions de nouvelles informations, il nous conduisit jusqu'aux bureaux situés derrière la réception. Beck se trouvait dans le petit salon, discutant avec un de ses collègues en civil, et un flic de la police d'État. Notre cerbère en uniforme nous fit entrer.

Beck concentra son attention sur Danny qui, encore sous le choc, lui raconta en bredouillant notre découverte. À en juger par son expression, nous ne lui apprenions rien de nouveau. Il remercia Danny et lui confirma qu'il s'agissait bien de Natalie. Ils avaient trouvé le numéro de ses parents dans son portefeuille, et les avaient contactés. C'est tout ce qu'il avait le droit de nous dire pour le moment. Nous allions sortir quand Beck me rappela :

– Mademoiselle Weggins. Voulez-vous rester, s'il vous plaît ? dit-il. J'ai quelques questions à vous poser.

Je serrai le bras de Danny lorsqu'elle quitta la pièce, suivie du flic de la police d'État. Beck prit un siège et, spontanément, je fis de même, parce que je ne voulais pas rester debout pendant qu'il m'interrogerait. L'autre flic s'occupa de remplir de la paperasse sur la table.

– J'aimerais bien connaître votre version des événements de la soirée, commença Beck.

– Bien sûr. Sauf que je n'ai pas quitté Danny, et que je n'ai pas grand-chose à ajouter à son témoignage.

– C'est moi qui en jugerai, si ça ne vous gêne pas, lâcha-t-il sèchement.

J'étais toujours en disgrâce, aucun doute. Pendant qu'il prenait des notes dans son petit carnet, je lui racontai à nouveau toute l'histoire : Lacey qui voulait remettre de l'argent à Piper, Danny et moi fouillant l'hôtel à sa recherche, l'idée d'aller voir à la grange, puis la découverte du corps, et enfin la méprise.

– Les ennuis semblent vous suivre où que vous alliez, n'est-ce pas ? réagit-il sévèrement quand j'eus terminé mon récit. Pourquoi, d'après vous ?

La rudesse du ton me déconcerta et, du coin de l'œil, je vis l'autre flic lever la tête, visiblement étonné lui aussi.

– Je ne sais pas, répondis-je aussi froidement que je le pus. Je...

– Je veux que vous veniez au poste demain matin faire une déposition, m'interrompit-il.

– Très bien, dis-je.

Lorsque je me levai, l'autre flic fit de même, mais il sortit avant moi, tenant une liasse de documents à la main. Je me demandai si le moment était bien choisi pour mettre Beck au courant des petites pratiques clandestines du centre. Mais puisque c'était Natalie, et non Piper, qui venait dêtre retrouvée morte, cela signifiait que les meurtres n'avaient probablement rien à voir avec ce qui se passait au centre. Et cependant, je ne pouvais pas lui cacher cette info éternellement. Je décidai malgré tout d'attendre le lendemain, au moment d'aller faire ma déposition.

J'allais sortir lorsque Beck me rappela :

– Mademoiselle Weggins...

Je me retournai et le regardai, espérant que maintenant que nous étions seuls, il aurait un mot réconfortant, histoire de détendre l'atmosphère entre nous.

– Ne parlez à personne là-bas, vous m'entendez ? reprit-il sèchement. Ni à un client de l'hôtel, ni à un employé. Je veux que vous arrêtiez de fourrer votre nez dans ce qui ne vous regarde pas.

La petite phrase me fit l'effet d'une gifle. Je tournai les talons et sortis en claquant la porte. Je compris que Beck ne me faisait plus confiance, et je ne pouvais le lui reprocher vraiment. Mais je trouvais son comportement déplacé. D'accord, il avait deux meurtres sur les bras et je voulais bien imaginer qu'il subissait toutes les pressions du monde de la part de sa hiérarchie, mais cela ne me consolait qu'à moitié.

De retour dans le salon, je cherchai Danny, mais elle n'y était pas. Je repérai quelques visages nouveaux dans la salle – des thérapeutes qui, probablement, résidaient à la grange. Éric se trouvait parmi eux, adossé à un mur de l'autre côté de la pièce. Il me fixa d'un air impassible. Je cherchai Josh du regard, et puis je me souvins qu'il habitait en ville.

Danny revint une dizaine de minutes plus tard. J'étais assise sur une chaise, près de la porte. Elle paraissait agitée et ses yeux brillaient.

– Que se passe-t-il ? lui demandai-je.

– Je ferme l'hôtel, répondit-elle, catégorique. Il y a un tueur en liberté, et je ne permettrai pas qu'il fasse une nouvelle victime.

– Mais... et les clients ?

Elle m'expliqua qu'elle allait appeler d'autres hôtels des environs, et s'arranger pour les caser. Je lui proposai de l'aider, mais elle préférait s'en occuper elle-même parce qu'elle connaissait personnellement la plupart des hôteliers du coin.

Durant l'heure suivante, Danny organisa son plan d'évacuation, tandis que je restais assise là, impuissante et frustrée, à ruminer mes interrogations et à laisser mon mal de gorge gagner du terrain.

Peu à peu, il y eut de moins en moins de monde dans le salon, la police appelant les gens les uns après les autres pour les interroger. Danny revenait dans la pièce de temps à autre, pour annoncer à ses clients dans quel hôtel ils allaient être transférés. Un couple se mit en rogne en apprenant que sa petite escapade romantique allait se terminer au Days Inn, un motel de troisième catégorie situé à dix kilomètres de là. Danny, complètement vidée, ne fit aucun effort pour les amadouer.

Il était minuit quand Danny et moi quittâmes finalement l'hôtel, ne laissant plus que les flics derrière nous. J'avais été autorisée à récupérer mes affaires dans ma chambre, quoique sous surveillance policière, et j'en avais profité pour me changer rapidement et passer un jean. Je devais suivre Danny avec ma Jeep jusque chez elle. Elle m'avait dit que l'endroit était isolé, mais je n'imaginais pas à quel point. La maison était de plain-pied, située à l'orée d'un bois, à une dizaine de minutes de Warren. Comme nous remontions l'allée, une lampe s'alluma devant le garage, et un homme descendit d'une voiture garée juste devant. Danny pila. Je m'arrêtai à mon tour. Je sentis mon estomac se nouer. Lorsqu'il sortit de l'ombre, je reconnus George.

23

George s'approcha de la voiture et Danny abaissa sa vitre. Je ne bougeai pas, une main sur la poignée de ma portière, prête à intervenir. Je n'entendais pas ce qu'ils disaient, mais je vis Danny secouer négativement la tête, catégorique. George repartit vers sa voiture, se remit au volant et fit demi-tour dans l'allée. En croisant ma Jeep, il me jeta un regard mauvais.

Je me garai à côté de Danny, et la rejoignis à la porte. Pendant qu'elle ouvrait, je me mis dos à dos avec elle et scrutai le périmètre forestier. J'avais hâte d'être à l'intérieur.

Danny alluma dans le séjour. La maison n'était pas grande, mais elle avait beaucoup de charme, avec ses meubles anciens de style provençal et ses gravures. Le séjour était confortable, la cuisine ouverte spacieuse, et le coin repas à côté de la cheminée plutôt chaleureux. Au bout du couloir, il devait y avoir deux chambres.

– Veux-tu boire quelque chose, Bailey ? me proposa Danny.

– Juste un verre d'eau. Que voulait George ?

– Pas de vin ? J'ai envie d'un grand verre de vin blanc.

– Pourquoi pas ?

Je doutais des bienfaits du vin blanc sur le mal de gorge, mais bon...

– George, tu disais ? reprit Danny en ouvrant le réfrigérateur. Il est venu m'attendre ici après avoir appris la nouvelle à la radio. Il venait voir s'il pouvait m'aider.

– Mais tu lui as demandé de partir ?

– Oui, je ne lui fais plus confiance. Plus après ces coups de fil à Anna. Et pourtant, j'ai besoin de lui, tu n'imagines pas à quel point. Mais...

Tandis qu'elle fouillait dans le frigo à la recherche du vin blanc, je vis ses épaules trembler et, la bouteille à la main, elle éclata en sanglots.

– Je n'arrive pas à croire que Natalie soit morte, gémit-elle. Je me sens responsable. J'aurais dû fermer l'hôtel plus tôt.

Je m'approchai d'elle et glissai mes bras autour de ses épaules.

– Oh, Danny, tu n'y es pour rien. Ça n'aurait eu aucun sens de fermer l'hôtel. La vie doit continuer.

Elle réussit à nous servir un verre de vin, mais ses mains tremblaient tellement qu'elle en renversa sur le plan de travail. Avec un morceau d'essuie-tout, elle absorba le vin renversé, puis sécha les larmes de ses yeux.

– Natalie était jeune, innocente, si pleine de vie, dit-elle. Pourquoi lui a-t-on fait cela ?

– Je n'ai pas la réponse, dis-je. Soit on a affaire à un véritable psychopathe, un détraqué qui tue pour le plaisir, soit il existait un lien que nous ignorons entre Anna et Natalie. Un détail m'intrigue : pendant que nous discutions avec Beck dans le hall en début de soirée, Natalie t'a jeté un regard inquiet à un moment, sans que je comprenne pourquoi.

– Peut-être, je ne m'en souviens pas, avoua Danny.

– Si, elle t'a regardée, quand j'ai dit quelque chose à propos d'Anna, je crois. J'ai demandé à Beck pourquoi il ne suivait pas d'autres pistes. Sur le moment, j'ai cru qu'elle était juste surprise de voir le tour que prenait la conversation, mais maintenant je me demande si un détail ne lui est pas revenu brusquement.

Danny fronça les sourcils.

– Je regrette, cela ne me dit rien du tout.

Je n'insistai pas. À l'évidence, tout cela avait échappé à Danny. Et d'ailleurs, j'étais vannée. Je lui demandai de me montrer ma chambre, et je la suivis dans le couloir jusqu'à la chambre d'amis. Je lui souhaitai le bonsoir et me glissai dans les draps sans même prendre la peine d'ôter autre chose que mon jean et mes chaussures.

Le lendemain matin, je me réveillai en sursaut et trouvai Danny assise au bord de mon lit. Je compris qu'il devait être tard, parce que le soleil inondait la chambre d'une belle lumière.

– Quelle heure est-il ? demandai-je d'une voix endormie.

J'avais l'impression d'avoir la gorge à vif et ma tête me faisait mal.

– Onze heures.

– Oh, Seigneur ! désolée, dis-je. Je crois que je n'ai pas dû m'endormir avant 5 heures du matin. Est-ce qu'il y a du nouveau pour Natalie ?

– J'ai pu parler à son père, répondit Danny. Il dit que le meurtrier lui a brisé le cou. Et écoute bien ça : apparemment, toujours d'après son père, elle est sortie plusieurs fois avec Éric récemment.

– Non !

– Il semble que la police l'ait conduit au poste pour l'interroger. Peut-être que c'est un détraqué, Bailey.

– Ça expliquerait bien des choses, dis-je. Je veux dire, je me suis souvent demandé si Éric n'était pas le meurtrier d'Anna, mais je reconnais que je n'ai pas pensé une seconde qu'il pouvait être impliqué dans la mort de Natalie.

C'est la première fois que tu entends dire qu'ils se voyaient ?

– Oui. Et pourtant, Natalie ne faisait pas mystère de sa vie privée. Peut-être qu'elle a pensé que je désapprouverais, à cause du travail.

– Possible. À propos, que comptes-tu faire aujourd'hui ? Pour ma part, je suis censée passer au poste de Warren pour faire ma déposition.

Elle insista pour me préparer à manger, « avant de penser à faire quoi que ce soit », dit-elle. Après cela, elle comptait aller faire sa propre déposition à la police, puis rendre visite aux parents de Natalie. Ensuite elle retournerait à l'hôtel, afin d'annuler les réservations pour les semaines à venir et d'essayer de trouver une solution pour le personnel.

– Tu es certaine de vouloir fermer l'hôtel de cette manière ? lui demandai-je. Si c'est Éric le tueur, tu n'auras plus à t'inquiéter.

– Mais nous n'avons encore aucune certitude. Jusque-là, je ne veux plus risquer la vie de personne.

Quand je la rejoignis dans la cuisine quelques minutes plus tard, je m'aperçus qu'en fait de déjeuner elle n'avait pas tant préparé à manger que sorti différentes choses du réfrigérateur – fruit, fromage, tranches de salami. Vêtue d'un poncho, elle continuait de farfouiller à la recherche d'autres aliments.

– Écoute, Danny, vas-y, je vais me débrouiller. Et je veux t'aider aujourd'hui. Dis-moi ce que je peux faire. Je ne veux pas rester à me tourner les pouces.

– Mais je croyais que tu devais rentrer à New York ?

– Les flics ne voudront peut-être pas que je reparte comme ça. Et puis, je ne veux pas t'abandonner en pleine mouise. On n'a qu'à procéder par étapes. S'ils décident de boucler Éric, alors je repartirai pour New York demain matin.

Elle me dit qu'elle m'était reconnaissante de rester. Elle m'appellerait de l'hôtel quand elle y serait, et elle allait réfléchir comment je pouvais au juste l'aider.

Lorsqu'elle fut partie, je décidai d'appeler Jack chez lui ; impossible de faire autrement. Je m'attendais à tomber sur son répondeur, mais à ma grande surprise il décrocha. Je lui expliquai en bredouillant ce qui était arrivé, et lui dis que j'allais devoir retarder mon retour à New York.

– Mais il y a des chances pour que je puisse rentrer demain malgré tout, ajoutai-je finalement. Tu pourrais venir dîner, je te préparerais mes spaghettis maison.

Grand silence.

– Jack ?

– Je suis là. Écoute, je suis désolé pour ton amie, j'espère que ça va s'arranger. Fais bien attention à toi, d'accord ?

– Mais, et pour dimanche ? Qu'est-ce que tu en dis ?

– Ne décidons rien encore. La situation est manifestement compliquée pour toi là-bas. Appelle-moi si tu rentres demain.

– Tu as l'air fâché, dis-je. Tu sais, je n'ai vraiment pas le choix, sans quoi je ne resterais pas ici.

– Écoute, je vais devoir te croire sur parole. C'est juste que j'ai du mal à faire la part des choses entre ce que tu as envie de faire et ce que tu es obligée de faire.

– Oh, je t'en prie, Jack, dis-je. Je n'ai pas de nouvelles de toi pendant un mois et demi, et voilà que tu prends la mouche parce que, pour une fois, je dois changer mes plans.

– Non, puisque tu n'as pas le choix, la cause est entendue.

Il dit cela d'un ton dégagé, comme s'il n'y avait aucune amertume dans son propos, mais tout ce qu'il réussit à faire fut de m'agacer encore plus.

– Je t'appelle demain, dis-je.

Et je raccrochai, fumasse. D'abord Beck, maintenant lui. J'avais envie de hurler : *N'en jetez plus, les gars, la coupe est pleine !*

J'appelai ensuite le poste de police de Warren. La femme qui me répondit me suggéra de venir immédiatement. Je m'habillai, pris ma Jeep et fonçai à Warren. J'avais une frousse bleue de revoir Beck, mais ma déposition fut prise par un flic nommé Davis, dont la veste écossaise était à peu près aussi laide que la couleur pisseuse de sa cravate. J'eus beau regarder régulièrement autour de moi, je ne vis aucun signe d'Éric ni de Beck tout le temps que dura ma déposition.

– L'inspecteur Beck est-il dans le coin ? demandai-je finalement à Davis lorsqu'il me raccompagna à la sortie.

Je n'avais évidemment aucune envie de le voir pour l'instant, mais je me devais de lui parler des « massages amicaux ». Davis m'informa qu'il n'était « pas disponible » pour le moment, mais que si j'appelais en début de soirée je pourrais certainement le joindre.

Je retournai chez Danny, qui m'avait laissé un double des clés de la maison. Elle m'appela à 16 heures pour me dire qu'elle était toujours à l'hôtel, et qu'elle allait y rester encore un moment. Elle n'avait pas besoin de moi pour l'instant, quelques-uns des membres du personnel étant revenus pour l'aider. Elle comptait être à la maison pour 18 heures. Elle achèterait de quoi dîner en route.

Rester là à ne rien faire me tapait sur le système. Je me changeai et pris une douche. En fouillant dans mon sac, je me rendis compte que j'avais laissé plusieurs vêtements dans la penderie de ma chambre. C'était exactement l'excuse dont j'avais besoin. Je décidai d'aller à l'hôtel en voiture pour les récupérer. Avant que j'aie le temps de décrocher le téléphone pour appeler Danny, il se mit à sonner. C'était Cordelia.

– Danny est à l'hôtel, lui expliquai-je.

– En fait, c'est à vous que je voulais parler. Vous avez une minute ?

– Bien sûr, dis-je sans enthousiasme, n'ayant aucune envie de papoter avec la spécialiste de la papillote à l'étouffée.

– J'ai cru deviner à votre ton que vous me tenez toujours pour responsable de ce qui est arrivé pendant l'enveloppement.

– Donnez-moi une bonne raison de croire le contraire.

– C'est pour cela que je vous appelle.

Le combiné à la main, j'étais en train de me servir un verre d'eau minérale dans la cuisine. Je reposai aussitôt la bouteille.

– Je vous écoute, dis-je.

– Je crois que c'est Josh qui vous a fait cela, déclara-t-elle.

– Josh ?

– J'en suis presque certaine. Je ne l'ai pas vu entrer dans la salle, mais d'après les renseignements que j'ai pu glaner auprès d'une autre thérapeute, cela ne peut être que lui.

– Expliquez-moi ça.

– Je ne peux pas, là, tout de suite. Mais j'ai pensé qu'on pourrait se voir un peu plus tard, peut-être vers 19 heures. Je vous expliquerai tout.

Je n'aimais pas beaucoup Cordelia, et cela semblait réciproque, surtout depuis qu'elle m'avait vue dans le bureau avec Éric. Je n'avais aucune raison non plus de lui faire confiance. Elle avait peut-être une dent contre Josh, et voulait en profiter pour régler ses comptes. Ou, tout simplement, elle pouvait chercher à découvrir ce que je savais au juste à propos de la mort d'Anna, surtout si elle avait appris qu'Éric était désormais considéré comme suspect. Mais j'acceptai de la rencontrer. Je voulais découvrir ce qu'elle avait en tête. Elle m'expliqua qu'elle résidait chez une amie, et me donna l'adresse.

Je téléphonai à Danny pour l'informer que j'allais voir Cordelia, mais je tombai sur un répondeur annonçant que l'hôtel était provisoirement fermé. J'essayai encore. Toujours pas de réponse. Une vague inquiétude m'envahit. J'enfilai ma veste en jean, ramassai les clés de la maison et m'assurai d'avoir bien fermé en partant.

Avec ses fenêtres obscures sur fond de ciel crépusculaire, l'hôtel avait un petit côté maison hantée ou tanière de frappadingue à la *Psychose*, le genre de chaumière qui vous fout une pétoche noire rien qu'à la regarder. Si Danny était là, sa voiture serait probablement garée devant, mais je ne la vis nulle part. Peut-être avait-elle fini plus tôt et choisi de rentrer directement. Je remarquai cependant d'autres voitures sur le parking, signe que quelques employés étaient encore là. En dehors d'un ruban jaune claquant au vent, je ne vis aucun signe des flics.

Juste au moment où je descendais de la Jeep, je sursautai en entendant un moteur démarrer sur le parking. Je tournai la tête et, malgré la pénombre, je reconnus le cabriolet Saab argenté de Josh.

Le cœur battant, je vis la Saab arriver vers moi, puis freiner pile à ma hauteur. Josh abaissa sa vitre.

– Il faut que vous mettiez votre grain de sel partout, hein ? fit-il, mauvais comme une teigne.

– Il y a encore quelqu'un à l'hôtel ? lui demandai-je.

– Vous arrivez trop tard.

– Savez-vous si Danny est rentrée chez elle ?

Il ne répondit pas tout de suite, comme s'il connaissait la réponse mais avait décidé de me laisser dans le brouillard.

– Aucune idée, dit-il finalement.

Je tournai les talons et remontai dans la Jeep en faisant mine de chercher mes clés dans mon sac. Je n'avais pas l'intention de partir, j'avais besoin de récupérer mes fringues. Mais je ne voulais pas que Josh pense que j'allais traîner dans le coin. Dès que je mis le contact, il enclencha la première et démarra sur les chapeaux de roue.

Une minute plus tard, je redescendis de voiture et montai les marches du perron. Arrivée devant la porte, j'essayai une à une les clés du trousseau de Danny, jusqu'à ce que je trouve la bonne. J'ouvris, puis entrai. La porte émit un grincement lugubre.

Je remarquai de la lumière provenant du couloir derrière la réception. Peut-être Josh m'avait-il menti et y avait-il encore quelqu'un. Je fis le tour de la réception et me dirigeai vers le couloir.

– Il y a quelqu'un ? appelai-je.

La lumière, apparemment, provenait du petit salon. La table était couverte de listings informatiques, et je comptai une demi-douzaine de tasses à café vides. Le tout sentait la réunion de crise une fois l'ouragan passé.

J'allais partir lorsque j'entendis un bruit. Le même grincement sinistre que lorsque j'avais poussé la porte d'entrée. Ma première pensée fut que Josh avait décidé de revenir. J'eus un instant la tentation d'aller me planquer, au fond d'un tiroir de bureau si possible. Mais, au lieu de cela, je décidai d'affronter la tourmente et me dirigeai vers l'entrée, en essayant de paraître gonflée.

Mais ce n'était pas Josh. C'était Beck, debout dans la pénombre du hall. J'éprouvai un profond soulagement, mais en même temps je me sentis mal à l'aise. Je ne savais plus comment me comporter avec lui après la déculottée de la veille.

– Qu'est-ce que vous faites ici ? demanda-t-il, moins fâché qu'étonné.

Il se rapprocha.

– Je repars pour New York, mais j'ai oublié la moitié de mes vêtements dans ma chambre hier soir. Je pensais que Danny serait encore là.

– Comment êtes-vous entrée ?

– Danny m'a laissé les clés.

– Avez-vous conscience qu'il y a un tueur en liberté ? Et qu'il a déjà tué deux femmes. Vous ne devriez pas être ici toute seule.

– Je croyais que vous teniez un suspect, dis-je. Et d'ailleurs, même si Éric est innocent, je ne vois pas pourquoi le tueur continuerait de rôder par ici. L'hôtel est fermé. Il n'y a plus personne à tuer.

Il eut un petit sourire en coin, qui me rappela instantanément pourquoi je l'avais trouvé si séduisant.

– Quoi qu'il en soit, merci, dis-je. Merci de vous inquiéter. C'est... eh bien, inespéré.

– Et pourquoi cela ? À cause de la manière dont je vous ai parlé hier soir ?

– Qu'est-ce que vous croyez ?

– Savez-vous quelles pressions je subis en ce moment ? Qui plus est, quand nous avons parlé dans le hall hier soir, j'ai compris que vous continuiez de fureter un peu partout, ce que je vous avais dit de ne pas faire.

– Je suis désolée, dis-je, mais je m'inquiète tellement pour Danny.

Le moment était venu de lui parler de la prostitution. Il n'allait pas aimer le fait que je lui avais caché l'information, et je devais me préparer à ce qu'il attrape encore un coup de sang. Soudain, je me rendis compte que nous nous tenions pratiquement à la même place que la veille au soir, quand il s'était mis en pétard contre moi justement. Je me demandai si je ne devais pas plutôt lui proposer d'aller prendre un café quelque part.

Instinctivement, sans doute à cause du côté « déjà vu » de la situation, je me tournai vers la réception, avant de revenir à Beck et de me noyer dans ses yeux d'un bleu fascinant.

Et soudain, je compris ce qui me chiffonnait. La veille au soir, lorsque nous nous tenions à ce même endroit et que Natalie avait tourné un regard inquiet dans notre direction, j'avais cru que c'était Danny qu'elle regardait. Mais Danny n'avait aucun souvenir de ce moment, et cela pour une raison simple : ce n'était pas elle, mais Beck, que Natalie avait regardé.

24

– Que se passe-t-il ? demanda-t-il d'un air grave.

Apparemment, l'expression de mon visage trahissait ma stupeur.

– Euh, rien. C'est juste que… tout ce qui arrive a été si soudain, si inattendu. Anna, et puis Natalie, tout cela est si horrible. Je ferais mieux de partir.

– Je croyais que vous vouliez récupérer vos affaires.

Il croisa les bras et me regarda avec méfiance.

– C'est vrai. Mes valises sont dans ma chambre.

Je m'efforçai de paraître à l'aise, mais ça n'avait pas l'air de marcher.

– Voulez-vous un coup de main ?

– Non, ça ira. Merci.

– Je vous attends ici. Vous êtes sûre que ça va ?

– Je vais bien.

Je tournai les talons et grimpai l'escalier, tentant d'avoir l'air pressé, mais pas paniqué. Pourtant, au fond de moi, je frémissais de peur. Les idées les plus confuses se bousculaient dans mon esprit. Quelque chose clochait, mais je ne savais pas quoi.

Mes mains tremblaient tellement qu'il me fallut une éternité pour ouvrir la porte de ma chambre. Une fois à l'intérieur, je tournai le verrou. Puis j'allai jusqu'à la penderie, ôtai mes frusques des cintres et les ramassai en vrac. Enfin, je m'assis sur le lit et essayai de réfléchir.

Si c'était Beck, et non Danny, que Natalie avait regardé la veille au soir, la question était : pourquoi ? Et cette réaction était survenue juste après que j'avais expliqué qu'Anna pensait avoir été suivie. Mon commentaire avait-il éveillé quelque souvenir chez elle, un détail qu'elle avait négligé jusque-là et qui avait soudain fait tilt dans son esprit ? Pourquoi avait-elle fixé Beck avec appréhension ? Ma révélation le concernait-il ? La seule chose certaine, c'est que peu après Natalie avait été assassinée.

Je ne savais pas quoi faire. Je ne pouvais tout de même pas rester barricadée dans ma chambre et appeler la police pour qu'elle vienne me tirer des griffes de l'inspecteur en chef Jeffrey Beck. Avant tout, je n'avais aucune preuve contre lui. Il n'avait aucun mobile, aucun lien avec Anna ou Natalie. Et il était flic, nom de Dieu ! Pourtant, mon instinct me criait que ce regard de Natalie n'était pas innocent. Et il s'était comporté si étrangement après la découverte du corps de Natalie ! Dans l'immédiat, tout ce qu'il me restait à faire, c'était de redescendre en affichant l'air le plus détendu du monde. Dieu seul savait comment j'allais y parvenir.

Je fouillai rapidement dans mon sac à la recherche de mon mobile et composai le numéro de Jack à New York.

Je t'en prie, réponds.

Il décrocha à la deuxième sonnerie.

– Jack, j'ai besoin de ton aide, dis-je aussitôt. Je suis à l'hôtel, et tout est fermé, et il y a un flic en bas, mais il y a quelque chose qui cloche. Je pense qu'il est lié à l'un des meurtres. Je suis toute seule avec lui. Et je crois qu'il me soupçonne d'avoir flairé un truc. Le problème, c'est que je dois avoir l'air normal, et que je meurs de trouille.

– Avant tout, tu dois te calmer.

– Non, je ne peux pas ! Je suis dans ma chambre, et il va commencer à se demander pourquoi je traîne autant.

– Tu veux que j'appelle la police ?

– Je n'ai rien de solide contre lui. Je veux juste que tu m'expliques comment faire face, comment garder mon sang-froid.

– Quel âge a-t-il ? C'est le genre macho ou pas ?

– À peine quarante ans, et oui, plutôt macho. Mais pas l'emplâtré. Je veux dire, pas le genre plouc.

– Bon, écoute-moi bien, Bailey. Le truc à ne surtout pas faire, c'est d'avoir l'air d'essayer de contrôler la situation. Ne sois pas dure ni menaçante avec lui. Tu dois la jouer naïve, conciliante. Aie l'air vulnérable, comme si tu avais besoin de lui.

– Vulnérable ? Mais ça ne risque pas d'aggraver la situation ? Si j'ai l'air d'avoir la trouille, il sera certain que je sais quelque chose.

– Tu ne dois pas avoir peur de lui. Tu dois avoir peur d'autre chose, ce qui explique que tu recherches son aide et sa protection.

– D'accord. Je vais retourner chez Danny et je te rappellerai de là-bas.

– Bailey, ne raccroche pas. Laisse ton portable allumé, que je puisse entendre ce qui se passe, d'accord ?

J'acquiesçai, et sans prendre la peine de refermer la porte, je me précipitai dans l'escalier. Beck s'impatientait, et il avait commencé à monter quelques marches.

– Tout va bien ? demanda-t-il.

– Ouais, je crois.

Il me trouvait louche, c'était évident. Il fallait que je lui serve mon histoire au plus vite, pour détourner son attention.

– En fait, ajoutai-je, j'ai un problème dont il faut que nous parlions. J'ai besoin de votre aide.

Je continuai de descendre jusqu'à ce que je sois sur la même marche que lui.

– Que se passe-t-il ? demanda-t-il d'un ton à peine curieux.

– Il est arrivé quelque chose de bizarre au spa hier, dis-je en retenant mon souffle. J'aurais dû vous en parler plus tôt, mais il s'est produit tant d'événements.

Je crus le voir se détendre un poil. Nous redescendîmes l'escalier ensemble et nous retrouvâmes face à face au bas des marches. Là, je lui racontai dans le détail l'enveloppement, la serviette sur mon visage et tout le reste. Il m'écouta en silence, l'air impassible.

– Je me sens tellement soulagée de pouvoir enfin vous en parler, conclus-je avec conviction.

Minette vulnérable, exactement comme Jack me l'avait conseillé.

– Éric travaillait ce jour-là ? demanda-t-il.

– J'imagine que oui, mais je ne l'ai pas vu. Vous croyez que c'était lui ?

– C'est possible.

Je jetai un coup d'œil vers la sortie. Il fallait vraiment que je fiche le camp d'ici.

– Vous n'avez pas le temps d'aller prendre un café ? lui proposai-je en me forçant à lui sourire.

– Non, je n'ai pas le temps maintenant. On m'attend. Je suis juste passé récupérer un truc que j'ai oublié hier soir. Plus tard, peut-être. D'ici là, faites attention à vous. Nous n'avons pas encore mis la main sur le coupable de ces meurtres.

Je ne percevais plus aucune tension dans sa voix. Le Beck que je connaissais était de retour. Avais-je laissé mon imagination m'emporter ?

– Je vous promets d'être prudente, dis-je en me dirigeant vers la porte. Merci.

Dès que je fus au volant de ma Jeep, je verrouillai les portières et attrapai mon téléphone.

– Jack ? Tu es encore là ?

Mais nous avions été coupés. J'essaierais plus tard. Tout ce que je voulais pour le moment, c'était décamper.

Je ne quittai pas mon rétroviseur des yeux tout le long du chemin de retour, mais personne ne me suivit. En me garant devant chez Danny, je fus surprise de voir que sa voiture n'était pas là. Elle avait pourtant quitté l'hôtel une heure plus tôt. Où était-elle ?

Une fois dans la maison, je m'enfermai à clé. Le répondeur indiquait quatre messages et, sans prendre la peine d'ôter ma veste en jean, j'appuyai sur la touche « lecture ». Le premier message était de Danny. Elle appelait de sa voiture et expliquait qu'elle avait fermé l'hôtel plus tôt que prévu, parce que les parents de Natalie lui avaient demandé de l'aide pour organiser les obsèques. Elle s'excusait pour le dîner, et me suggérait de fouiner dans le frigo. Il y avait aussi un appel d'un des employés de l'hôtel, qui venait aux nouvelles. Les deux derniers messages étaient de George. Il suppliait Danny d'accepter de le voir.

Je me servis un verre de vin blanc, et arpentai la cuisine de long en large en m'interrogeant sur le bien-fondé de mes doutes concernant Beck. Je ne trouvai pas le lien avec Anna, à part qu'il la connaissait depuis l'enquête sur la mort de William Litchauer. Il l'avait interrogée à ce moment-là. Alors quoi ? Il s'était entiché d'elle ? C'était lui qu'Anna attendait le soir de sa mort ? Natalie les avait-elle vus ensemble ? Mais pourquoi Beck aurait-il tué Anna ?

Je ramassai mon fourre-tout dans l'entrée, et y cherchai le morceau de papier sur lequel j'avais noté le numéro de Carson Ballard. Je le trouvai au fond du sac, complètement froissé. Je pris le téléphone sans fil de Danny, et composai le numéro. Une femme me répondit.

– Qui est à l'appareil ? demanda-t-elle après que j'eus demandé à parler à Carson.

– Je suis une vieille amie. J'appelle pour avoir de ses nouvelles.

– Une minute.

Je l'entendis poser le combiné. Il se passa trente secondes, puis :

– Oui ? dit un homme d'un ton méfiant.

– Bonjour, je m'appelle Bailey Weggins, dis-je. Êtes-vous le Carson Ballard qui a grandi à Wallingford ?

– En quoi ça vous concerne ?

– J'organise une petite fête pour le départ en retraite de Bob Kass, le conseiller d'orientation du lycée. Vous êtes sur la liste des étudiants qu'il désire inviter.

– Ouais, je me souviens de lui, dit-il d'un ton plus détendu. Un brave type. Comment m'avez-vous trouvé, au fait ?

Okay. Carson Ballard se trouvait bien en Californie, à 4 000 kilomètres de là, et pas en train de semer la dévastation dans les Berkshires.

– Votre nom et votre numéro de téléphone étaient sur la liste. Je ne sais pas trop comment on vous a retrouvé. Est-ce que votre frère vit en Californie, lui aussi ? Nous aimerions le joindre.

– Jeff ? Non, il est dans l'Est. Il y a longtemps que je n'ai pas eu de ses nouvelles.

Je sentis l'effroi m'envahir, et mes yeux se brouillèrent de larmes.

– J-Jeff ? bégayai-je. Je croyais qu'il s'appelait Harold.

– Personne ne l'appelle comme ça. Son deuxième prénom, c'est Jeffrey, et c'est celui qu'il utilise.

– Son nom, c'est donc Jeffrey Ballard ?

– Non, Beck. Il a pris le nom de notre beau-père.

Je raccrochai sans même dire au revoir. Mes mains tremblaient, et je ne savais pas comment les maîtriser.

Anna Cole était responsable de la mort de la sœur de Beck. Et plus de vingt ans après le drame, voilà qu'elle réapparaissait. Lorsque Beck était venu enquêter sur la mort de William Litchauer, il l'avait reconnue. Quelques mois plus tard, elle était retrouvée morte. Était-ce lui qui l'avait suivie durant l'été ? Était-ce pour lui qu'elle s'était pomponnée ce soir-là ? Elle n'avait sans doute pas reconnu l'adolescent derrière cet homme séduisant, dont le nouveau nom ne lui évoquait rien.

Mon esprit me ramena malgré moi au soir du meurtre. Je comprenais mieux pourquoi Beck avait autant insisté pour savoir si je n'avais vraiment rien vu ce soir-là. Et ce jour dans les bois, où j'avais cru qu'il était à la recherche d'indices, alors qu'en fait il s'assurait sans doute de n'avoir rien laissé derrière lui qui pourrait l'accuser. C'est lui, probablement, qui m'avait flanqué la trouille dans la forêt.

Mais la souris ? Et l'incident au spa ? Et la fouille de ma chambre ? Josh, je ne voyais que lui. Josh, qui voulait me voir débarrasser le plancher et cesser d'empiéter sur son territoire. D'autant que Cordelia le soupçonnait aussi pour le coup de la serviette. En outre, Beck avait été sincèrement surpris de l'histoire avec la souris. Il avait usé avec moi de méthodes plus subtiles, genre baiser fatal et pelotage sous la doudoune.

Il avait dû jubiler en découvrant que George avait harcelé Anna, et qu'Éric avait couché avec Anna et avec Natalie. Tous les deux faisaient de parfaits suspects.

Mais où se situait au juste Natalie dans l'équation ? Elle avait sûrement vu quelque chose susceptible de compromettre Beck. Mais quoi ?

J'en étais là de mes réflexions lorsque, à ma grande stupeur, quelqu'un frappa à la porte. Aussitôt, je pensai à

George dont les messages sur le répondeur avaient vraiment paru désespérés.

J'allai ouvrir. Cordelia.

Je jetai un coup d'œil à ma montre. Il était 19 h 30. Je lui avais dit 19 heures.

– Oh, je suis navrée, m'excusai-je. Je... j'ai eu une urgence, et j'ai totalement perdu la notion de l'heure.

– Je me disais bien qu'il devait y avoir un truc comme ça. Alors j'ai pris ma voiture et... me voilà. Danny est là ?

Elle portait une veste en jean bordée de fausse fourrure, tellement gonflée au niveau des seins qu'elle donnait l'impression de planquer un gilet pare-balles en dessous.

– Non, elle est partie aider la famille de Natalie. Mais ne restez pas dans le froid.

Elle entra en se frottant les bras, en même temps qu'un vent glacé s'engouffrait avec elle.

– J'aimerais bien boire quelque chose de chaud, dit-elle. Il gèle dehors.

– Je ne sais pas s'il y a du café, mais je peux vous préparer un thé.

J'étais encore toute retournée par mes découvertes sur Beck, et la dernière chose dont j'avais envie pour le moment, c'était de la jouer thé, papotage et petits gâteaux avec Cordelia. Mais je voulais connaître son impression sur Josh.

Dans la cuisine, je mis la bouilloire à chauffer. Cordelia ôta sa veste et prit une chaise.

– Alors, commençai-je, qui vous a dit que le coup de la serviette, c'était Josh ?

– Une des thérapeutes.

– Mouais, mais laquelle ?

– Quelle différence cela fait-il ?

– Je n'ai pas envie de jouer, Cordelia.

– Très bien, c'est Éric. Il a vu Josh entrer dans la cabine. Et si Josh a essayé de vous faire du mal, peut-être est-ce parce qu'il a tué Anna.

Tout en poursuivant la conversation, je sortis deux sachets de thé d'un placard, les glissai dans des mugs et versai l'eau bouillante. Cordelia attrapa l'un des mugs avec ses mains larges comme des battoirs.

– Vous savez qu'ils interrogent Éric en ce moment, n'est-ce pas ? repris-je. Apparemment, il est sorti non seulement avec Anna, mais avec Natalie aussi.

– Éric ? répéta-t-elle d'une voix suraiguë.

Manifestement, elle n'était pas au courant. Elle se leva de table, comme si ses fesses avaient pris feu et agrippa mon bras. Elle avait une poigne d'homme. Je n'aimais pas beaucoup ce qui se passait.

– Lâchez-moi, Cordelia, dis-je. Vous me faites mal.

– Dites-moi ce que vous savez ! exigea-t-elle.

Elle tenait toujours mon bras en étau, et je tirai d'un coup sec, comme si j'arrachais un rideau d'une fenêtre. Mais elle m'attrapa à nouveau. Je pensai à sa jalousie lorsqu'elle m'avait trouvée dans le bureau avec Éric... Je pensai à son insistance pour me rencontrer ce soir... Je pensai à ses mains énormes et puissantes...

Soudain, dans la pièce voisine, nous entendîmes une porte claquer. Danny, pensai-je aussitôt avec soulagement.

Jeffrey Beck entra dans la cuisine et nous fixa d'un air farouche.

Je sentis mes jambes se dérober sous moi. Cordelia le considérait d'un air abasourdi, comme elle aurait regardé un acteur entré en scène au mauvais moment.

– Qu'est-ce que vous faites ici ? demandai-je d'une voix éteinte.

– La porte était ouverte, dit-il. Vous devriez fermer à clé. Le coin n'est pas sûr.

Effectivement, je n'avais pas refermé le verrou après l'arrivée de Cordelia.

Je la regardai, puis regardai Beck. Je ne savais lequel, de l'un ou de l'autre, je devais craindre le plus.

– J'expliquai justement à Cordelia qu'Éric a été arrêté, dis-je pour détourner son attention. Elle est bouleversée.

– Vous êtes cinglé, ou quoi ? cria-t-elle à Beck. Éric ne ferait pas de mal à une mouche.

– Calmez-vous, lui dit Beck en se rapprochant lentement, comme il se serait rapproché d'un cheval nerveux. Éric nous aide à faire avancer notre enquête, c'est tout.

À cet instant, mes yeux se posèrent malgré moi sur la table. Le papier sur lequel était écrit le nom du frère de Beck était là, bien en vue. Beck suivit mon regard, avant de me fixer intensément. Puis il pencha légèrement la tête vers la table, et tout son corps se raidit.

Il laissa échapper un petit rire atroce.

– Je savais, dit-il. J'ai compris à l'hôtel que vous aviez flairé une piste, mais je ne voyais pas quoi ni comment.

– De quoi parlez-vous ? dis-je.

– Ne jouez pas avec moi, Bailey.

– Je...

– J'ai dit : ne jouez pas avec moi, coupa-t-il avec une froide colère.

– Je veux savoir pour Éric, intervint Cordelia, inconsciente du danger qui nous menaçait toutes les deux. Qu'allez-vous faire de lui ?

Beck pivota brusquement et lui écrasa son poing sur le côté du visage. Elle tomba à la renverse et s'écroula sur le sol de la cuisine, sans connaissance.

– Écoutez, dis-je à Beck en faisant appel au peu de sang-froid qu'il me restait, je sais ce qui est arrivé à Wallingford. Je peux comprendre pourquoi vous détestiez Anna.

– Ah oui ? Vous croyez comprendre, hein ? fit-il d'un air moqueur.

J'essayai désespérément de trouver une réponse, mais la peur paralysait ma pensée, court-circuitait mes neurones. *Continue de parler, continue de parler...* c'est tout ce que j'arrivais à me répéter, comme un mantra.

– J'ai perdu mon père quand j'étais jeune, expliquai-je, alors je sais ce que c'est que de perdre un être cher. Est-ce que c'était juste une coïncidence, je veux dire le hasard, qui vous a mis en présence d'Anna ?

– Je dirais plutôt le destin, répondit-il.

Il fixait d'un air absent le corps inanimé de Cordelia sur le carrelage, comme il aurait regardé une salissure.

– Dès que je suis arrivé au spa cet été, je l'ai vue. Elle ne m'a pas reconnu, mais moi si. J'ai tout de suite su que c'était elle. La fille qui a laissé mourir ma sœur. Elle n'a jamais eu à répondre de son acte. Il y en a même là-bas qui étaient désolés pour cette petite garce. Et c'est à moi qu'il est revenu, en fin de compte, la responsabilité de faire justice.

– Alors vous l'avez invitée à sortir ?

– Pas tout de suite. Tout comme avec vous, Bailey, j'ai voulu prendre le temps. Alors j'ai attendu, plusieurs semaines. Le temps d'enjôler, de flatter. Les femmes réagissent toutes aux mêmes stimuli, vous saviez cela ? Vous êtes si... prévisibles.

– Tout ce que je sais, c'est que vous m'avez plu à la minute où je vous ai rencontré.

– Pas de ça avec moi, aboya-t-il. Vous n'êtes qu'une fouineuse, exactement comme Natalie.

– Natalie ?

– Elle m'a aperçu un soir, quelques semaines après la mort de Litchauer. Elle a failli avoir une attaque sur le moment

– Vous étiez en train de surveiller Anna, n'est-ce pas ?

Il eut encore ce petit plissement des lèvres, mi-sourire mi-grimace.

– Il y a un endroit, au milieu d'un bosquet, d'où l'on a une vue directe sur sa fenêtre

– Natalie vous a surpris là-bas ?

– Non. Vous croyez que j'aurais commis ce genre d'erreur ? Mais elle m'a vu redescendre le chemin depuis la grange. Elle a trouvé ça curieux, que je sois là à une heure aussi tardive, et je lui ai dit que je m'assurais que tout était normal autour de l'hôtel, et elle m'a cru, apparemment. Du moins jusqu'à ce que vous ouvriez le bec en expliquant qu'Anna avait été suivie.

Il commença à faire le tour de la table pour se rapprocher de moi.

– Mais cela ne voulait pas dire qu'elle avait forcément fait le lien... avec vous, fis-je valoir en m'efforçant désespérément de gagner du temps.

– Je ne pouvais pas courir ce risque.

– Beck, je vous comprends, croyez-moi. Ce qu'Anna a fait à votre sœur... c'était horrible.

– Ce qu'elle a fait à ma sœur ? Oh, mais ce n'est que la moitié de l'histoire.

– Que voulez-vous dire ?

– Pourquoi croyez-vous qu'Anna ne surveillait pas ma sœur ? C'est parce qu'elle s'envoyait en l'air avec moi dans ma chambre.

J'en eus le souffle coupé.

– Quand c'est arrivé, j'ai paniqué. Anna a dit que c'était ma faute, et que j'avais intérêt à la boucler. Je n'avais même pas quatorze ans. Je n'étais qu'un gosse stupide. Elle m'a fait sortir de la maison, et elle a raconté son histoire. Pour elle, ce n'était qu'un jeu. Au fond, elle se moquait bien de ce qui était arrivé. Ce n'est pas elle qui faisait des cauchemars la nuit en croyant être sous deux mètres d'eau sans pouvoir respirer.

– Écoutez, Beck...

– Il n'y a pas de « Écoutez, Beck ». Vous et Anna avez des tas de points communs. Vous aimez flirter, jouer avec les gens. Mais c'était moi qui jouais avec vous. Vous êtes plus futée qu'elle, mais ça ne vous aidera pas...

Pendant qu'il parlait, j'observais sa tête dodeliner d'avant en arrière, et je savais qu'il allait me frapper d'une seconde à l'autre comme il avait frappé Cordelia, ou me prendre par le cou et serrer. Je le regardai droit dans les yeux tout en cherchant une arme potentielle à tâtons derrière moi. Je sentis le mug sur la table. Je le soulevai et, aussi vite que je le pus, lui lançai le thé brûlant à la figure.

Il recula en chancelant, tenant son visage à deux mains. Il me barrait le passage vers la porte d'entrée, alors je courus vers les chambres et me réfugiai dans la salle de bains, où je m'enfermai à double tour. Je ne gagnais que quelques minutes. La porte était en bois léger, et Beck n'aurait pas de mal à la défoncer.

Il y avait une fenêtre assez large pour que je me glisse à travers, mais le temps que je m'échappe, il me rattraperait de l'autre côté. Je cherchai quelque chose pour me défendre mais ne trouvai rien de plus menaçant qu'une brosse à dents électrique. Soudain, Beck ébranla la porte, avec l'épaule ou en s'aidant d'un meuble quelconque. Chaque coup porté faisait trembler toute la cloison.

– Beck, je vous en prie, tentai-je de l'amadouer. Je tiens à vous. Ne me faites pas de mal.

Je ne voyais plus qu'une solution : la fenêtre. Je l'ouvris en faisant le moins de bruit possible. Un vent glacé s'engouffra aussitôt dans la pièce. Je reculai jusqu'à la porte et suppliai une fois de plus Beck de ne pas me faire de mal.

J'avais besoin qu'il croie que je me raccrochais désespérément à cette porte.

Puis je me hissai jusqu'à la fenêtre et me laissai retomber dehors dans l'obscurité. Une veilleuse derrière la maison projetait une petite flaque de lumière surnaturelle. Je distinguai vaguement un abri de jardin, puis plus rien.

Les clés de la Jeep se trouvaient dans mon sac sur le comptoir de la cuisine. Je n'avais pas d'autre choix que de courir vers les bois. Beck n'allait pas tarder à se rendre compte que j'avais fichu le camp par la fenêtre, et il se lancerait aussitôt à ma poursuite. Plus rapide et plus fort que moi, il finirait par me rattraper. Il fallait que je trouve autre chose.

Je courus jusqu'à l'abri de jardin. Mes yeux commençaient à s'habituer à l'obscurité, et je devinai des râteaux et une pelle appuyés contre la porte en bois. Je pris la pelle et me pelotonnai dans l'ombre. Soudain, j'entendis un bruit sourd provenant de la maison. Beck avait dû finalement enfoncer la porte. Je l'imaginai se précipiter à la fenêtre, et la franchir à son tour. Et j'entendis le choc de ses pieds atterrissant sur le sol. Je serrai plus fort le manche de la pelle.

Soudain il fut là, juste en face de moi. La colère déformait ses traits. Mais avant qu'il ait le temps de réagir, je lui assenai un violent coup de pelle sur le crâne. Bing ! Il recula en titubant et s'écroula comme une masse.

Je jetai la pelle et me mis à courir vers la maison. Il faisait un froid terrible dehors, mais je le sentais à peine. Autour de moi, c'était le silence. Je remerciai le ciel d'avoir mis Beck K-O, mais, sans arrêter de courir pour rejoindre l'allée, en me retournant je le vis se redresser en chancelant. Dans quelques secondes, il se lancerait à nouveau à mes trousses.

25

Je tentais de courir le plus vite possible malgré le vent et le froid, en essayant de ne pas m'écrouler pour pleurer toutes les larmes de mon corps. Si je me barricadais dans la maison, Beck finirait par entrer. Non, ma seule chance était de récupérer mes clés, de grimper dans la Jeep et de filer avant qu'il ait pu me rejoindre.

En arrivant devant la maison, je m'arrêtai net. À travers les arbres, à l'entrée de la propriété, j'apercevais des lumières bleues. Puis j'entendis des sirènes. Partagée entre le soulagement et l'incrédulité, je vis deux voitures de police remonter l'allée à vive allure.

Je me remis à courir dans leur direction, en criant et en agitant les bras. La première voiture pila, et deux flics en civil en descendirent parmi lesquels Davis, le type à la cravate minable qui avait pris ma déposition le matin même. En montrant le jardin, j'expliquai d'une voix hachée que Beck me poursuivait et essayait de me tuer, et qu'il avait déjà tué Anna et Natalie.

Ils sortirent aussitôt leurs armes, comme les deux flics en uniforme qui venaient à leur tour de bondir hors de leur véhicule. L'un des inspecteurs cria à l'un des officiers en uniforme de rester avec moi, tandis qu'il filait avec les deux autres derrière la maison.

Je les regardai courir. J'étais toujours terrifiée, redoutant que Beck se débarrasse de tous ces types – un peu comme dans ces cauchemars où, quoi que vous fassiez pour vous cacher, vous savez que cela ne servira à rien et que l'on vous retrouvera de toute façon.

De l'endroit où je me tenais, je pouvais voir une partie du jardin, mais il faisait trop sombre pour distinguer si Beck s'était vraiment relevé ou non. Soudain, je vis un homme traverser tête baissée une zone de lumière produite par une veilleuse. Un des flics hurla :

– Halte !

Puis il répéta son ordre. Je me préparai à un échange de coups de feu, mais il n'y en eut pas. Juste un craquement de branches dans les arbres près de la maison. Le flic en uniforme resté avec moi, un jeunot à moustache, vérifia sur sa radio que les renforts étaient bien en route. Soudain, quelqu'un surgit des bois et je poussai un cri d'effroi. Beck semblait voler vers moi, mais un des flics le plaqua par-derrière et il tomba durement sur le côté. En moins de cinq secondes, les autres flics étaient sur lui, leurs armes braquées sur sa tête. Le moustachu me poussa derrière lui, et je ne vis plus rien, mais je pouvais entendre les voix essoufflées. Puis, une minute plus tard, le bruit des pas sur la terre gelée. Les deux inspecteurs flanquaient Beck, debout, les poignets menottés dans le dos. Le regard qu'il me jeta en passant était vide de toute émotion.

L'un des flics en uniforme et le deuxième inspecteur l'emmenèrent jusqu'à la voiture de patrouille et le firent monter à l'arrière. Ils démarrèrent presque aussitôt.

Beck était parti. J'étais encore vivante. Je me rendis compte pour la première fois que je tremblais comme une feuille. L'inspecteur Davis me demanda si ça allait. Je lui dis que je tremblais à cause du froid. Je faillis ajouter : et parce que j'ai eu la trouille de ma vie, mais je n'en fis rien.

Et puis, soudain, je pensai à Cordelia.

– Il y a une femme blessée à l'intérieur, dis-je en claquant des dents. Elle a été frappée et elle a perdu connaissance.

– On s'en occupe. Mais vous feriez bien de vous abriter vous aussi.

Il attendit un instant que les flics arrivés en renfort descendent de voiture, et demanda à l'un d'eux d'appeler une ambulance, avant de m'accompagner jusqu'à la maison.

Cordelia était toujours sur le sol dans la cuisine, mais elle avait repris connaissance. Pendant que Davis l'aidait à se relever, un des flics en uniforme me fit asseoir dans le séjour.

Et j'attendis sur le canapé, en m'efforçant de cesser de trembler. Les minutes passant, je me réchauffais et le tremblement cessa peu à peu. Bientôt, l'ambulance arriva et les auxiliaires médicaux emmenèrent Cordelia sur une civière. Puis quelqu'un me prit le pouls.

Enfin, Danny arriva. Elle se précipita vers moi, mais avant que nous ayons eu le temps de parler Davis lui demanda d'attendre dans une pièce voisine. Il tira ensuite une chaise, s'assit en face de moi et sortit un calepin. Il fut rejoint une minute plus tard par un autre flic, qui se présenta sous le nom d'inspecteur O'Rourke. Je me souvins que je l'avais aperçu le soir de la mort d'Anna.

Je leur racontai tout dans le détail, reconnaissant que j'avais voulu aider Danny et que je n'avais pas hésité à fouiner pour découvrir la vérité. À un moment, je les vis échanger un regard entendu.

– Qu'y a-t-il ? demandai-je. Vous ne saviez pas, n'est-ce pas ?

– Non, admit Davis, mais depuis quelque temps le comportement de l'inspecteur Beck avait commencé à nous inquiéter.

– C'est pour cela que vous êtes venus ? Comment avez-vous su que Beck serait ici ?

– Nous avons reçu un appel de votre ami à New York. Il était inquiet après votre conversation. Il ne savait pas où habitait Mme Hubner, et il nous a dit que vous étiez probablement en danger.

Je n'arrivais pas à y croire. Jack avait appelé la police. Il m'avait sauvé la vie.

– Est-ce qu'il sait que je vais bien ? demandai-je.

– Oui, répondit Davis. Quelqu'un vient de le prévenir que vous avez eu chaud, mais que vous êtes entière.

Il était un peu plus de dix heures quand les flics débarrassèrent le plancher, non sans m'avoir prévenue que je devrais aller faire une déposition au poste le lendemain matin.

Danny me prépara à manger et, pendant qu'elle était dans la cuisine, j'appelai Jack. Je le remerciai de m'avoir sauvé la vie. Nous convînmes de nous retrouver chez moi le lendemain soir à 18 heures. J'avais mille choses à lui dire, mais je voulais attendre de l'avoir en face de moi.

Puis Danny m'apporta un sandwich et un verre de vin qui m'aida à me détendre. Et je lui racontai toute l'histoire, comment j'avais fait le lien avec Beck, et ce que Beck lui-même m'avait révélé.

– Et cette histoire de papier Mylar ? demanda-t-elle.

– Je ne suis pas sûre. Il avait déjà étranglé Anna, donc il ne s'en est pas servi pour la tuer. Je pense que c'était peut-être un symbole – de l'eau, de la suffocation.

– Quelle coïncidence tout de même qu'il soit tombé sur elle ici ! s'étonna Danny.

– Je ne suis pas certaine que la coïncidence soit totale, dis-je. Tu m'as dit toi-même que Beck s'était montré très professionnel cet été en enquêtant au centre après la mort de Litchauer. La raison de ce zèle, c'était Anna.

Danny se tut un instant, l'air songeur. Puis :

– Pauvre Natalie, laissa-t-elle échapper tristement. Elle est morte uniquement parce qu'elle se trouvait au mauvais endroit au mauvais moment. Si elle ne l'avait pas croisé ce soir-là sur le parking, elle serait toujours en vie.

– Il n'y avait pas que cela, dis-je.

Et je lui racontai notre conversation dans le hall, mes propos sur Anna qui pensait avoir été suivie, ce qui avait tout déclenché.

– Et Rich ? demanda Danny. Tu as dit qu'il t'avait menti en prétendant ne pas connaître Anna. Il n'a rien à voir avec sa mort ?

– Je pense qu'il a menti uniquement pour que la police lui foute la paix. Plus tu as de liens avec la victime, plus tu as de chances d'être considéré comme suspect.

– J'imagine qu'ils vont libérer Éric maintenant, et laisser George en paix.

– Cela ne fait aucun doute.

Elle reposa son verre de vin sur la table et se renversa sur le canapé en fronçant les sourcils.

– Il y a tout de même une chose que je ne m'explique pas. Cordelia est venue te raconter qu'elle avait vu Josh entrer dans la cabine pour essayer de t'étouffer avec cette serviette. S'il n'a pas tué Anna, pourquoi diable aurait-il essayé de te faire du mal ?

Le moment était venu d'avouer à Danny les « massages amicaux ». Je dis tout ce que je savais, y compris la décision de Josh de régler ça en douceur, sans lui en parler. Son visage déclina toute la gamme des émotions, passant du choc à l'angoisse et à la consternation.

– Quand je suis revenue à Warren, dis-je, c'était avant tout pour innocenter George. Il m'a fallu convaincre Piper qu'elle pouvait me faire confiance. Je n'ai rien voulu te dire, parce que je craignais que tu ne te sentes obligée d'aller tout raconter à la police, ce qui aurait à coup sûr ruiné ton spa.

– Crois-tu que je doive leur en parler maintenant ? demanda-t-elle en se tordant les mains.

– À quoi bon ? Les trois femmes impliquées dans ces activités ne sont plus là aujourd'hui. Il n'y a plus rien à dire. Alors... ne dis rien. Protège ton business. Les clients de Piper ou d'Anna n'ont pas disparu, eux ; mais après ce qui s'est passé au spa, je ne crois pas qu'ils vont y remettre les pieds de sitôt.

– Et Josh ? demanda-t-elle.

Je lui répondis que c'était à elle de décider, mais que personnellement je l'enverrais au diable.

Ce soir-là, l'épuisement aidant, je sombrai instantanément dans le sommeil et ne me réveillai qu'à huit heures le lendemain. Rien de tel que d'avoir échappé à une mort cruelle pour soigner l'insomnie.

J'allai faire ma déposition au poste de Warren. À mon retour, Danny m'avait préparé un gentil petit déjeuner, avec une grande tasse de café et des muffins maison. Elle portait un chemisier blanc sous une veste en velours prune qui seyait merveilleusement à ses yeux gris. Elle avait l'air un peu flapie, et en même temps pleine d'allant.

– Je m'attends à toutes les difficultés du monde, mais j'ai décidé de rouvrir le spa la semaine prochaine, annonça-t-elle. Puisque, *a priori*, il n'y a plus de danger pour personne, j'espère que les clients reviendront peu à peu. Et je vais trouver un remplaçant à Josh.

– Oh, Danny, c'est la bonne décision, crois-moi. Et George ?

Elle détourna le regard, comme si elle rassemblait ses pensées, et j'imaginai avec crainte qu'elle allait me parler de la fameuse « seconde chance ». En fait elle ajouta :

– Je ne peux plus vivre avec lui, Bailey, déclara-t-elle, catégorique. Je ne peux pas, c'est tout. J'aurais déjà dû mettre un terme à notre histoire dès le premier incident. Dieu merci, le Cedar Inn est entièrement à mon nom.

Je repartis pour New York vers midi. Je fis tout le trajet en pilote automatique, en me repassant en boucle le film des derniers jours, en même temps que les pensées les plus diverses se bousculaient dans mon esprit. J'étais fière d'avoir résolu cette affaire, et la petite fille en moi se réjouissait à l'avance d'entendre sa môman la féliciter avec un sourire réjoui. J'étais soulagée aussi que Danny s'en soit tirée sans trop de dégâts, et ravie, enfin, de rentrer chez moi. Par instants, se superposaient à la route les images d'Anna, de Natalie et, bien sûr, de Beck. Mais on ne récrit pas l'histoire. Le fait était là : je m'étais entichée d'un type qui était un meurtrier, et qui m'aurait tuée.

En arrivant à Manhattan, et en posant mes sacs dans l'entrée, je me souvins que j'avais promis à Jack des spaghettis maison, mais je ne me sentais même pas le courage de faire bouillir une casserole d'eau. Alors j'appelai le restaurant du coin et commandai du poulet rôti et de la salade. Jack croirait peut-être que j'avais tout préparé moi-même.

Il arriva à 18 heures pile, avec une bouteille de château-beychevelle. Il avait bonne mine, très bonne mine, avec ses cheveux soyeux et brillants et ses joues légèrement rougies par le froid. Pour une fois, il était habillé décontracté : jean, tee-shirt blanc et pull à col en V en cachemire. J'adorais. Et j'adorai aussi lorsqu'il me prit doucement dans ses bras.

– Oh, Bailey, tu m'as flanqué une trouille bleue hier, je te jure, dit-il en cherchant mon regard.

– Je serais sûrement morte à l'heure qu'il est si tu n'avais pas été là. Comment as-tu expliqué aux flics ce qui se passait ? Raconte-moi.

– Je n'entendais que des bribes de ta conversation avec ce type, mais je n'aimais pas le ton de sa voix. Il paraissait tendu. Et puis ça a coupé. Là, impossible de savoir si c'était à cause du téléphone, ou si ce type t'avait fait quelque chose. Je n'avais aucun moyen de savoir où tu étais, alors j'ai appelé la police et je leur ai raconté ce que tu m'avais dit, que tu soupçonnais ce flic d'être le meurtrier. J'ai cru qu'ils allaient m'envoyer paître – ce type était un des leurs, après tout –, mais ils ont semblé me prendre au sérieux.

– D'après ce que j'ai compris, expliquai-je, ils commençaient à trouver son comportement quelque peu irrationnel ces derniers temps.

– Et toi ? Qu'est-ce qui t'a fait le soupçonner ?

La question était limite, comme s'il voulait se voir préciser mes liens exacts avec Beck.

– Je ne le soupçonnais pas, dis-je. Ça a fait tilt dans ma tête cinq minutes avant de t'appeler, c'est tout. Mais le mieux serait que je te raconte toute l'histoire avant de manger.

Nous débouchâmes le vin et nous installâmes sur le canapé, où je lui narrai par le menu mon aventure. Évidemment, je laissai de côté mes frasques avec Beck. Un instant, j'eus la tentation de vider mon sac pour m'ôter un poids du cœur, exactement comme Jack l'avait fait en me racontant qu'il avait dérouillé Totor avec miss Pittsburgh, mais j'y renonçai sur la foi du vieux proverbe voltairien qui dit que « la nature nous a faits frivoles pour nous consoler de nos misères ». Ou un truc dans le genre...

Mais, bref, foi de Voltaire ou pas, être assise là à côté de Jack, c'était vraiment trop bon. Et même encore mieux que ça quand il m'embrassa, tendrement d'abord, puis avec une urgence qui me laissa pantoise. Et c'était tout ce dont je rêvais après l'angoisse des derniers jours : un bon gros câlin avec mon Jack, histoire de tout oublier dans ses bras...

Remerciements

Ma gratitude va à tous ceux qui ont si généreusement facilité mes recherches pour ce livre : Paul Pagenelli, chef du service des urgences du Milton Hospital, Milton, Massachusetts ; Barbara Butcher, responsable des enquêtes du bureau médico-légal de New York ; Roger Rokicki, inspecteur en chef, police du comté de Westchester ; Sanjay Singh, police de New York (mœurs) ; Mark Howell, psychothérapeute ; Candace deLong, ancien « profileur » du FBI ; Erin Scanlon, associée, Deloitte & Touche ; Kathy Beckett ; et Mary Ewart.

Je tiens également à remercier mon audacieux agent, Sandra Dijkstra, et mon non moins téméraire éditeur, Sara Ann Freed, pour leurs merveilleux conseils.

Achevé d'imprimé en Allemagne
par GGP Média GmbH.
Dépôt légal : juin 2011
ISBN : 978-2-501-07349-3
40.6965.4/01.